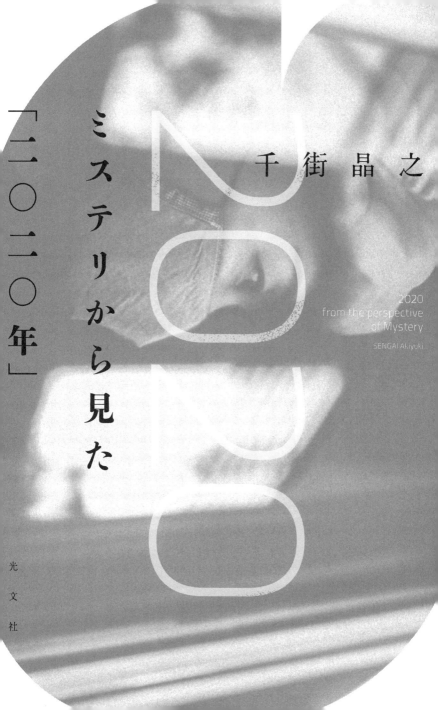

ミステリから見た「二〇二〇年」

千街晶之

2020
from the perspective
of Mystery

SENGAI Akiyuki

光文社

contents

装幀　坂野公一（welle design）　写真　Adobe Stock

ミステリから見た「二〇二〇年」

2020 from the perspective of Mystery

はじめに

ひとりの人間がある程度生きていると、その生涯のあいだに数度は、「この年に自分を取り巻く世界が変わった」と実感する年があるのではないだろうか。

一九七〇年生まれの私の個人的体験で言うと、世界的には、東西冷戦が終結した一九八九年、九・一一同時多発テロがあった二〇〇一年がそれに該当する。国内的には、阪神《はんしん》・淡路《あわじ》大震災とオウム真理教のテロが立て続けに起こった一九九五年、東日本大震災の二〇一一年ということになる。

これらの年に共通して感じたのは、それまでは確固として存在し続けると思い込んでいた日常に亀裂が走り、「何かが終わってしまった」あるいは「何かが始まった」という直感である。

二〇二〇年は、これらの年に匹敵する、あるいはそれ以上の衝撃を私の個人史に刻み込んだし、恐らく多くのひとにとってもそうなのではないか。新型コロナウイルス感染症（COVID-19）の発生が中国・湖北《こほく》省の武漢《ぶかん》において確認されたのは二〇一九年だが、それが全世界に拡散し、多くの人命が失われ、生活・社会構造が一変したのは二〇二〇年だった。そして、二〇二四年二月現在、人類と新型コロナとの戦いは新種株の出現などにより一進一退を繰り返しており、決着はついていない。私たちは未《いま》だ、世界を覆《おお》い続けている悪夢から逃れられてはいないのだ。その意味で、「二〇二〇年」はまだ終わっていない。

私は一介のミステリ評論家でしかないので、二〇二〇年に始まった社会の変化を巨視的に捉える眼は持たないし、医学や政治・経済などに関する専門的な知識もない。しかし、この激動の年にあって、自分の専門分野であるミステリという文芸領域が、この時代をどう描き、どう解釈したか——という問題には大いに関心がある。一応、かなり多くの新刊ミステリを読んでいるという自負はあるので（もちろんすべてを読めているわけではないけれども）、この角度から同時代のミステリを解読する作業には比較的適任であるとは言えるだろう。

そういうわけで《ジャーロ》誌で全十一回、章立てで言えば全七章に亘《わた》って連載した本書は、新型コロナ、東京五輪、「森友学園《もりとも》」問題、表現の自由とポリティカル・コレクトネスの問題、安倍《あべ》晋三《しんぞう》元首相の暗殺事件と宗教の関係など、二〇二〇年（および、その延長としての二〇二三年まで）を軸として、その前後の期間に日本社会で大きな話題になった出来事を、それを扱ったミステリを通して観察し、分析したものである。ここで言うミステリには、小説だけでなく、映画やTVドラマなども含まれる。また、場合によっては、近接ジャンルの作品について言及する場合もある。章によっては、連載時点の原稿にかなり加筆している。基本的に、どの章から読んでいただいても問題ないように書いたつもりである。

なお、文中の引用は、複数のテキストがある場合は最新版をもとにし、（引用は〇〇文庫版）といった具合に註記を加え、テキストとなる著書が文庫化されていなかったり、文庫書き下ろしである場合などは基本的に註記をしていない。また、文中でTwitter（現・X）に言及する場合があるが、Xという名称になったのは連載のかなり終盤（第六章の後半を執筆していた頃）である。そのため、本書では基本的に章の初出時に「Twitter（現・X）」、それ以降は「Twitter」という表記で統一した。ツイート（ポスト）、リツイート（リポスト）といった用語についても同様であることをお断りしておく。作品の犯人名やトリックなどには言及していないが、展開にある程度踏み込んで触れた作品もあり、その場合は各章の冒頭にタイトルを挙げている。

第一章

ミステリに描かれたコロナ禍

海堂尊『コロナ狂騒録』、新派の舞台『八つ墓村』の内容に触れた部分があります。

日常が非日常に浸食され、非日常がいつしか日常そのものと化してゆく。二〇二〇年から二〇二四年にかけて、私たちはそのような体験の渦中にいた。一生で一度味わうかどうかわからない悪夢的体験の。

私が『ミステリから見た「二〇二〇年」』という評論の構想を思いついたのは、「はじめに」にも記したように、新型コロナが全世界に拡散し、多くの人命が失われ、生活・社会構造が一変したのが二〇二〇年だったからだ。《ジャーロ》誌上での連載の第一回にあたる原稿を執筆したのは二〇二一年十二月上旬だが、この時期には、新型コロナの流行は日本では一時的に収束している状態ながら、ヨーロッパ諸国や韓国などでは逆に数度目の感染爆発が少し後に起こっており、また感染力が高い変異株の一つであるオミクロン株が日本にも入ってきていた。その後、新型コロナは収束と拡大を繰り返しており、二〇二四年二月初頭現在は第十波の流行の最中である。

しかし、何故『ミステリから見た「二〇二〇年」』なのか、という疑問を抱く読者もいるだろう。コロナ禍の最中、注目を集めた文芸作品はアルベール・カミュの『ペスト』（一九四七年）やジョゼ・サラマーゴの『白の闇』（一九九五年）、あるいは小松左京《こまつさきょう》の『復活の日』（一九六四年）といった純文学やSF小説であり、それに比べるとミステリ小説への注目度は大きいとは言えなかった。

世界全体の命運よりは個人的な犯罪を描くことが多いミステリというジャンルに対して、コロナ禍の影響はそれほど大きくなかったのではないか、という疑問が出てもおかしくない。

けれども、事態はそう単純ではない。小説を別にして、最も早いコロナ文学として注目を集めたのはパオロ・ジョルダーノのエッセイ『コロナの時代の僕ら』(二〇二〇年)だが、この本を読んでコロナ禍の状況とミステリ小説の相似を感じたという評論家の円堂都司昭《えんどうとしあき》は、『ポスト・ディストピア論　逃げ場なき現実を超える想像力』(二〇二三年)で、「パンデミックでは、死者をはじめ病気の被害者が存在する。ジョルダーノは自分たちを『自宅軟禁の刑に処された受刑者』に喩《たと》える。彼は新型ウイルス発生の背景に環境破壊があり『僕たちのせい』だと述べるが、それは『どうしても犯人の名を挙げろ』という声が世間にあることを意識したうえでの発言だ。また、誰から誰へウイルスが伝染したかしなかったかを探るのは、アリバイ調べのようなものだろう。犠牲者、犯人捜し、罪を問う声……。ミステリ小説にありがちなモチーフで、コロナ禍は語られた」と指摘している。

そうしたアナロジーを別にしても、ミステリ作家たちはコロナ禍という非日常(ひいては、新しい日常)を、作品世界にいかに取り入れるかで悩み、試行錯誤を繰り広げた。この章では、情報の列記でやや煩雑になるのは承知の上で、コロナ禍の初期に、ミステリ界が世相をどう描いたかを言及したい。それが、この時代にミステリ界の動向を目《ま》の当たりにした批評家が、後世に対して記録しておくべきことであると考えるからだ。

まず、新型コロナが日本を含む世界中に拡がった二〇二〇年という年に絞って、ミステリ界の動きの観測結果を紹介したいが、連載時のリアルタイムの読者には言わずもがなだったことが、今や数年経《た》って忘れ去られた部分もある。当時の雰囲気を思い出していただくためにも、二〇二〇年のあいだに起きた新型コロナ関連の主要な出来事を列記しておく（以下の二つの段落の記述は、日本文藝家協会・編『現代の小説２０２１　短篇ベストコレクション』小学館文庫の解説に記した内容に加筆したことをお断りしておく）。

世界に蔓延《まんえん》したコロナウイルスに対し、多くの国ではロックダウン（都市封鎖）などの対策が取られた。日本ではロックダウンこそ行われなかったものの、政府や地方自治体によって「緊急事態宣言」や「まん延防止等重点措置」が繰り返し発令されたことで、国外への渡航や国内での移動が制限され、学校や社会福祉施設の休業が行われたほか、飲食店を中心にさまざまな業種の店が休業を余儀なくされ、あるいは営業時間が短縮された。特に、旅行・飲食・イヴェント・舞台芸術などの業界は壊滅的な打撃を受けた。この年に開催予定だった東京オリンピック・パラリンピックは翌年に延期となり、多くのイヴェントが中止や延期に追い込まれた。不特定多数の人間が出入りする店頭などには消毒用アルコールが置かれ、大人数での会食や飲み会は激減し、マスク姿での外出が当たり前となった。憲政史上最長の政権であり、二〇二一年以降も続くであろうと予想されていた安倍晋三《あべしんぞう》内閣は、地方自治体の首長たちがよくも悪くも新型コロナ対策で存在感を示したのに対して、長期安定政権という極めて有利な条件があったにもかかわらず後手後手の対策しか取れず、二〇二〇年九月に体調不良を理由として事態を投げ出すように退陣し、同政権の内閣官房長官だった菅義偉《すがよしひで》が首相の座を継ぐ（しかし、約一年後の二〇二一年十月に菅も退陣することになる）。世界

ＧＤＰの負の成長率は二〇〇八年のリーマン・ショック時を超えて一九二九年の世界恐慌以来の大恐慌となり、特に新型コロナ対策により就業が困難となった業種に負の影響が集中し、所得の低い層ほど大きな経済的打撃を受けた。在宅勤務が推奨され、リモートによる会議や打ち合わせが普及していったが、デジタル化の波に乗れない中小企業なども存在し、経済格差拡大の一因ともなっている。二〇二〇年十二月三十一日までの国内での新型コロナによる死者数は厚生労働省の発表によれば三千四百人を超え、志村《しむら》けんや岡江久美子《おかえくみこ》らの有名人も命を落とし、新型コロナが直接の原因ではないにせよ芸能人の自殺も相次いで世間に衝撃を与えた。病院や保健所は人手不足に陥《おちい》り、感染症診療が専門ではない病院もコロナ治療に駆り出された。ただ死者が多かったというにとどまらず、感染を避けるため家族であっても死を看取《みと》ることが出来ず、葬儀も身内でしか行えないなどの状況は、コロナ禍が齎《もたら》した悲劇の中でも最たるものと言えよう。新型コロナに有効なワクチンの接種が国民に普及するのは、翌二〇二一年からのことである。ウイルスという不可視の存在への恐怖に、国民の誰もが例外なく翻弄《ほんろう》された一年だった。

出版業界はどうだったかというと、最初の緊急事態宣言が発令された二〇二〇年四月前後には幾つもの雑誌が合併号を出したし、雑誌の休刊も相次ぎ、出版予定が延期になった書籍も多かった。トークイヴェントやサイン会など、作家と読者が直接触れ合う場は殆《ほとん》どが消滅し、文学賞の授賞式も中止になったり、少人数で行われたりするなどの変化を余儀なくされた。緊急事態宣言発令中、国立国会図書館をはじめとする図書館の多くが閉館されたため、校正などの作業や、執筆に関する諸々の調査に支障を来《きた》したことも出版界への影響としては大きかった。都心などの大型書店が在宅勤務者の増加により客数を減らした一方で、郊外型書店や地域の最寄り書店などには多くの客が足を運び、特需のような現象も見られた（外出を控え家にこもる新しい生活スタイルが、読書という行為と相性が良かった面もあるだろう）。電子出版が前年比で三〇パーセント近く増加したり、出版社の編集・営業のオンライン化が進んだりもした。総じて、飲食や観光といった業種に比べれば持ち堪《こた》えた部類ではあるだろうが、コロナ禍によって国民に拡がった経済的苦境は、言うまでもなく出版の世界にも悪影響を及ぼさずにはおかなかった。

この怒濤《どとう》のような一年、文芸は、とりわけミステリというジャンルは、それをどのように描いたのだろうか。言うまでもなく、実際に起こった事象を反映した小説があるとして、アイディアが作家の頭の中で物語として熟成してから執筆され、それが編集・校閲の作業を経《へ》て、活字となって衆人の目に触れるまでにはどうしてもタイムラグがある。新型コロナが流行しても、その影響が速《すみ》やかに文芸の世界に現れるわけではない。

そんな中、コロナ禍を最初に反映した小説とは何だったのだろうか。他のジャンルは知らず、私の知るミステリ小説の範囲で、コロナ禍が始まってから最も早くパンデミックを扱った小説を刊行した作家は貴志《きし》祐介《ゆうすけ》である。二〇二〇年三月に刊行された中短篇集『罪人の選択』の収録作「赤い雨」は、紅藻類《こうそうるい》感染壊死《えし》症（Red Algae Infection Necrosis）、略称ＲＡＩＮによるパンデミックに支配された地球を舞台としており、ドームに住む特権階級的な人々を除き、人類は感染を避けることが出来ない。ドームの内外で生じた格差と、外部の人間に対するドームの住人の不寛容、それを超えて人類を救おうとする人々の苦闘が描かれている。今読むといろいろ象徴的なものを感じさせる小説であり、その意味では絶妙なタイミングで刊行されたと言えそうだが、この中篇の雑誌連載自体は二〇一五～二〇一七年なので、コロナ禍に合わせて書かれたわけでは全くない。普遍的な物語として書かれた小説が結果的にコロナ禍の世相と通底してしまったわけだが、逆に言えば、コロナ禍を描くことで普遍的な問題を浮上させることも可能ということだろう。

　六月には、中山七里《なかやましちり》『ヒポクラテスの試練』が刊行された（中山はミステリ界きっての多作家であり、この小説が五十冊目にあたる）。前都議会議員の怪死をめぐる謎に挑むこの物語は、法医学教室の教授・光崎藤次郎《みつざきとうじろう》が活躍する医学ミステリのシリーズの第三弾にあたるが、これも雑誌連載は二〇一六～二〇一七年であり、むしろ二〇二〇年まで単行本化がずれ込んだ理由がよくわからない。しかし、新型パンデミックの原因を突きとめようと海外まで行って情報を集める医師たちの闘いの描写は、結果的に強く時代とのシンクロを感じさせた。

　では、ミステリ作家がコロナ禍を意識して執筆した最初の長篇小説は何だったかと言えば、七月に書き下ろしで刊行された海堂尊《かいどうたける》『コロナ黙示録』がそれにあたる筈《はず》だ。ただし内容は、ミステリと言えるかどうか微妙なところだが。

　この作品は、「バチスタ」シリーズの東城《とうじょう》大学医学部付属病院の不定愁訴外来主任・田口公平《たぐちこうへい》が語り手を務め、厚生労働省の変人技官・白鳥圭輔《しらとりけいすけ》や「ジェネラル・ルージュ」こと速水晃一《はやみこういち》医師ら、このシリーズでお馴染《なじ》みの面々が登場する。その意味で紛れもなくフィクションではあるものの、途中からはまるでノンフィクションを読んだような感慨が残る小説だ。一章は二〇一九年十一月に始まり、やがてコロナ禍が日本と世界を覆《おお》ってゆき、終章は二〇二〇年五月で完結するのだが、四章のラストで新型コロナの出現がひっそりと語られ、それ以降の多くの章では「二〇二〇年一月十五日、COVID―19感染者は中国で発生した五十九人だけだった」（五章）、「二〇二〇年三月一日、COVID―19感染者は中国で七万人、韓国で三千人、クルーズ船感染者を除いた日本では二百三十人。全世界の感染者は八万五千人に達した」（十八章）といった具合に物語の背景で感染の拡大が記され、不気味な臨場感を漂わせている。そして、作中で描かれるコロナ禍に対する政府の対応の拙《まず》さもほぼ事実そのままであり、首相の安保宰三《あぼさいぞう》、その妻の明菜《あきな》、内閣官房長官の酸ケ湯《すかゆ》、東京都知事の小日向美湖《こひなたみこ》といった仮名で表される登場人物たちが、未曽有の国難を前にエゴ剝《む》き出しの愚かな政治コメディを繰り広げる。一応、作中の語り手は田口公平なのだが、ほぼ著者自身の意見表明と言っていいくらい、このあたりの政治批判は辛辣《しんらつ》だ。そのようにして現実のトピックを踏まえつつ、フィクションとしての部分では、桜宮《さくらのみや》市という架空の地方都市を舞台に、東城大学医学部付属病院関係者らによるコロナ対策が進行する構成となっており、ここは著者の医学的な知見が盛り込まれている。単行本の帯にあるように「世界初の新型コロナウイルス小説」なのかどうかは不明ながら（当たり前だが、世界中の小説をすべてチェックすることは不可能だ）、日本において初めての、しかもかなり現在進行形の事態に踏み込んだ野心的小説だったことは確かだ。

さて、このあたりの時期から、コロナ禍に合わせた新作ミステリの企画が登場しはじめている。八月と九月には『ステイホームの密室殺人1』と『ステイホームの密室殺人2』という二冊の競作集が刊行された。参加作家は、一巻が織守《おりがみ》きょうや・北山猛邦《きたやまたけくに》・斜線堂有紀《しゃせんどうゆうき》・津田彷徨《つだほうこう》・渡辺浩弐《わたなべこうじ》、二巻は乙一《おついち》・佐藤友哉《さとうゆうや》・柴田勝家《しばたかついえ》・法月綸太郎《のりづきりんたろう》・日向夏《ひゅうがなつ》・渡辺浩弐（渡辺はどちらの巻にも参加）

である。この二冊の巻頭に収録されている星海社編集者・太田克史《おおたかつし》からの依頼文をここで引用しておく。

あの4月7日の緊急事態宣言から「ステイホーム」のかけ声とともに、僕たちの日常は一瞬で変わってしまいました。

今まさに危ういバランスの中で、日常の中の非日常、非日常の中の日常とも言える奇妙な日々を、日本人が、そして世界の人々が送っています。

この、これまでにない混沌に満ちた光景も、今を生きる僕たちひとりひとりの努力を通じた事態の収束とともに、いつかきっとなつかしい記憶になっていくでしょうし、また、そうなっていかねばなりません。

しかし、それらの日々が記憶になってしまう前に、文芸が、そしてミステリーが果たすべき役割は必ずあるはずです。

この2020年春の大いなる日常と非日常の日々を舞台として、「ステイホームの密室殺人」をテーマに、ミステリーの王道である、フーダニット、ハウダニット、ホワイダニットを存分に描いていただきたいと思います。

「ステイホーム」のかけ声とともに始まった、新しい日々の状況下にふさわしい新しいトリックや新しい殺意や新しい不可思議な事件、新しい探偵や新しい犯人像が、きっとあるはずです。また、それらはまさにこの時代にしか存在し得ない徒花的な存在であるからこそ、かえって人間という生きものの本質を描くこともできるはずだと思います。

時代と切り結ぶ皆さんの熱筆を楽しみにしています。

星海社　太田克史

巻末の織守きょうやの「あとがき」によると、星海社の編集者から企画の説明と依頼があったのが二〇二〇年五月十五日で、〆切日を尋ねたところ「できるだけ早く」という回答があったそうで、とにかくスピーディーにこの企画をかたちにしたいという意向が編集部にあったようだ。収録作に目を通すと、各作家の個性も窺《うかが》えつつ、リモートによるトリックを取り入れたりコロナ禍の状況を密室に譬《たと》えるなど、どうしても着想が似通った部分も見られるけれども、このあたりは時間をかけた競作集にはない、時事ネタならではのスピード感と臨場感と評すべきだろう。

ただ、こうしたスピーディーな本作り作業と必ずしも相性のいい作家ばかりでなかったのも否《いな》めないだろう。例えば法月綸太郎はそのタイプであり、二巻所収の「題名のない朗読会（抄）」は、あとがきで著者が「四月に緊急事態宣言が出て以降、思うように小説が書けず一種の失語状態に陥っていました」と述べるような事情はあったにせよ、収録作の中ではどうにも生煮えの料理のような印象を受けてしまうのは、こうした星海社の編集方針との相性の悪さもあったのではと想像してしまうのだ。それにひきかえ、彼より世代が下の作家たちがそれぞれに悩みつつもフットワーク軽く執筆に挑んでいる様子が際立《きわだ》つ（先述の織守きょうやの「あとがき」によれば五月十五日の依頼に対し、プロットと初稿を送ったのは同十六日と二十日で、「人間やればできるんだなと思いました」と述懐している）。北山猛邦がデビュー作から世界の崩壊を作品の背景として描いてきたことや、斜線堂有紀が既に『夏の終わりに君が死ねば完璧だったから』（二〇一九年）という長篇で人間の身体が金塊に変わる致死の疫病「金塊病」の蔓延を描いているなど、参加作家の過去の作品との対比でこの競作を読み直してみるのも面白いかも知れない。

なお星海社は、十月には現役医師でもある津田彷徨の『ゴミ箱診療科のミステリー・カルテ』を刊行しており（『ステイホームの密室殺人1』の収録作と同様、新型コロナが蔓延しはじめたばかりの二〇二〇年初頭を背景に、「ゴミ箱」と揶揄《やゆ》される総合内科の一室に引きこもる天才変人医師の三神宗一郎《みかみそういちろう》が、マスクの大量消失事件などの謎を安楽椅子探偵スタイルで解き明かす連作医療ミステリである）、コロナ禍という世相を反映した小説に最も早くから興味を示し、それを世に送り出そうとしていた版元と言える。

九月に刊行された石田衣良《いしだいら》『獣たちのコロシアム　池袋ウエストゲートパークXVI』は、《オール讀物》に二〇一九年八月から二〇二〇年五月にかけて掲載された四つの短篇から成っている。そのうち表題作は、池袋のことなら表も裏も知り尽くしたトラブルシューターである主人公のマコト（真島誠《まじままこと》）が児童虐待マニアの秘密グループを潰す話だが、執筆時期が新型コロナの流行と重なっため背景にその世相が取り入れられており、マコトと腐れ縁の池袋の「キング」ことタカシ（安《あん》藤崇《どうたかし》）が率いるGボーイズの面々が、みなマスクをして町並みに溶け込んでいるという描写がある。二〇二一年九月に刊行された『炎上フェニックス　池袋ウエストゲートパークXVII』には、エッセンシャル・ワーカーの女性が仕事を失い「P活」（パパ活）に手を出すようになった状況を背景にした「P活地獄篇」、コロナ禍で本職だけでは食べていけなくなって副業としてフードデリバリーの配達員を始めた男が登場する「巣鴨トリプルワーカー」といった短篇が収録されており、物語とコロナ禍時代の世相との結びつきはより色濃いものとなっている。

十一月に刊行された東野圭吾《ひがしのけいご》『ブラック・ショーマンと名もなき町の殺人』は、コロナ禍の状況における帰省や、観光地が被《こうむ》った打撃などを背景にした本格ミステリであり、主人公の叔父にあたる元マジシャンが風変わりな探偵役を務める。最後の、関係者を集めての謎解きは元マジシャンだけにドラマティックな演出だったけれども、個人的には、せっかくコロナ禍を作中に取り入れるのであれば謎解きもリモートでやればいいのにと思わないでもなかった。また、同じく十一月に刊行された濱嘉之《はまよしゆき》『院内刑事《デカ》　ザ・パンデミック』は、警視庁公安部出身で、川崎市にある病院のリスクマネジメント担当顧問をしている廣瀬知剛《ひろせともたか》を主人公とするシリーズの第四作にあたる。医療崩壊を防ごうとする廣瀬の活躍ぶりはともかくとして、諸外国や労働組合やLGBTに対する不信に満ちた描写は、エンタテインメントとして読んでいると少々きついというのが正直なところだが、著者自身が元公安警察官だったことを考えると、国家権力というものが国民をどういう視線で見ているかというサンプルとしては有用な本だと言えそうだ。

こうしたさまざまな取り組みがミステリ作家たちによって繰り広げられる中、最も注目すべき活躍を見せたミステリ作家は吉川英梨《よしかわえり》だった。十二月に刊行された『月下蠟人《げっかろうじん》　新東京水上警察』は、二〇二〇年の東京五輪対策として、警視庁の管轄に五年間限定で設立された水上警察「五港臨時署」の活躍を描くシリーズの第五作で、そのような設定から必然的に、著者の作品中でも特に世相を反映している。『月下蠟人』は、東京湾に突き出したクレーンに吊り下げられた蠟人形の中から人間の死体が発見される……という江戸川乱歩《えどがわらんぽ》風の猟奇的犯罪を扱った長篇だが、東京五輪延期の知らせから始まり、警視庁の全職員がマスク着用を義務づけられ、各道場の使用や十名以上の集会も禁止されている……等々、コロナ禍における警察のありようの変化がこれほどリアルに描かれた警察小説は、二〇二〇年に入って初めてではないかと思われる。

一方で吉川は、二〇二一年五月に『感染捜査』を刊行している。こちらは、新種のウイルスの感染によってゾンビ化した人々が次々と惨劇を巻き起こすという非常事態に、警察官、海上保安官、医療従事者などから成る「感染捜査隊」が立ち向かう……という内容のパニック小説だ。物語の主な舞台がクイーン・マム号なる豪華客船（どう考えてもダイヤモンド・プリンセス号を連想させる）であることも含め、コロナ禍を意識して執筆されたことは明らかながら、ホラー的要素を強調し、ゾンビ・パニックとアクションの描写に振り切った作風は『月下蠟人』とは正反対である。

また、別の意味で注目すべきなのが榎本憲男《えのもとのりお》の『インフォデミック　巡査長 真行寺弘道』（二〇二〇年十一月）と、『コールドウォー　DASPA 吉良大介』（二〇二一年一月）である。警視庁捜査一課のしがない刑事・真行寺弘道《しんぎょうじひろみち》を主人公とする前者と、内閣府直轄のインテリジェンス班に属するエリート警視正・吉良大介《きらだいすけ》を主人公とする後者は、約一カ月違いで書き下ろし刊行されたが（前者は中公文庫、後者は小学館文庫）、実は同じ事件を表と裏から描いており、恐らく同時並行で執筆されたものと想像される。なお作中では、カルロス・ゴーンや志村けんや黒川《くろかわ》検事長らが実名で言及される一方、作中の首相は愛甲《あこう》という名前になっており、星野源《ほしのげん》がモデルの星乃元一《ほしのげんいち》や坂本龍一《さかもとりゅういち》がモデルと思《おぼ》しき坂下龍一郎《さかしたりゅういちろう》ら、実在のミュージシャンを想起させる名前も出てくる。海堂尊『コロナ黙示録』の登場人物が実名を想起させる仮名ですべて統一されているのに対し、こちらの仮名基準はいまひとつわかりにくい。

　コロナ禍が人々を動揺させる中、ミュージシャンの浅倉《あさくら》マリがライブを強行しようとしていた。真行寺は捜査一課長から浅倉の監視と説得を命じられるが、刑事ながら反体制的な性格で自由を愛する彼は、むしろ浅倉に共鳴する。だが、ライブ開催前に浅倉が急死し、何者かによって新型コロナウイルスを感染させられた疑惑が浮上する……というのが『インフォデミック』で描かれる事件である。だが、『コールドウォー』では、国家の安全保障という側面から、この事件の裏側で進行していた事態が描かれるのだ。

　両作品を読むと、二人の主人公の立場の相違を際立たせるという意図はわかるものの、国家の安全と「経済を回す」ことを最優先する吉良の姿勢はどうしても官僚的な思考に囚《とら》われていると感じるし、（物語の背景が二〇二〇年五月というまだ早い時期であることも関係しているのだろうが）真行寺は真行寺でコロナ禍による世代的分断にこだわりすぎており、新型コロナが若い世代にも大きな被害を及ぼしたことが判明している今から読み返すと説得力を欠き、二人のいずれにも共感できないという問題点がある。とはいえ、実際に起こった事象を細やかに踏まえながら、微視的には情報に踊らされる国民、巨視的にはコロナ禍をめぐる世界各国の思惑まで視野に入れた構想は、なかなか余人に真似し得るものではないと感じさせる。

二〇二〇年には、新型コロナウイルスそのものを直接扱ったわけではないものの、感染症を物語の主要モチーフにしたミステリも散見された。九月に刊行された穂波了《ほなみりよう》の第二長篇『売国のテロル』では、ワクチンの存在しない生物兵器パンデミックが全世界規模で蔓延し、その発生源とされた日本が、国際テロの嫌疑をかけられてバッシングされる。もっとも、穂波は二〇一九年刊のデビュー作『月の落とし子』でもパンデミックに伴うパニックを描いているので、『売国のテロル』の構想にどこまで現実のコロナ禍が影響を与えたのかは定かではない。

十月に刊行された市川憂人《いちかわゆうと》『揺籠のアディポクル』は、密室状態の無菌病棟を舞台とする本格ミステリだが、これに関しては、あまり内容に言及するとネタばらしになりかねない危険性があるため、タイトルを挙げるにとどめておく。

十一月に刊行された葉真中顕《はまなかあき》『そして、海の泡になる』は、バブル期に「北浜の魔女」と呼ばれマネーゲームを繰り広げるも、バブル崩壊とともに自己破産し殺人を犯して獄死した女性のミステリアスな生涯を追う犯罪小説であり、新型コロナそのものを正面から捉えた内容ではないものの、コロナ禍が日本に広まった二〇二〇年とバブル崩壊の端緒となった一九九〇年とのあいだに相似を見出《みいだ》し、更《さら》に太平洋戦争の敗北を重ね合わせることで、コロナ禍を日本の「第三の敗戦」として捉えている。

そして、二〇二〇年の最後を飾ったのが、十二月に上梓された北里紗月《きたざとさつき》『連鎖感染 chain infection』である。著者は大学院で生物学を学んでおり、その知識を活《い》かして医療ミステリのシリーズを発表している。作中で活躍するのは毒物研究者の大学院生・利根川由紀《とねがわゆき》であり、本作もそのシリーズの一作だ。二〇一九年、千葉県にある総合病院で重症患者が次々と発生し、感染は患者のみならず医師や看護師にまで拡がってゆく。孤立状態となった病院を舞台とする未知のウイルスの蔓延に、医療関係者や専門家、そして居合わせた由紀らが必死で対応するが、動画投稿サイトにはバイオテロであることを表明する警告文がアップされ、しかも報道を見て千葉県民がパニックを起こすなど、事態は刻一刻とエスカレートしてゆく。コロナ禍の状況下で読むと怖いくらいの臨場感がある小説であり、ひとを救いもすれば殺しもする科学の二面性を抉《えぐ》っている。

この他、物語の背景としてコロナ禍に少しだけ言及がある下村敦史《しもむらあつし》『同姓同名』(九月刊)などのような例まで含めれば、二〇二〇年のあいだに刊行されたコロナ・ミステリはかなりの数に上るけれども、主な作品はほぼ紹介できた筈だ。

ここで、この年に発表された短篇ミステリについても触れておくことにする。一年間に雑誌掲載された短篇ミステリをすべてフォローしているわけではないので、あくまで目についた作例についてしか言えないけれども、案外少なかったというのが正直なところである。その中から三篇ほど言及しておこう。

近藤史恵《こんどうふみえ》「未来のプラトー・ド・フロマージュ」(《ミステリーズ!》二〇二〇年六月号)は、二〇二一年に『シェフは名探偵』というタイトルで連続ドラマ化もされた〈ビストロ・パ・マル〉シリーズの一作である。このシリーズは、フレンチ・レストランのシェフである三舟忍《みふねしのぶ》が、推理力を駆使して客たちの悩みを解決してゆく「日常の謎」系のミステリだが、「未来のプラトー・ド・フロマージュ」では、その〈ビストロ・パ・マル〉でもコロナ禍の影響で店の売り上げが今までにないほど減り、四月に発出された緊急事態宣言がそこに追い打ちをかけた状況になっている。オーナーからの提言で三舟たちは料理のテイクアウトを開始したが、そんな時、この店の客としては珍しい中学生くらいの年齢の少年がやってきた……という話である。飲食業という、コロナ禍によって最も打撃を受けた業種を描きつつ、未来への希望を託した物語になっている（二〇二三年、短篇集『間の悪いスフレ』に収録された）。

蒼井上鷹《あおいうえたか》「恍惚刑事《こうこつけいじ》」（《小説推理》二〇二〇年八月号）も、コロナ禍の時代を背景にしたミステリ短篇である。千葉県警の和木《わき》警部補は、スーパーの駐車場の防犯カメラに映っているのが、十年前に定年退職した「コウさん」こと幸田《こうだ》元警部補であることに気づく。あろうことか、コウさんは野球帽を三つも重ねてかぶっていた。脳梗塞と、新型コロナの流行による世の中の変化が原因で、コウさんは認知症の症状が顕著になっているという。テレビ電話で和木と会話したコウさんは、記憶の中で過去と現在が混濁している様子だったが、一方でまだ頭脳が錆びついていない面も見せていた……。ソーシャル・ディスタンスやフェイスシールドといった事象を取り入れながら、コロナ禍の時代だからこそ生じがちな犯罪について描いた試みである。

水生大海《みずきひろみ》「二週間後の未来」（《小説推理》二〇二〇年九月号）では、社内恋愛の相手が取引先の社長令嬢と結婚すると知った女性が、彼を毒殺しようと企てる。ところが、新型ウイルス（作中ではコロナという単語は使われていない）の流行がその計画を狂わせてゆく。リモート会議などのトピックを取り入れつつ、完全犯罪計画の顚末《てんまつ》を描いたブラックな味わいの小説である（二〇二一年、短篇集『あなたが選ぶ結末は』に収録された）。

小説以外で注目すべきものとしては、十二月に刊行された探偵小説研究会・編著『２０２１本格ミステリ・ベスト10』に掲載された、諸岡卓真《もろおかたくま》「『新しい日常《ニューノーマル》』の謎　感染症を描く10作」が、過去の感染症テーマのミステリの代表作に言及していて参考になる。紹介された作品は、既に触れた『ステイホームの密室殺人１』『ステイホームの密室殺人２』のほか、岩木一麻《いわきかずま》『時限感染』、横溝《よこみぞ》正史《せいし》『悪魔が来りて笛を吹く』、高野史緒《たかのふみお》『翼竜館の宝石商人』、有馬頼義《ありまよりちか》『リスとアメリカ人』、笠井潔《かさいきよし》『オイディプス症候群』、深谷忠記《ふかやただき》『一万分の一ミリの殺人』、古野《ふるの》まほろ『天帝のやどりなれ華館』、白井智之《しらいともゆき》『おやすみ人面瘡《じんめんそう》』、今村昌弘《いまむらまさひろ》『屍人荘の殺人』……と、本格ミステリが中心になっている（このうち『悪魔が来りて笛を吹く』は、どこが感染症ミステリだったか咄嗟《とっさ》には思い出せない読者が多いと思われるが、物語の発端となる天銀堂事件は、赤痢の予防と偽って毒薬を飲ませるという殺人事件である）。諸岡はこの文章で、「本格ミステリで感染症が扱われる場合は、事件の背景として一種の『特殊設定』的な位置づけが与えられることが多かったようである。しかし、現在、もはやそのような設定は一般的なものになった。この『新しい日常』において、どのような謎解き物語が構想されていくのか、今後も注目である」と指摘している。

……といったあたりが、二〇二〇年のミステリ界における目ぼしいトピックだった（パンデミック・ミステリの旧作の文庫化などについてはあとでまとめて触れる）。では、続く二〇二一年にはどのような状況になったのだろうか。

この年、コロナ禍は収束するどころか、夏にはこれまでで最悪のデルタ株による第五波を迎え、医療現場は逼迫《ひっぱく》の度を増した。一月・四月・七月に緊急事態宣言が発せられ、明らかに前年より悪化した状況にもかかわらず、東京五輪はさまざまな反対の声を押し切って強行されたが（詳しくは第二章を参照）、それを弾みにして支持率上昇を狙った菅義偉首相の目論見は外れ、この年の九月に退陣を表明し、自民党の総裁選によって岸田文雄《きしだふみお》内閣が誕生した。こうしたいつまでも終わらぬ悪夢的状況を反映して、フィクションの世界でも新型コロナやパンデミックを扱った作例が多くなり、そのヴァリエーションも豊富になった。

それらを完璧に網羅できているわけではないので、あくまでも私の目に留まった作品を中心に話を進めることにするが、まず注目しておきたいのは、当時の本邦ミステリ界における現役最高齢作家のひとりであり、十津川省三《とつがわしょうぞう》警部が活躍するトラベル・ミステリによって一世を風靡《ふうび》した西村《にしむら》京太郎《きょうたろう》の積極的な取り組みである。

西村が二〇二一年四月に上梓した『石北本線　殺人の記憶』は、元銀行頭取の松崎《まつざき》が、二十年間のコールドスリープから目覚めるシーンから開幕する。松崎はかつて、北海道の財界を牽引《けんいん》する六人衆の一人に数えられたが、バブル崩壊の際、その責任を他の五人から押しつけられるかたちで収監され、社会に絶望してコールドスリープ実験の対象となることを望んだのだ。二十年ぶりに社会に出た松崎は、新型コロナウイルスの蔓延によってすっかり様変わりした世界に茫然《ぼうぜん》とする。そして、松崎の元秘書が行方不明になり、松崎に責任を押しつけた五人衆が次々と何者かに殺害されてゆく。

松崎の覚醒は二〇二〇年二月二十二日に設定されており、そこから事件が進展するにつれて、背景ではコロナ禍がどんどん拡大してゆく。そればかりか、被害者のうちの一人も容疑者も新型コロナ感染者であり、難攻不落の立場と思われた犯人を逮捕に持ち込む決め手にも新型コロナが関係している……といった具合に、かなり本格的なコロナ・ミステリに仕上がっているのだ。

西村は同年十一月には『十津川警部　特急リバティ会津111号のアリバイ』を上梓している。こちらは、二〇二〇年七月に始まった「GoToトラベルキャンペーン」の旗振り役だった財務省キャリア官僚で内閣官房参与の土屋《つちや》が、東北新幹線の車内で他殺死体となって発見される……という発端であり、事件の背景として、GoToトラベルキャンペーンをめぐる首相のブレーン同士の対立があったことが次第に浮上してくる。更に、アリバイ・トリックにもコロナ禍の時代ならではのあるアイテムが関わっているのだ。齢《よわい》九十一にしてリアルタイムで進行中の社会的事象を作中に取り入れる攻めの姿勢には感嘆するしかない（残念ながら、西村は二〇二二年三月にこの世を去った）。

他にも、物語の背景として新型コロナの流行が描かれたミステリ小説が幾つも存在していた。最も早かったのは二〇二一年一月に刊行された塔山郁《とうやまかおる》『毒をもって毒を制す　薬剤師・毒島花織《ぶすじまかおり》の名推理』である。薬に関係する出来事を名探偵のように解決する薬剤師が登場するシリーズの第三作であり、第一話「ノッポちゃんとアルコール依存症」は二〇二〇年三月四日からスタートする。花織に想いを寄せる水尾爽太《みずおそうた》の職場であるホテル・ミネルヴァも、外国人旅行客《インバウンド》の団体予約がほぼキャンセルとなり、三月には国内旅行者も減少……という状態になっている。総支配人がフロントスタッフを集めてのミーティングでは新型コロナへの対策が周知徹底されるが、第二話「毒親と呼ばないで」では爽太の先輩ホテルマンの馬場《ばば》が発熱し、自身に症状はないが馬場の濃厚接触者となってしまった爽太も、馬場ともどもホテル最上階に二週間隔離されることになる。そして第三話「見えない毒を制する」では、ホテルのスタッフに体調不良者が更に増加する。ヴィデオ通話で爽太から状況を伝えられた花織は、スタッフの症状の原因と感染の経路を安楽椅子探偵的に推理してみせる。

丸山正樹《まるやままさき》『わたしのいないテーブルで　デフ・ヴォイス』（八月刊）は、手話通訳士・荒井尚人《あらいなおと》を主人公とする「デフ・ヴォイス」シリーズの第四作。二〇二〇年春、荒井は休校・休園となった二人の娘の面倒を見るため手話通訳の仕事を行えず（そもそも、皆が自粛生活に入ったことにより、ろう者が病院や役所や銀行に行く際に同伴する派遣通訳の仕事が激減している）、一方、埼玉県警の刑事である妻のみゆきは、飯能《はんのう》署の主任という責任ある立場になってからはそう簡単に仕事を休めない。そんな中、荒井のもとに旧知のＮＰＯ法人の人間から、ろう者の女性が母親を刺して怪我を負わせた事件への協力を依頼される。逮捕された女性は黙秘し続けているというのだが……。ただでさえ不利な立場にある社会的弱者が、コロナ禍という特異な状況下で思いがけない苦境と直面せざるを得ない現実を、真摯《しんし》かつわかりやすく描いた作品である。

その他の作例を駆け足で紹介すると、若竹七海《わかたけななみ》『パラダイス・ガーデンの喪失』（八月刊）は、架空の地方都市・葉崎《はざき》市を舞台にしたシリーズの久々の新作だが、この街にも新型コロナウイルスは忍び込んでいる。葉崎警察署では署長の栄転にあたって、署の経費でコンパニオンを呼んで小料理屋で歓送会を行ったところ、コンパニオンと濃厚接触した署長ら幹部たちが検査で陽性反応を示し、その影響で約四割の署員が自宅待機となる……という情けない体《てい》たらくを露呈することになるが、これは実際に警察署の幹部が宴会を開いて感染者を出した現実の出来事を反映しているのだろう。辻堂《つじどう》ゆめ『トリカゴ』（九月刊）には、入院中の人物に刑事が面会して事情聴取をしようとすると、その息子から「病院側が感染予防を徹底していて、家族の面会にすら制限がかかっている状態なんです。何より父自身が、長生きしたいと願っていて……」と、新型コロナウイルスを盾に断られる場面がある。乾《いぬい》ルカ『おまえなんかに会いたくない』（九月刊）は、十年前に北海道の高校を卒業した元クラスメートたちが同窓会を開こうとするも、タイムカプセルに仕掛けられたと思しきいじめられっ子の復讐に怯える……というサスペンス小説だが、背景で拡大してゆくコロナ禍も登場人物の境遇に影響を及ぼしてゆき、スリルを増幅させている。宇佐美《うさみ》まこと『子供は怖い夢を見る』（九月刊）は、萩尾望都《はぎおもと》の『ポーの一族』を彷彿《ほうふつ》させるような謎めいた一族の姿が見え隠れする、ミステリ的要素もあるダーク・ファンタジー小説だが、コロナ禍をモデルにしたタルバガン・ウイルスの世界的流行が物語の背景となっているのみならず、結末にも大きく関係している。

しかし、二〇二一年に発表されたコロナ・ミステリの中で最も大胆な試みは、十一月に刊行された山本巧次《やまもとこうじ》『大江戸科学捜査　八丁堀のおゆう　ステイホームは江戸で』ではないだろうか。これは、元ＯＬの関口優佳《せきぐちゆうか》がひょんなことから現代と江戸時代を行き来する二重生活を送ることになり、江戸ではおゆうと名乗って、南町奉行所定廻《じょうまわ》り同心・鵜飼伝三郎《うかいでんさぶろう》に協力するかたちで怪事件を解決してゆくシリーズの第八作である。コロナ禍は時代小説の世界にはあまり影響を与えないだろうと思っていたのだが、「コロナ禍だから、江戸で謎解きでもしよう」という惹句《じゃっく》が帯にプリントされたこの作品には、この手があったかと驚かされた。

このシリーズでは、おゆうは江戸で起きた事件の証拠物件を現代に持ち帰り、協力者の宇田川聡《うだがわさと》史《し》に科学的に分析してもらって真相に辿りつく（宇田川は優佳が江戸時代に行っていることをシリーズの途中からは知っている）……というのがお約束になっているけれども、本作の場合、新型コロナウイルスを江戸時代に持ち込まないようにしなければならない……という縛りがあり、しかも鵜飼伝三郎が体調を崩したため、自分が江戸にウイルスを持ち込んでしまったのではとおゆうが懊《おう》悩《のう》するエピソードもある。事件解決後のオチもこのコロナ疑惑に関連しており、かなり大胆な構想と言えるだろう。

ミステリとは言い難いものの、海堂尊《かいどうたける》の『コロナ黙示録』の続篇『コロナ狂騒録』（九月刊）にも触れておこう。前作同様、政治諷刺《ふうし》パートはほぼ現実の出来事をなぞっており、安保宰三（＝安倍晋三）の退陣で首相の座を継いだ酸ケ湯儀平《ぎへい》（＝菅義偉）の東京五輪開催への妄執と、彼と犬猿の仲の東京都知事・小日向美湖（＝小池百合子《こいけゆりこ》）の老獪《ろうかい》ぶり、旅行業界に利権を持ちＧｏＴｏトラベルキャンペーンを推し進めるキングメーカー・煮貝厚男《にがいあつお》（＝二階俊博《にかいとしひろ》）の暗躍、浪速白虎《なにわびゃっこ》党（＝大阪維新の会）の中心人物である浪速府知事の鵜飼昇《うかいのぼる》（＝吉村洋文《よしむらひろふみ》。「鵜飼」は「うがい薬→イソジン」に掛けてある）、浪速市長の皿井照明《さらいてるあき》（＝松井一郎《まついいちろう》。「皿井」は「河童→雨合羽」に掛けてある）、白虎党創設者の蜂須賀守《はちすかまもる》（＝橋下徹《はしもととおる》）の三人衆の軽薄なポピュリストぶりなどが、現実の時系列に忠実に描かれている。一方で、海堂作品のレギュラー・キャラクターである田口公平や白鳥圭輔も前作から引き続き登場しており、アメリカ帰りの病理医・天馬大吉《てんまだいきち》、フリー病理医の彦根新吾《ひこねしんご》、地方紙副編集長の別宮葉子《べつくようこ》、作家の終田千粒《ついたせんりゅう》らと協力して、東京五輪中止、そして浪速白虎党の打倒などの目標に向けて動き出す。白鳥がいつもながらの傍若無人さで、政府コロナ感染対策分科会会長の近江俊彦《おうみとしひこ》（＝尾身茂《おみしげる》）、ワクチン担当大臣の豪間太郎《ごうまたろう》（＝河野太郎《こうのたろう》）、そして首相の酸ヶ湯らを、ある時は背中を押し、ある時は煽《あお》るなどして自分たちの目的に向けて動かしてゆく描写は痛快だが、物語のラストは、二〇二一年七月、「どうなろうと知ったことか」（引用は宝島社文庫版）と投げやりに嘯《うそぶ》く酸ヶ湯の孤独な姿と、未曽有の災厄の中で東京五輪が開催されようとしている、まさにその瞬間で幕を下ろしている。現実の出来事を「ノンフィクション」的に忠実に追いつつ、架空の登場人物の行動はヒロイックかつ痛快に描かなければならないという「小説」としての狙いが、この結末において分裂してしまっているように見えるのだ（二〇二一年七月以降の世界を生きる現実の私たちは、東京五輪が開催されたことも、浪速白虎党のモデルである大阪維新の会が信用を失うどころか、大阪維新の会を母体とする日本維新の会が二〇二一年十月の衆議院選挙で当選者を大幅に増やしたことも知っているのだから）。そもそも、海堂は『ナニワ・モンスター』（二〇一一年）では橋下徹をモデルにした村雨弘毅《むらさめこうき》という人物を好意的に描いていたが、『コロナ狂騒録』では橋下が軽薄な蜂須賀守と風雲児の村雨弘毅という両極端のキャラクターに分裂してしまっており、「ノンフィクション」的狙いと「小説」であることは海堂ワールドにおいて既に両立不能となっている。現実をリアルタイムで追いつつ「小説」に仕立て上げることの難しさを、前作以上に強く感じさせる作品と言えるだろう。

二〇二三年、海堂は「コロナ」三部作の完結篇『コロナ漂流録』を上梓した。ホスピス病棟とコロナ病棟の責任者を兼務することになった田口公平は、「効果性表示食品」を病棟に導入しようとする新任の医師・洲崎《すざき》と対立し、厚労省の白鳥圭輔に助けを求める。その背景では、安保元首相が狙撃されて死亡するなど、現実のトピックをなぞった出来事が進行してゆく。与党「自保党」と宗教団体「奉一《ほういつ》教会」(＝統一教会)の蜜月関係、浪速万博(＝大阪万博)関連をめぐる利権、コロナ新薬の開発と緊急承認の裏事情など、攻めの姿勢は相変わらずだ。前作に見られた「ノンフィクション」と「小説」の分裂は完全には解消されないままの感もあるとはいえ、白鳥や田口たちレギュラー陣の活躍によって巨悪を骨抜きにする戦略図をきっちり打ち出して三部作を完結させたことは評価に値する。

なお、医療に携わるミステリ作家によって執筆された非ミステリ小説としては、知念実希人《ちねんみきと》の『機械仕掛けの太陽』(二〇二二年)も注目作だ。シングルマザーの大学病院の勤務医、同じ病院の看護師、七十代の引退間近の町医者という三人の主人公が、二〇二〇年から二〇二二年にかけてのコロナ禍とどう戦ったかを通して、その約二年間の社会の変化が描かれている。特に、それまで体験したこともない極限状態に投げ込まれた医療従事者の混乱と困惑と疲弊の描写は、自らも現役医師として新型コロナ患者の治療に奔走した知念ならではの圧倒的臨場感がある。医療従事者が反ワクチン派の攻撃を受ける場面もあるが、これはTwitter(現・X)で反ワクチン派の誹謗中傷を受け、法的措置を取った自身の体験が反映されているのだろう。

これらの作品が、リアルタイムのコロナ禍を意識しつつ執筆されたのに対し、全くそういう意識なしに書きはじめられたにもかかわらず、結果的に時代とシンクロした作品というのもある。ミステリと言えるかどうかは微妙なものの、七月に刊行された、竹本健治《たけもとけんじ》の『闇に用いる力学』三部作（赤気篇・黄禍篇・青嵐篇）がそれである。

これは約四半世紀に亘《わた》り、中断を挟みつつ書き継がれてきた作品であり（赤気篇は一九九七年に一旦単行本として刊行されており、二〇二一年版はそれを改稿したものである）、質量ともに竹本の新たな代表作と言い得る超大作である。東京をさまざまな災厄が襲い、それをめぐって数多い人々が陰謀をめぐらせ、あるいはそれを暴き立てようとするが、その全容はなかなか明らかにならない。それらの災厄の中のひとつが、メルドと呼ばれるパンデミックであり、高齢者ほど死亡率が高いことから、作中では「ウバステリズム」という高齢者の死を望む風潮が社会に瀰漫《びまん》する。竹本は『闇に用いる力学』特装版に小冊子としてつけられた特別付録に掲載のインタヴュー「読者に眩暈《めまい》を感じてもらいたい」（インタヴュアー：千街晶之《せんがいあきゆき》）で、「『闇に用いる力学』のメルドは実はＳＡＲＳ《サーズ》がモデルだったんですよ（引用者註：ＳＡＲＳコロナウイルスは二〇〇二年に中国の広東省で最初の患者が報告され、翌年には中国を中心とする三十二の国や地域に拡大したが、日本では感染者は確認されなかった）。ＳＡＲＳが年齢が高い人ほど死亡率が高く、若い人はそんなに症状が重くない病気だったので、その特性を強調すれば面白い状況が作れるなというところからメルドという疫病を造形してみたんですけど、ＳＡＲＳの姉妹種である新型コロナもまさにそういう病気だったわけです」と説明しているが、二〇一七年十二月に雑誌連載が完結してから改稿を経て単行本化されるまでの期間に新型コロナが世界を覆い、まるで作中の状況を現実が追いかけているかのような奇怪な構図となり、竹本も同じインタビューで「実際、去年の二月くらいから『あれあれ、小説の展開通りになってきてるなあ』というのは感じましたね」と述べている。作者の計算と全く関係ないところで、絶妙のタイミングで世相とシンクロしてしまう作品というのは稀《まれ》にあるものだ。

　アンソロジーでは、二〇二一年二月、千街晶之・編『伝染《うつ》る恐怖　感染症ミステリー傑作選』が刊行された。感染症テーマに絞ったミステリのアンソロジーは、恐らく前例はない筈だ。収録作は、エドガー・アラン・ポオ「赤死病の仮面」、アーサー・コナン・ドイル「瀕死の探偵」、リチャード・オースティン・フリーマン「悪疫の伝播者」、コオリン・マーキー「空室」、西村京太郎「南神威島」、皆川博子《みながわひろこ》「疫病船」、梓崎優《しざきゆう》「叫び」、そして既に言及した水生大海「二週間後の未来」という、古典から二〇二〇年の最新作にまで及ぶ八篇。なお、フリーマン「悪疫の伝播者」は、同年三月に国書刊行会から刊行された『ソーンダイク博士短篇全集　Ⅲ　パズル・ロック』にも「疫病をまき散らす者」という新訳で収録されている。

　十二月に刊行された『警官の道』は、（収録順に紹介すれば）葉真中顕・中山七里・呉勝浩《ごかつひろ》・深《ふか》町秋生《まちあきお》・下村敦史・長浦京《ながうらきよう》・柚月裕子《ゆづきゆうこ》という豪華な顔ぶれによる警察小説の競作集である。「上級国民」問題や東京五輪など、さまざまな角度から世相を反映させた作品が多いけれども、ここでは呉勝浩の「Vに捧げる行進」を紹介しておく。コロナ禍で寂れつつある商店街で、シャッターがスプレーで落書きされるという被害が相次ぐ。交番巡査のモルオは、通報を受けて落書きの現場に急行するが、そこで失態を演じてしまう。一方、街ではこれまでにない殺傷能力を持つ進化形「スペシウムコロナ」の噂が流れていた……。新型コロナによる社会の分断と、そこから集団的に生まれる異常心理を描いており、警察小説としてスタートしながらも後半は幻想小説めいた味わいの異色作に仕上がっている。

二〇二一年末から二〇二二年にかけては、感染力が強いオミクロン株が世界中に蔓延している。日本では二〇二二年一月から第六波に突入し、各地で感染者数の最多記録が更新され、二月に入ると新規死者数も急増した。自宅療養を余儀なくされている感染者は前年の第五波の二倍を超え、感染が急拡大した地域では保健所による健康観察が行き届かなかったり、救急搬送に時間がかかるなどの事態が頻発しており、新型コロナ感染者以外の患者を対象とする医療にも皺《しわ》寄せが及んだ。二月に北京五輪が開催された中国では厳しい制限が敷かれた一方、ヨーロッパでは制限解除に転じる国も出てきた。

二〇二二年に入ってからは、有栖川有栖《ありすがわありす》『捜査線上の夕映え』（一月刊）、天祢《あまね》涼《りょう》『陽だまりに至る病』（二月刊）、福田和代《ふくだかずよ》『繭の季節が始まる』（二月刊）、潮谷験《しおたにけん》『エンドロール』（三月刊）、阿津川辰海《あつかわたつみ》『入れ子細工の夜』（五月刊）、結城真一郎《ゆうきしんいちろう》『#真相をお話しします』（六月刊）、五十嵐《いがらし》貴久《たかひさ》『奇跡を蒔くひと』（九月刊）などのコロナ・ミステリが陸続と発表されており（このうち『入れ子細工の夜』は収録作すべてがコロナ禍を背景とした短篇集であり、『#真相をお話しします』所収の短篇「三角奸計」はリモート飲み会をモチーフとしている）、それぞれコロナ禍の扱い方に工夫が見られる。ミステリ作家たちが、コロナ禍がすぐには過ぎ去らないものと見通し、ミステリならではの手法でそれを描くのが普通になったのだ。その中から、臨床犯罪学者・火村英生《ひむらひでお》シリーズの長篇である『捜査線上の夕映え』を取り上げてみよう。

作中の背景は二〇二〇年九月（事件の発生自体は八月二十八日）、新型コロナの第二波は鎮静化しつつあるものの、第三波が到来するのは目に見えている……という状況だ。語り手のミステリ作家・有栖川有栖（アリス）も不要不急の外出は控えており、相棒の火村とも春から会っていない。フィクションの世界における名探偵とワトソン役の間柄が、新型コロナによって影響を受けた……という描写は、既に触れた塔山郁『毒をもって毒を制す　薬剤師・毒島花織の名推理』のように名探偵が医療関係者であるケースを除けば、恐らく初めてではないだろうか。登場人物の中には、コロナ禍を利用して株で儲けたり、ＧｏＴｏトラベルキャンペーンの後押しで旅行に出た者もおり、その点でも新型コロナに関連する世相が濃厚な小説と言える。

また序章では、アリスが最近流行している「特殊設定ミステリ」について、次のように分析するくだりがある。

　ふと思う。特殊設定ミステリが歓迎されているのは、作中の世界がどこまで特殊であろうと、むしろ突拍子もないものであればあるほど、作者が懇切丁寧にルールを説明してくれるからではないか。説明に遺漏《いろう》があったら大変だ。読者から「ソレができないのにアレはできるのか。恣意《しい》的だな。作者がやりたい放題ではないか」とクレームがつくのは必至である。よって作者は曖昧さを排し、隅々まで見通せるように物語世界を描かなくてはならない。
　翻って現実世界はどうか。社会は複雑さを増し、科学技術は進歩するほどにブラックボックス化が進んで、私たちの見通しは悪くなるばかり。世界的に格差の拡大や固定化が問題となって、近年の日本では上級国民・下級国民という嫌な言葉も生まれた。どの階層に属しているかで法律を破った時の処遇も変わるとなれば、ルールなどあったものではない。こんな世界こそ、理解困難な特殊設定でできていると言えるのではないか。

そこへもってきて、今度のコロナ禍だ。中国・武漢《ぶかん》で発生した新型コロナウイルスは未知のもので、治療法やワクチンが開発されていないどころか（引用者註：作中の背景は二〇二〇年なのでまだ一般にワクチン接種は普及していない）、まだその全容が明らかになっていない。さらにいつどこでどんな変異を遂げるかも判らず、さながらジョーカーのごとき存在となって、人類が営々と築いてきた社会を毀損《きそん》し続けている。呪わしいウイルスは、その設定が不明。

特殊設定ミステリが歓迎されている理由は、現実世界が特殊設定化していることも一因に思える。こんな世界より、いかに歪《いびつ》であっても確たるルールが確立した物語世界の方が受容しやすく、かえって安らげるかもしれない。

実際には、特殊設定ミステリのブームの始まりと新型コロナの蔓延のあいだにはタイムラグが存在するけれども、ある種の特殊設定ミステリの作例を分析する上では有力な補助線になりそうな理論だと感じる。また、特殊設定ミステリに限定せずとも、この考え方は本格ミステリそのものと現実との関係に敷衍《ふえん》可能であり、先述のインタビュー「読者に眩暈を感じてもらいたい」における竹本健治の「本格ミステリというのは『理想空間』であって、まさにそこにこそ本格ミステリの価値があるわけですが、その意味では、僕にとっては『闇に用いる力学』のほうがより現実的な空間だ、とは言えるかも」という発言とも通じるものがある。なお有栖川有栖は、心霊探偵・濱地健三郎《はまじけんざぶろう》が活躍する連作短篇集『濱地健三郎の呪《まじな》える事件簿』（二〇二二年九月刊）では、コロナ禍の世相ならではの怪談ミステリを試みており、コロナ禍におけるミステリの可能性をかなり積極的に探求している作家と言える（二〇二三年以降の作例は数が多いので基本的に省略するが、コロナ禍初期の世相を巧みに取り入れた辻堂ゆめ『答えは市役所3階に　2020心の相談室』〈二〇二三年〉、コロナ禍で祭礼などが執り行われなくなった状況を踏まえた怪談ミステリである黒木《くろき》あるじ『春のたましい　神祓《かみはら》いの記』〈二〇二四年〉の二作は優れた作例として挙げておきたい）。

　ここでちょっと話題を変えて、コロナ禍と関連する旧作の復刊・再評価にも目を向けてみよう。二〇二〇年には、大原省吾《おおはらしょうご》『首都圏パンデミック』（二〇一六年。『計画感染』を改題）、初瀬礼《はつせれい》『感染シンドローム』（二〇一六年。『シスト』を改題）といった、パンデミックを扱った旧作が文庫化されるなどした。小池真理子《こいけまりこ》の初期長篇『彼方の悪魔』（一九八七年）が二〇二一年に復刊されたのも、留学先から死んだリスを持ち帰ってきたせいでペストに感染した大学生が登場するからだろう。二〇二〇年十一月に文春文庫から刊行された伊岡瞬《いおかしゅん》『赤い砂』は、デビュー前の二〇〇三年に新人賞応募のために執筆されたものの日の目を見なかった作品であり、人々が突如錯乱して自殺するという感染症の謎を刑事が追う警察小説仕立てになっている。中国で発生した強毒性の新型インフルエンザ・ウイルスが日本に上陸し、東京封鎖作戦が開始される高嶋哲夫《たかしまてつお》『首都感染』

（二〇一〇年）も版を重ねた。個人的には、キスによって感染する病の流行のため、キスが国際的に禁止された近未来を舞台とする近藤史恵の特殊設定ミステリ『あなたに贈る×《キス》』（二〇一〇年）なども再注目されてほしいところだと思う。だが、改めて評価されたパンデミック小説の筆頭は、何といっても篠田節子《しのだせつこ》の『夏の災厄』（一九九五年）だろう。未知の感染症を前にして後手に回る行政、買い占めに走る人々、混乱と疑心暗鬼の拡大……といった描写には、四半世紀後の二〇二〇年の状況を先取りしていたかのようなリアリティがある。

翻訳ミステリに目を向けると、本国での刊行から邦訳が出るまでにタイムラグがあるのはどうしても避けられないためか、二〇二一年の時点では、新型コロナを扱った目ぼしい作例はあまり見当たらなかった。珍しい例外として、死亡率八〇パーセントの新型ウイルスの流行によりロックダウンされたロンドンで起こる連続殺人を描いたイギリスの作家ピーター・メイの『ロックダウン』（二〇二〇年）が邦訳されている。ただしこれは二〇〇五年にH５N１型と分類された強毒型の鳥インフルエンザから発想を膨らませて執筆されたものの、非現実的だと判断されて出版に至らなかった小説が、コロナ禍で注目されて刊行に至った例であり、実際に読んでみるとそれなりに迫真度が高いサスペンス小説ながら粗削りさは否めず、一旦はお蔵入りになったのもむべなるかなというのが正直な感想である。

ドイツに亡命した中国のノンフィクション作家・廖亦武《リャオイウ》の初めての小説『武漢病毒襲来』（二〇二〇年）は、ミステリとして書かれた作品ではないけれども、「ヒッチコック式サスペンス」という副題がつけられた章もあるので、ついでに紹介しておきたい。故郷の武漢《ぶかん》がロックダウンされたその日に中国に帰国した主人公の歴史学者が、妻子の待つ武漢へ戻ろうとするも、交通手段が遮断され、武漢出身者への偏見も蔓延《はびこ》っている……という数々の障害を乗り越えなければならなくなる。主人公とその周囲の人間は架空の人物ながら、冒頭に登場する、武漢ウイルス研究所を取材しようとしたネットジャーナリスト〈キックリス〉をはじめ、多くの実在の人物が言及されている。そこから浮かび上がってくるのは、皇帝に準《なぞら》えられる習近平《しゅうきんぺい》国家主席率いる中国政府の、徹底した情報統制と、真実を暴こうとした者や体制に異を唱えようとした者たちへの残酷な迫害手段の数々である。小説仕立てとはいえ、どちらかと言えばノンフィクション的なリアリティと怖さを感じさせる一冊だ。

二〇二二年になると流石《さすが》に翻訳作業に付随するタイムラグも解消されたからか、コロナ禍を扱った海外ミステリの邦訳が相次ぐようになった。二〇二一年の春を舞台とするカリン・スローター『偽りの眼』（二〇二一年）は、主人公もその妹も新型コロナ感染の経験者で、主人公の娘が通う学校はマスク着用が義務化されており、刑務所でコロナが流行しているせいで判事は被告人を勾留したがらず、陪審員も法廷に出かけるのを嫌がる……といった状況が描かれている。マイクル・Z・リューイン『祖父の祈り』（二〇二二年）は、世界的パンデミック（新型コロナとは書かれていない）により荒廃してゆく社会で、自分と家族を守ろうとする老人を主人公とする近未来SFだ（なお、コロナ禍の状況下におけるリューイン自身の生活は、《ミステリマガジン》二〇二二年九月号のマイクル・Z・リューイン特集で紹介された）。キャサリン・ライアン・ハワード『56日間』（二〇二一年）は、二〇二〇年三月二十七日にアイルランドのダブリンでロックダウンが施行され、住民に行動制限が課せられたという現実を背景に、そのロックダウンが主人公たちの運命を狂わせるサスペンス小説だった。

ミステリ作家の多くは小説によってコロナ禍の時代を再現したが、それ以外の手段によって時代を記録した作家もいる。二〇二一年四月に刊行された桜庭一樹《さくらばかずき》『東京ディストピア日記』と、同年八月に刊行された髙村薫《たかむらかおる》『作家は時代の神経である　コロナ禍のクロニクル2020→2021』がその代表だろう。

このうち『作家は時代の神経である　コロナ禍のクロニクル2020→2021』は、髙村が《サンデー毎日》に連載した時事コラムをまとめた一冊。激変する世相の中、著者の一貫した姿勢が窺えるけれども、枚数に縛りがある時事コラムということもあって、読み物としての味わいには乏しい。

小説家が書いたからこそ生まれる読み応えを求めるならば、桜庭の『東京ディストピア日記』のほうが圧倒的に面白い。著者自身の日記のスタイルで二〇二〇年一月二十六日から二〇二一年一月九日まで（プロローグを除く）を描いたこの本は、コロナ禍に翻弄された社会を、日本や世界で起こる出来事を拾い上げるマクロな視座と、著者の身の回りにおける日常の変化を綴《つづ》るミクロな視座の両方を駆使して描いており、新型コロナが日本に上陸してからどんなことが起きたかを後々振り返る上で絶対に欠かせない一冊となることは間違いない。

行きつけのカフェをはじめ、著者の身近な場所に集《つど》う人々の会話などを通して、コロナ禍に伴って著者の周辺で起こった日常の変容が描かれる一方、コロナ禍が始まってから日本や海外で報道された出来事を、大小の差をつけずに紹介しているのがこの本の特色だ。世界中で増大してゆく感染者数・死者数、各国の政治家たちのコロナ禍への対処といった大トピックに混じって、「オランダでは、休館中の美術館から、ゴッホの名画が何者かに盗まれてしまった」（三月三十一日の記述）、「アメリカのマサチューセッツ州のスーパーで、男性が『コロナのハグだ！　おまえもうコロナだ！』と買い物客に抱きつく事件が発生」「フランス南部の地中海沿いのヌーディスト村で、百五十五人の集団感染が起こった」（ともに八月三十日の記述）等々、日々の重要なニュースに紛れて忘れられてしまいそうな小トピックが並列的に記録されている。恐らく桜庭は、トピックの大小に差をつけるのではなく、目に留まったすべてのコロナ関連の出来事を記録するのが自らの役割であると考えているのだろう。

その姿勢の拠《よ》り所を示していると思しき記述が、四月三十日のくだりにある。

　公園に響く、悲鳴のようなキンキン声や、花屋さんとの会話、缶ビール片手に駅の階段を下りる男性の後ろ姿や……。いろんなシーンが頭の中に同時に蘇る。そして、いまのこの生活、わたしたちひとりひとりひとりの日々、ひとりひとりの生き死にが、かけがえのない〝稗史〟なのだと、改めて思う。

でも……。

国家たち、つまりジャイアンたちにとっては、国際政治で優位に立つこと、経済力を保つことが、もっとも優先すべきことであり、それに比べれば、人命なんて、所詮、何万、何十万という数字に過ぎないんじゃないか？　今も、「一人でも多くの国民の命を助ける」のではなく、たとえば「十万人は死ぬが経済は回復する」ほうの道を、常に選んでいるのではないか？

これが正史の正体か。

（中略）

自分には、小説家という職業の最低限の倫理というものがあり、生きている間は、〝たった一つの命の絶対的価値〟のための稗史を記録し続けねばならない。

何人が感染して何人が命を落としたという数字や、コロナ禍に各国の政府がどのように対処したかといったことは、正史として記録され、後々まで残る筈だ。しかし、コロナ禍に付随して起きた小事件や、ましてや個々人の身の回りで生じた分断や変化などは、時の流れとともに忘れ去られる運命にある。だが、記録しておきさえすれば、いずれ遠い未来にでも誰かの目に触れることもあるだろう。『東京ディストピア日記』は、そのような使命感に裏打ちされている。

また、この本のもうひとつの特色は、著者がリアルタイムで感じ、考えたことがほぼそのまま反映されているという点である。それは言い換えるなら、当時著者の考えたことがたとえ間違っていても、それはありのままの記録として改竄《かいざん》も美化もされず残されているということでもある。例えば、四月十六日の次のような記述だ。

世界はいま、大きく二つに、割れていくように見える。

ニューヨーク州知事や、ニュージーランド、台湾、厳しいロックダウンで乗り切った社会主義国キューバなどは、〝根拠ある推測をもとに最悪の状態をサバイブする〟という、論理的で理性的な存在に見える。

（中略）

一方で、トランプ大統領や、ブラジル、ベラルーシの大統領などは、〝強引に現実をねじ曲げるために大声で発言する〟という、奇怪で醜悪な存在と思える。

そして、分断された世界のどちらに属する者かは、見た目でわかるのかもしれない。そう――マスク、だ。ニューヨーク州知事は「他者と一・八メートル以上近づく場合はマスクをする」という知事令を出し、「あなた方には他者に感染させる権利はない」と述べている。

一方、トランプ大統領、ブラジルの大統領などは、本人もマスクをつけない。

前者の街や国では、感染拡大が抑えられつつある。後者の街や国では拡大し続けている……。


当時、この桜庭の見解と意見を同じくするひとは多かった筈だ。しかし、現実はどうだったか。

ニューヨーク州知事アンドリュー・クオモは、当初は良識的な発言と事態への理性的な対処で支持を集めたものの、実際にはニューヨーク州政府が高齢者施設や生活支援施設でのコロナ感染者の死者数を大幅に過少報告していた事実が発覚し、クオモ個人のセクハラ疑惑も重なって二〇二一年八月に辞任に追い込まれるに至った。彼は二〇二〇年に国際エミー賞功労賞を受賞したものの、翌年にはそれも取り消されている。表面的に「論理的で理性的な存在に見える」政治家が、実体もそうであるとは限らないのである。

無論、二〇二〇年四月時点の桜庭に、クオモという政治家の本性を見抜けというのは酷な要求であろう（一時は彼のパフォーマンスに、多くのニューヨーク市民が、多くのアメリカ国民が、そして世界中の人々が騙されたのだ）。『東京ディストピア日記』という本の価値は、そうした今読めば明らかに誤っているとしか思えない判断も含めて、著者がリアルタイムで考えた内容を改竄せずに発表したところにこそある。桜庭本人も「なにしろ歴史の渦中におり、まだなにもわからないとも思う」（三月二十日の記述）と記しているように、何が正しくて何が間違っていたのかは、未来に下される歴史の審判を待つしかないのだろう。

コロナ禍とミステリ界の現況について考察するならば、若手書評家の若林踏《わかばやしふみ》が聞き手を務めた『新世代ミステリ作家探訪』（二〇二一年）は読み逃せない一冊だ。これは若林がデビュー十年以内のミステリ作家たちを対象として、一つのテーマを設定しながらディスカッションによってミステリ観を掘り下げる――というトークイヴェントの内容をまとめたものだが、最初は新宿の「Live Wire High Voltage Cafe」にゲスト作家を招いていたのが、新型コロナウイルスの拡大が原因で、途中からは無観客での動画配信、あるいは完全リモート配信の形式を取るようになっていった（私はその殆どを視聴していたけれども、リモートに不慣れな最初の頃は、音声が聞こえなかったりするなどの配信トラブルも発生した）。その意味で、本の成り立ちそのものがコロナ禍の世相と切り離せないという異色の一冊だが、トークの内容もそれを反映したものになっていったこともこの本で注目すべき点だろう。中でも印象的だったのは呉勝浩の回である。呉は、日本のコロナ禍の状況は暴動が発生したアメリカなどよりは表面的にマシに見えるけれども、そこにもどかしさを感じていると述べ、次のように指摘する。


非常に悪い表現であることは承知の上で言いますが、私たちはものすごく上手に飼いならされている感覚が強いんですよ。私はそれを「ちょうど良い貧困」と呼んでいます。

例えば手取り十三万で何が出来るでしょうか。家族は作れますか？　たぶん、作れないでしょう。将来、何かのために貯蓄をすることは出来ますか？　たぶん出来ないでしょう。でも、一人であれば、何とか生きていけるくらいの額ではあるんですよね。

「生きていけるならいいじゃん」と思う一方で、決して楽ではない生活を送ることになります。そんな中では当然、モヤモヤした気持ちが生まれます。では、すっきりしない気持ちはどこにぶつけるのか。自分より下の存在であると見下せるような弱者にぶつけてしまうわけです。その構造がコロナ禍の状況で一層はっきりしてきた気がします。

貧困問題が声高に叫ばれているものの、自分がその当事者とは思えない人が大勢いるのではないでしょうか。明らかに当事者であるはずなのに、みんなごまかされて生きている気がするんですよ。

この、「自分がその当事者とは思えない人が大勢いる」「ちょうど良い貧困」という表現は、このコロナ禍における日本の社会状況のあらゆる部分に適用できそうである。例えば、コロナ禍の時代になってから非正規労働の女性の貧困や自殺者数の増加が話題になっているけれども、非正規労働の女性の貧困が時として黙過《もっか》されがちだったのは、ギリギリの生活を送りながらもそれが常態のため貧困と気づかなかったケースも多いためであり、それがコロナ禍による収入の激減や失業で表面化したと考えれば、まさに呉の言う「自分がその当事者とは思えない」「ちょうど良い貧困」が、その「ちょうど良い」限界すらも超えて暴発したと見なすべきだろう。それが暴動のような事態につながらないのは、良きにつけ悪しきにつけ何事も極端に走りがちなアメリカとは好対照であるが、それだけに社会全体のドラスティックな変革は起きにくく、そのぶん、閉塞感の行き場がなくなっていると言えよう。なお、呉勝浩が二〇二三年に上梓した長篇『Q』は、そんなコロナ禍の時代の閉塞感を背景としたミステリであり、彼の新たな代表作と言える力作である。

続いて、新型コロナとミステリ映像作品の話題についても言及しておこう。小説の場合は極端に言えばステイホーム状態で一人でも読めるけれども、映画を観ようとすればどうしても映画館にまで出かける必要があるため、外出をなるべく避け他人との接触を減らすソーシャル・ディスタンスの傾向とは相性が悪かった。緊急事態宣言の発出の繰り返しなどが原因で、本来なら二〇二〇年に公開される予定だった映画の公開時期延期が相次いだが、ミステリ関係に絞るなら、一九九七年から毎年四月に公開されてきた邦画界きってのドル箱シリーズ「名探偵コナン」の劇場版が、コロナ禍のため二〇二〇年の公開を断念せざるを得ず、『名探偵コナン　緋色の弾丸』（永岡智佳《ながおかちか》監督、櫻井武晴《さくらいたけはる》脚本）の公開はちょうど一年後の二〇二一年四月にずれ込んだ。また、長澤《ながさわ》まさみ・東《ひがし》出昌大《でまさひろ》・小日向文世《こひなたふみよ》のトリオが信用詐欺師を演じる人気シリーズの劇場版第二作『コンフィデンスマンＪＰ　プリンセス編』（田中亮《たなかあきら》監督、古沢良太《こさわりようた》脚本）も、二〇二〇年五月から同年七月に公開が延期となったけれども、この映画の場合、公開直前に詐欺師のジェシー役の三浦春馬《みうらはるま》が、また九月には同じく詐欺師のスタア役の竹内結子《たけうちゆうこ》が自ら死を選ぶという悲劇が起こったことのほうがファンに与えた衝撃は大きかった。二〇二二年に公開された第三作『コンフィデンスマンＪＰ　英雄編』（田中亮監督、古沢良太脚本）では、作中世界ではジェシーもスタアも生きていて、主人公たちの仕掛けたトリックに陰ながら協力している――という言及があって、人気キャラを演じた三浦・竹内へのスタッフの深い哀悼の思いを感じさせた。

公開スケジュールの狂いは海外作品にも及んでおり、ダニエル・クレイグがジェームズ・ボンドを演じる作品としては最終作となった『００７／ノー・タイム・トゥ・ダイ』（キャリー・ジョージ・フクナガ監督・脚本、ニール・パーヴィス、ロバート・ウェイド、フィービー・ウォーラー＝ブリッジ脚本）は日本では当初の二〇二〇年四月公開予定だったのが、相次ぐ延期によって二〇二一年十月にずれ込んだ。もっと大きな影響を被ったのが、ケネス・ブラナーが名探偵エルキュール・ポアロを演じるアガサ・クリスティー原作のシリーズ第二作『ナイル殺人事件』（ケネス・ブラナー監督、マイケル・グリーン脚本）で、これまた延期の繰り返しによって、公開予定が二〇二〇年十月から二〇二二年二月までずれ込んでいる（その間には、サイモン・ドイル役のアーミー・ハマーがセクハラで告発されるという騒動が発生し、別の意味でも公開が危ぶまれた）。

こうした事態に対応して、家でも映画を観られる映像配信の流れが加速することになった。また、劇場公開の映画でも、従来は試写が配給会社などで行われていたのに対し、現在はオンライン試写が主流になっているが、コロナ禍が明けた後に元に戻るのかどうかは不透明である。

　そんな中、コロナ禍を背景にした映画のうち特筆すべきものとして、二〇二〇年十一月に公開された邦画『真・鮫島事件』（永江《ながえ》二朗《じろう》監督・脚本）を挙げておこう。これは、今世紀初頭にインターネットの匿名掲示板「2ちゃんねる」（現「5ちゃんねる」）から誕生した都市伝説「鮫島事件」をモチーフとしたホラー映画である。鮫島事件とは、何らかの理由で真実が日本政府や公安に隠蔽《いんぺい》されていてその内容は絶対語ってはならない——という設定の架空の事件であり、皆に恐れられているにもかかわらずその具体的な内容を誰も知らないという意味では小松左京の有名な短篇「牛の首」と発想が通底しているが、今世紀初頭発祥の、今となっては古色蒼然《こしょくそうぜん》とすら言える都市伝説を、二〇二〇年代になって映画化する意味はあるのだろうか——と思ったひとが大半だったのではないか。しかし実際に観てみると、オンライン飲み会の最中に参加者が次々と怪異に襲われてゆくなど、コロナ禍の世相をいち早く反映した映画となっていた。

　この映画で特に秀逸なのが冒頭である。武田玲奈《たけだれな》が演じる主人公は、新宿駅付近と思われる雑踏を背景として自宅のあるマンションに向かい、やがて到着した自宅でマスクを外すのだが、ここに至るまでの冒頭の数分間、彼女は素顔もわからないマスク姿のままだ。冒頭で主演女優の顔を見せないという大胆な演出自体にも驚かされるのだが、更に注目したいのは、雑踏を行き交う通行人（エキストラではなく本物の通行人と推測される）もまた殆どがマスクをつけていることである。コロナ禍が始まってからは誰もが日常的に見慣れている筈のマスク姿の群衆だが、それがスクリーンに映し出されることで、実はいかに異様な風景であるかが観客に改めて突きつけられるかたちとなっているのだ。他に登場人物のマスク姿に必然性があったミステリ映画としては、姿を消した息子を捜す女（黒沢《くろさわ》あすか）と、振り込め詐欺グループの受け子として彼女に接近する青年（神尾楓珠《かみおふうじゅ》）の邂逅《かいこう》から物語が展開してゆく『親密な他人』（中村真夕《なかむらまゆ》監督・脚本、二〇二二年公開）が、コロナ禍の時代の孤立した人々の姿を描く上でマスクの存在が効果的だった（しかも、中盤からはアパートの一室が主な舞台となるため、室内シーンでは出演者はマスクをしなくて済んでいるという工夫もあった）。とはいえ、こうした試みは少数派であり、多くの映画では作中世界にコロナ禍が存在しないことになっている。そのぶん、映像の中の世界と現実との乖離《かいり》はもはや埋め難いように感じられてしまう。

コロナ禍との兼ね合いでいえば、映画よりもむしろ、スピーディーな制作が求められるTVドラマの世界のほうが受けた影響は大きかったようだ。特に、コロナ禍に対応した撮影方法やスケジュール作りがまだ確立していなかった二〇二〇年前半は、NHK総合の朝ドラや大河ドラマの撮影が中断するなど混乱を極めた。ミステリ系のドラマに限っても、『美食探偵　明智五郎』（菅原伸太郎《すがわらしんたろう》・水野格《みずのいたる》・本多繁勝《ほんだしげかつ》演出、田辺茂範《たなべしげのり》脚本、日本テレビ系）は緊急事態宣言発令のため撮影が中断され、第六話（ラストシーンは中村倫也《なかむらともや》と小芝風花《こしばふうか》が黒幕の前に距離をおいて配置された椅子に座り、朗読劇風に会話を繰り広げる……という演出が行われた）と第七話のあいだで三週間に亘って特別篇が放送されたし、『警視庁・捜査一課長２０２０』（テレビ朝日系）でも撮影スケジュールに変更が生じたため、過去エピソードが傑作選として放映されたり、主人公の大岩純一《おおいわじゅんいち》捜査一課長（内藤剛志《ないとうたかし》）らがテレワークで捜査会議を行うミニドラマが放映されたりした。

一方で二〇二〇年には、『金田一少年の事件簿　Zoomドラマ　STAY HOME殺人事件』（天樹征丸《あまぎせいまる》企画・脚本、ネット配信）、『リモートで殺される』（秋元康《あきもとやすし》企画・原案、中田秀夫《なかたひでお》監督、元麻布《もとあざぶ》ファクトリー脚本、日本テレビ系）、『JOKE～2022パニック配信！』（水田伸生《みずたのぶお》演出、宮藤官九郎《くどうかんくろう》脚本、NHK総合）といった、リモートの流行を取り入れたミステリドラマも幾つか作られた。中でも、不祥事で干されて引きこもり生活を送るようになった漫才師（生田斗真《いくたとうま》）がネット配信の生放送中に奇妙な事件に巻き込まれる『JOKE～2022パニック配信！』は、脚本の宮藤官九郎のブラックな側面が出た秀作だった。

しかし、こうした試みは二〇二〇年のみの一時的な流行にとどまっており、TVドラマではやがて、作中の世界にはコロナ禍は存在しないという設定が定着した。というのも、世相を忠実に再現しようとすれば作中人物が人前ではマスクをしていなければならないが、明らかに映像としては見苦しいため、TVドラマというメディアとは決定的に相性が悪かったからである。例えば、二〇二一年一月から三月にかけてTBS系で放送された連続ドラマ『天国と地獄～サイコな2人～』（平川雄一朗《ひらかわゆういちろう》・青山貴洋《あおやまたかひろ》・松木彩《まつきあや》演出、森下佳子《もりしたよしこ》脚本）は、刑事（綾瀬《あやせ》はるか）と殺人事件の容疑者（高橋一生《たかはしいっせい》）が一緒に歩道橋から転落したことにより、互いの人格が入れ替わってしまう……という設定の物語であり、二人の主演俳優の達者な演技が話題を呼んだけれども、コロナ禍を反映してマスクをつけているシーンがあるにもかかわらず、当然皆がマスクをしているべき警察の捜査会議のシーンでは誰もマスクをしていないなど、どうにも中途半端な描写が目についた。二〇二一年十月から二〇二二年三月にかけてテレビ朝日系で放送された『相棒20』の作中世界ではコロナ禍は起こっていないことになっており、そのためあるエピソードにおいては、現実世界では人前ではマスクをしているのが普通なのに、ドラマではある人物だけがマスク姿なのがあからさまに怪しい（実際、その人物が犯人だった）という、現実とは完全に反転したパラレルワールドのような光景が繰り広げられていた。

コロナ禍によって最も大きな打撃を受けた分野のひとつである演劇方面についても言及しておく。劇場を借りる膨大な費用、ステージ数が減らされることによる出演料の大幅な減少、チケットを売る時に委託先に払う「販売手数料」に加わる「キャンセル払い戻し手数料」……等々の事情があるぶん、演劇は他のジャンルよりコロナ禍によって被ったダメージが大きかった。

といってもこの方面は専門ではないので、たまたま私が観た舞台についてのみ触れることにするが、数多くの公演が中止・延期を余儀なくされる中、ミステリ劇専門の劇団「劇団フーダニット」（座長の松坂晴恵《まつざかはるえ》の夫は、二〇二一年に逝去したミステリ研究家・松坂健《けん》である）の第二十回公演『殺人処方箋～刑事コロンボ登場～』は、二〇二〇年四月予定だったのがコロナ禍によって延期となり、二〇二一年七月に上演された。

それでも、延期で済んだのは幸運な部類かも知れない。二〇二〇年二月十六日に新橋演舞場で幕を開けた新派公演『八つ墓村』は、二月二十八日以降の公演と、六月に予定されていた大阪松竹座での公演が中止となってしまった。私はたまたま初日である二月十六日にこの舞台を観たが、能面をつけた八つ墓明神に背後から操られながら歌舞伎の『伊勢音頭恋寝刃《いせおんどこいのねたば》』の福岡貢《ふくおかみつぎ》さながらに村人たちを斬り倒してゆく田治見要蔵《たじみようぞう》（二代目喜多村緑郎《きたむらろくろう》）の斬新な三十二人殺しの演出や、要蔵の絶命シーンの愁嘆場《しゅうたんば》など、新派ならではの見どころが数多くある舞台だっただけに（新派の重鎮である二代目水谷八重子《みずたにやえこ》と波乃久里子《なみのくりこ》が演じたため、小梅《こうめ》・小竹《こたけ》の双生児が二人とも最後まで死なないという、『八つ墓村』歴代映像化・舞台化で初めてと思われる大胆な脚色も見られた）、公演中止は惜しまれる。

こうして、コロナ禍がミステリ界に及ぼした波紋と、そこから生まれた作品群を紹介したけれども、最も大きなダメージを被った演劇に対し、映画やTVドラマは公開・放送の延期などで影響を抑えたものの、一部の作品を除きコロナ禍の世相を反映することには失敗し、むしろ新型コロナの流行など存在しないパラレルワールドを日々映し出すような現実逃避的な姿勢が目立った（ただでさえコロナ禍に打ちひしがれている観客や視聴者が映像でまでそのような現実の反映を観たいかという問題はあるので、そうした姿勢が悪いとばかり言うつもりはないが）。それに対し、小説の方面においてはミステリはさまざまなかたちでコロナ禍を描こうとしている——大まかにまとめるならこんな感じになるだろう。こういう事態では小説に表現手段としての強みがあることは明らかだ。

とはいえ、小説においても、コロナ禍を現在進行形で取り入れたり、やや遠い未来の社会を想像して描くことは出来ても、数年後の近未来を描いた成功例は今のところ少ない。それはひとえに、いつ終わるのか全く読めないコロナ禍の特性によるものだろう。

そもそもウイルスへの対策自体に今のところ正解が存在していない。発生源の中国は、大規模な検査によって発見した感染者の隔離を徹底するなど、市民の生活を犠牲にすることも厭《いと》わない手法を選んできた。それによる感染の抑え込みが成功したため、民主主義国家よりは権威主義国家のほうがコロナ対策においては効果を上げているのではないかという論調も一時は見られた。だが、そんな中国も、感染力の高いオミクロン株の流行には手こずり、二〇二一年十二月には「ゼロ・コロナ」政策を「ウィズ・コロナ」へと大転換させた。同様に初期には感染の抑え込みに成功していた韓国も、二〇二二年三月には一日の感染者数が世界最高という記録を作ってしまった。感染防止策を緩和する方向に動いているアメリカやヨーロッパ諸国は「ウィズ・コロナ」路線と言えるが、それがリバウンドを招きかねない危険性もあり、拙速《せっそく》ではないかという不安も拭えなかった。

感染への対応が追いついていないのは日本も同様であり、東京五輪閉会後の二〇二一年九月に第五波の収束によって劇的に減少した感染者は、オミクロン株を中心とする第六波で再び増加に転じ、そこからの再減少が充分に進まないうちにリバウンドの気配が生じた。二〇二三年五月八日には、それまで感染症法上の分類で2類相当だった新型コロナが、季節性インフルエンザと同じ5類相当に引き下げられた。緊急事態宣言、飲食店に対する営業時間短縮などの要請、水際対策、外出自粛要請などが廃止され、医療費やワクチン接種費も全額公費負担から一部自己負担に変わっていった。発生直後と比べて、ワクチン接種や治療法の進歩のおかげで重症化率や致死率が低くなったことと、政府が経済の活発化に舵《かじ》を切ったからだが、新型コロナ患者の受け入れ病院による死亡者数の報告も廃止され、定点医療機関からの報告のみとなったため、感染拡大状況やそれに伴う死亡者数のリアルタイムでの正確な把握が困難になったという問題が生じた。国民の感染予防意識が薄れ、感染者数がまたしても増加する可能性も危惧されていたが、二〇二四年二月現在、第十波と呼ばれる再拡大により、全国的に感染者が増加している状態だ。また、コロナ感染から一旦回復しても、後遺症が長引くケースが報告されるようになっており、学校や仕事に行けなくなるケースもある。特にオミクロン株の場合、記憶障害や集中力が低下する「ブレイン・フォグ」の症状がそれまでよりも多いという。作家の古野まほろが、『侵略少女　EXIL girls』（二〇二二年）の巻末で後遺症による絶筆を宣言したのは衝撃的だった。感染者が一旦は減ってもまた増えるという事態の繰り返しは、一体いつになったらコロナ禍が終わるのかという悲観と、ウイルスの脅威自体は次第に低下してゆくだろうという楽観とのあいだで人々を揺さぶっている。それは、緩やかで明るい絶望とも言うべき奇妙な光景だ。

　先が読めないこの状況においては、新型コロナの流行を作中に取り入れるにしても、ちょっとした未来予測でも出版される頃には外れている可能性が高い。先にタイトルを挙げた福田和代『繭の季節が始まる』はコロナ禍から数十年後の未来が舞台であり、繰り返し襲来するウイルスへの対抗策として、《繭》と呼ばれるロックダウン・システムを定着させた日本社会で起こる事件を描いた意欲作だ。ポスト・コロナ社会を描くにしても、この作品のように数十年後を舞台にするしか、未来予測を外す危険性を避ける道はないのかも知れない。しかし、失敗を避けさえすればいいというものでもない。

　文芸評論家の斎藤《さいとう》美奈子《みなこ》は、森達也《もりたつや》編著『定点観測　新型コロナウイルスと私たちの社会　2021年前半』所収の「コロナと五輪と戦争のアナロジー」で、「感染症が収束を見ていない段階で、文学には何ができるのか。答えはわりと簡単。『記録』である」として海堂尊・夏川草介《なつかわそうすけ》・榎本憲男・金原《かねはら》ひとみ・奥田英朗《おくだひでお》らのコロナ小説を紹介し、「いまの段階で書けるのはしかし『そこまで』だろう」「先の戦争を描いた大作が続々と出版されたのも敗戦から三〇年が経過した一九七〇年代だった。ある出来事が文学的価値の高い作品に結実するには時間がかかる。パンデミックの記憶は忘れやすい。だからこそ、いま必要なのは性急な『コロナ論』ではなく『コロナの記録』だと思うのである」と述べている。果たしてそうだろうか。斎藤が例示した海堂尊にしたところで、諷刺小説として現実を記録した『コロナ黙示録』に対し、続篇『コロナ狂騒録』ではそこから踏み出そうとして「小説」と「ノンフィクション」の両立に失敗した……というのが私の評価だが、結果はともあれ、踏み出そうとしたこと自体はひとつの挑戦として評価されるべきであろうと思う。「記録」から更に一歩進んで、時には失敗を覚悟してでも、ポスト・コロナの世界への想像力を羽ばたかせることは不可能なのだろうか。ミステリに限らず、また小説に限らず、クリエイターは現在、その問いの前に立たされている。本章で紹介したのは、そんなクリエイターたちの苦闘の記録に他ならない。

第二章
外れ籤としての東京五輪

月村了衛『悪の五輪』、藤井太洋『ワン・モア・ヌーク』、吉川英梨『朽海の城　新東京水上警察』、福田和代『東京ホロウアウト』、映画『アルキメデスの大戦』、映画『名探偵コナン　緋色の弾丸』、ドラマ『ＭＩＵ４０４』最終話「ゼロ」の内容に触れた部分があります。

自分では当たり籤《くじ》を引いたつもりが、実はとんだ貧乏籤だった——という皮肉な事態が、世の中には時々起こるものである。日本という国にとって、二〇二〇年に東京で夏季オリンピック・パラリンピック（以下、東京五輪と略記）が開催されると決定した瞬間こそが、まさにそのような事態だった。周知の通り、コロナ禍と重なったことで予定は大混乱に陥《おちい》り、開催が二〇二一年に延期され、あろうことか、新型コロナ第五波の真っ最中に競技が行われてしまったのである。

もちろん、二〇二〇年にパンデミックが到来するなどとは誰にも予想できなかったことであり、それ自体は日本政府の責任ではない。だが、開催前からこの五輪には、さまざまな問題が生じていたことも事実であり、その責任の多くは日本政府および国際オリンピック委員会（ＩＯＣ）、日本オリンピック委員会（ＪＯＣ）などの関係組織に帰せられるだろう。

世界的なスポーツの祭典として崇高な理念で飾り立てられた五輪だが、実際には、招致にまつわる金銭疑惑の数々、ＩＯＣ委員ら関係者の貴族的な特権階級意識、環境破壊や関連施設建設予定地の住民の強制退去、スポーツとナショナリズムの結びつき、警備を口実とした反体制運動の抑圧、経済効果を期待して五輪を招致した国がかえって財政的危機に陥る現象（例えば二〇〇四年のアテネ五輪）等々、負の要素も必ずと言っていいほどつきまとう。

では、今回の東京五輪ではどのような問題が見られたのか。まず二〇一三年九月、ＩＯＣ総会において五輪の開催都市が一九六四年以来五十六年ぶりに東京に決定したが、そもそもこの決定からして、五輪招致をめぐる金銭授受の疑惑が根強く囁《ささや》かれており、とうとう二〇一八年にはフランスの捜査当局が、贈賄容疑で当時のＪＯＣ会長・竹田恒和《たけだつねかず》を容疑者とする捜査の開始を決定した。この報道を受けて、竹田は翌年にＪＯＣ会長およびＩＯＣ委員を退任している。また、招致当時の東京都知事・猪瀬直樹《いのせなおき》は（五輪とは関係ないが）金銭スキャンダルにより、招致から僅《わず》か三カ月で辞任の憂き目を見た。東京五輪の開催決定は、最初からケチがついていたのである。

東京五輪に関する諸問題がそろそろ噴出しはじめたのは二〇一五年だったと言っていい。というのも、公募で選ばれた五輪エンブレムに盗用疑惑が持ち上がって撤回され、また世界的に高名な建築家ザハ・ハディドによる新国立競技場デザイン案が総工費の問題を理由として白紙化されたのがこの年だったからである。また、安倍晋三《あべしんぞう》首相（当時）は開催予定時期に猛暑が予想されたにもかかわらず経費節減のため客席の冷暖房設備のカットを指示し、有識者会議では打ち水や浴衣などといった失笑ものの暑さ対策が提案された。

水泳競技が行われる予定の東京湾の水質問題や、五輪組織委員会がボランティアに参加した大学生に単位を与えるよう各大学に求めた件など、報道されて批判を招いた件は大量に存在する。新国立競技場の建設に伴って近くの都営住宅の住人たちが強制移住させられる事態も発生したし、二〇一七年三月には、突貫工事の皺《しわ》寄せにより下請けの建設会社社員が自殺している（新国立競技場の建設現場では、他にも事故などで三名が亡くなったと報道されている）。二〇二一年六月にはＪＯ

Cの経理部長が自殺を遂げたけれども、五輪開幕を目前に控えて金銭問題とこの件を結びつけられたくないためか、JOC会長の山下泰裕《やましたやすひろ》は自殺説を否定した。

東京五輪において、政府が掲げたスローガンは「復興五輪」である。だが実際には、五輪の予算が跳ね上がる一方、「復興五輪」の地元である被災地向けの予算は大幅に削られていった（政府の復興予算は二〇二一年度からの五年間で計一兆六千億円になる見込みであり、それ以前の五年間の計六兆五千億円に比べれば約四分の一である）。また、東京五輪を控えた首都圏での建設需要の高まりのせいで、工事の人件費や資材コストが上がり、東日本大震災を含む地方の災害復興が遅れるという現象も見られた。そのような政府の姿勢が不信を招いたからであろう、岩手・宮城・福島の被災地の千人にNHKがウェブ上でアンケートを行ったところ、五輪により復興が後押しされたかという質問に対して、「思わない」という回答者が六三％を占め、「思う」という回答者の六倍近くに達した（その他の質問でも、「復興五輪」への否定的な評価が肯定的な評価を上回っている）。また、二〇一三年、IOC総会における東京招致のプレゼンテーションで、安倍首相は福島原発の状況を「アンダーコントロール（状況は統御されている）」と断言したけれども、この発言にも批判が集中した。「復興五輪」問題は、東京五輪をめぐる諸問題の中でも最も罪深いものと言える。

IOC、JOCなど関係団体の幹部たちの、世間の批判などどこ吹く風と言わんばかりの殿上《てんじょう》人《びと》ぶりは目に余るものがあり、中でもIOCのトーマス・バッハ会長の尊大な発言の数々や開催地から予算を吸い上げようとするような姿勢は「ぼったくり男爵」の悪名で形容されるようになった。また、五輪組織委員会初代会長の座に就いた森喜朗《もりよしろう》元首相は、もともと暴言・失言を繰り返しながらも懲りない人物だったが、二〇二一年二月、JOCの会合の場で、女性が沢山いる理事会は時間がかかるという女性蔑視発言をしたことが報道され、国内外からの批判を浴びて辞任に追い込まれている。

こうした数々の疑惑や醜態が積み重なった果てに、とどめを刺すように到来したのがコロナ禍だった。二〇二〇年の予定だった開催は翌年に延期されたが、二〇二一年こそは前年にも増して新型コロナが猖獗《しょうけつ》を極めた年であり（当初のアルファ株からデルタ株への置き換わりが急速に進んだ）、八割以上の国民から開催中止または再延期を求める声が上がったけれども、政府とIOC、JOCはそれを無視して、第五波の真っ最中に開催を強行した。IOCのジョン・コーツ副会長は、緊急事態宣言が出ていても東京五輪は開催されるべきであると述べ、菅義偉《すがよしひで》首相（当時）は、コロナ禍が終息しない状況であるにもかかわらず「人類がウイルスに打ち勝った証」として五輪を開催すると幾度も繰り返し、田村憲久《たむらのりひさ》厚生労働相（当時）は、五輪開催に伴う新型コロナの感染拡大リスクをめぐる政府対策分科会の尾身茂《おみしげる》会長の警告を「自主的な研究の成果」と一蹴したのである。

雨宮処凛《あまみやかりん》のレポート「貧困の現場から見えてきたもの4」（森達也《もりたつや》編著『定点観測　新型コロナウイルスと私たちの社会　2021年後半』所収）によると、コロナ禍の状況下、住まいのない人々や生活保護を申請している人々がホテルに滞在できるようになっていたが、五輪開催直前の二〇二一年七月、彼らはそのあおりでホテルから退去を求められた（その際、はっきりと「オリンピックがあるから」と言われたケースもあるという）。この状況を受け、支援団体はホテルの確保を東京都に求め、都からは「困窮者を受け入れるホテルは十分確保している」という回答が来たが、五輪が原則無観客となったからいいようなものの、当初の予定通り有観客の場合にホテルの確保は果たして可能だったのだろうか。

東京五輪開幕後、国内の感染状況はそれまでになく悪化し、八月五日には都内の新規感染者が五千人を超えた。医療崩壊が発生し、自宅療養中の死者も増加した。これに対し、五輪参加選手や関係者の感染は限定的であり、大会開催との因果関係を科学的に分析するのは難しいとの立場から、政府は五輪による感染拡大はなかったと主張している。しかし、五輪関係者の中でクラスターは発生しなかったにしても、五輪開催のお祭り気分が人流の活性化を促し、感染拡大に拍車をかけた可能性は否定し難い。五輪さえなければ、デルタ株の脅威に対して政府・自治体・医療関係者はより効率的に対処し得たのではないか。私が冒頭で東京五輪を「貧乏籤」と表現したのは、そういう意味である。

アスリートたちの活躍から励ましを与えられた人々が多くいたことは事実である。しかし、これまで述べたような負の事象を無視してはならないとする立場からは、東京五輪は二〇二〇年前後の日本にとってコロナ禍と並ぶ一大ピンチだったとしか言いようがない（ここまで長々と記した通り、仮にコロナ禍と重ならなかったとしてもこの五輪にはろくでもない話題が多すぎるのだが）。ならば、フィクションの世界でも、前章で触れたコロナ禍のように、五輪騒動を取り扱った作品が急増したのだろうか。

現実は、そうはならなかった。コロナ禍を背景にしたミステリが今なお続々と発表されているのに対し、開催前こそ五輪をモチーフにしたミステリが散見されたものの、開催後は殆《ほとん》ど見られなかった。

何故か。そこには、コロナ禍とは全く異なる東京五輪特有の事情が存在していたからである。

その事情に具体的に触れる前に、東京五輪を直接描くのではなく、時代背景として間接的に描くか、または前回——すなわち一九六四年東京五輪をメインに扱ったミステリに言及しておきたい。

一九六四年東京五輪を背景にしたミステリ小説といえば、二〇〇八年に刊行された奥田英朗《おくだひでお》の『オリンピックの身代金』が最も有名だろう。第四十三回吉川英治《よしかわえいじ》文学賞を受賞し、後にドラマ化もされたこの長篇は、秋田県から上京した青年が、東京と地方の経済格差を目《ま》の当たりにし、東京五輪を人質として八千万円を要求する物語であり、一九六二年から一九六三年にかけて世間を騒がせた未解決事件「草加次郎《くさかじろう》事件」から空想を膨らませている。もちろん、この作品の刊行時点では、東日本大震災も起きていないし二〇二〇年東京五輪も決定していないけれども、ここで奥田が描いた、五輪が華々しく開催される東京の繁栄と、その陰で置き去りにされる地方という問題が、二度目の東京五輪でも繰り返されてしまったことは、先に触れた、岩手・宮城・福島の被災地の人々を対象とするＮＨＫのアンケートの結果からも明らかだ。

その奥田英朗が二〇一九年八月に刊行した『罪の轍《わだち》』は、『オリンピックの身代金』の前年（一九六三年）を舞台にしており、実際にあった「吉展《よしのぶ》ちゃん誘拐殺人事件」をモデルにした事件を、前作に登場した警視庁捜査一課の落合昌夫《おちあいまさお》刑事らが捜査する物語だが、一九六四年東京五輪に向かってゆく世相を背景にしているものの、五輪との直接的な関連性は薄い。

一九六四年東京五輪をより正面切って描いたのが、二〇一五年九月に刊行された競作集『激動東京五輪 1964』である。参加作家は、大沢在昌《おおさわありまさ》、藤田宜永《ふじたよしなが》、堂場瞬一《どうばしゅんいち》、井上夢人《いのうえゆめひと》、今野敏《こんのびん》、月村了衛《つきむらりょうえ》、東山彰良《ひがしやまあきら》の七人。一九六四年東京五輪の背後で起きていた秘史を数十年後に掘り起こす話あり、同時期の草加次郎事件を扱った話あり、SF仕立ての奇譚《きたん》まであって多彩な内容だが、収録作には、五輪という巨大スケールの国家的行事の影で翻弄《ほんろう》される「個」を扱っているという共通点がある。

この本の収録作中、最も力が籠もっているのは月村了衛の「連環」だろう。月村はこの短篇を長篇に改稿し、二〇一九年五月、『悪の五輪』として上梓した。

現実の一九六四年東京五輪では、記録映画監督の候補だった黒澤明《くろさわあきら》が辞退し、後任は市川崑《いちかわこん》に決定している。『悪の五輪』は、その背景で進んでいた出来事という設定の小説である。

黒澤の降板によって空白となった記録映画監督の座を狙う松竹の映画監督・錦田欣明《にしきだきんめい》から泣きつかれた都議会議員は、その話を暴力団の白壁一家《しらかべいっか》に回してきた。白壁一家は博徒系であり映画などの興行との関わりはなかったが、人見稀郎《ひとみきろう》という映画好きの変人ヤクザがいた。親分から錦田を記録映画監督に押し上げるよう命じられた稀郎は、五輪組織委員会のメンバーを、買収、色仕掛けなどの手で籠絡《ろうらく》してゆく。

多くの映画を観てきた稀郎からすると、錦田欣明は腕が立つ中堅ではあるものの巨匠には程遠く、記録映画監督の器ではない。錦田本人の人間性も卑小で、稀郎に嫌悪感を催させるものだった。しかし、親分の命令に嫌々ながらも従っているうち、稀郎の中に、二流監督の錦田を国家事業の象徴に押し上げることで、兄を戦争で死なせた日本という国をコケにする野望が生まれる。それは単なる復讐ではなく、偽物を本物にするという映画の魔法に通じる、映画好きの彼ならではの夢でもあった。錦田もそれに応えるように、次第に大監督としての老獪《ろうかい》かつ毅然《きぜん》とした振る舞いを身につけてゆく。

策謀をめぐらす過程で、稀郎は各界の大物たちの知遇を得ることになる。伝説のヤクザ・花形敬《はながたけい》、大映の社長・永田雅一《ながたまさいち》、政界のフィクサー・児玉誉士夫《こだまよしお》ら、いずれも実在の人物だ。講談社文庫版の解説で柳下毅一郎《やなしたきいちろう》が指摘しているように、「いわば国家的悲願としてあった巨大イベント、東京オリンピックの光が投げる大きな影の中で、闇の怪物たちは生き生きと躍動する。オリンピックという大きな光があればこそ、海千山千の怪物たちの暗躍する影も広がろうというものだ。いや、むしろそれこそが国家イベントなるものの本質であるのかもしれない。『悪の五輪』のほうこそがオリンピックの真の姿なのだと、人見はどこかで直観している。居並ぶ実在の昭和の怪物たちは、それを我々読者に教えてくれる存在なのだ」。実在の人物といえば、この当時は無名の若手に過ぎないけれども、後に『壁の中の秘事』や『胎児が密猟する時』などを撮って名を上げる反体制の映画監督・若松孝二《わかまつこうじ》も登場し、稀郎と意気投合する。

さまざまな勢力との虚々実々の駆け引きの中で、稀郎は映画界のみならず、東京五輪から甘い汁を吸おうとする連中の醜悪さを嫌というほど見せつけられる。もちろん、彼自身も五輪利権にたかる蟻《あり》の一匹に過ぎないのだが。そんな彼は、当然のように巨悪たちに使い捨てにされ、分不相応な夢は儚《はかな》く潰《つい》え去る。

錦田欣明は架空の監督だが、終盤で暴かれる彼の女性スキャンダルは、最終的に記録映画の監督に決定した市川崑にまつわるエピソードを想起させる。月村自身も《現代ビジネス》二〇一九年五月十六日のウェブ記事に掲載されたインタヴュー「エンターテインメント小説の旗手は、なぜ昭和史の闇を描き続けるのか」(取材・文:千街晶之《せんがいあきゆき》)の中で、「有体に申しますと、市川崑が女優の有《あり》馬稲子《まいねこ》に対してどれだけひどいことをしたかという話ですよ。それは昔から折に触れて有馬稲子が語っていますが、市川崑ご本人は亡くなっているので、この二人の関係を別人にずらしたんですね、作中の錦田欣明という架空の監督の話として」「市川崑が記録映画の監督になる結末はみんな知っていることが前提なので、物語はそこで終わらせようと。市川崑本人については、最後に名前が出るまでは一切言及しない。すべては錦田に仮託して、ちょっとこれはないだろうというひどいことをやってたんだというのを書いたんですね」と語っている。

既に記した通り、この作品の原型となった短篇が発表されたのは二〇一五年なので、その時点では、二〇二〇年東京五輪公式記録映画の監督は決定していない。結局、監督には二〇一八年十月に河瀬直美《かわせなおみ》が指名されたけれども、彼女に関しては五輪終了後、過去の暴力沙汰やパワハラなどの芳《かんば》しからぬ評判が報道されている(河瀬直美に限った話ではなく、このところ映画界では過去のセクハラ・パワハラの告発が相次いでいる)。『悪の五輪』の映画界の描き方は、まるでこの一連の騒動を先取りしたかのようだ。月村は一九六四年東京五輪の裏面を描きつつ、それを通して二〇二〇年東京五輪に向けて狂奔《きょうほん》する現在の日本を諷刺《ふうし》している。ならば、一九六四年に仮託して描いた映画界の醜悪さが現実の二〇二〇年東京五輪において繰り返されたとしても、それは当然の流れなのだ——タイトルが示す通り、まさに「悪」こそが「五輪」の本質に他ならないのだとすれば。

市川崑の女性問題が架空の人物に託して告発されている一方で、若松孝二が映画撮影中に出演者二人を事故死させてしまい、一九六四年東京五輪開会式の当日に遺体が発見された件は事実そのままに描かれている。作中では、妻子ある身で愛人の女優に二度も中絶を強要しておきながら「それくらい、映画界なら普通のことじゃないですか。女の不注意で子供ができたんなら、堕ろすのは当たり前でしょう。どんな大監督だって、世間に知られてないだけでみんなやることはやってるんだ。僕は全部知ってるぞ。そうだ、僕だけじゃない、この世界の人間なら誰だって知ってる。それでいながら、相手が巨匠だというだけで黙ってる。どいつもこいつも、我が身が可愛いだけなんだ」（引用は講談社文庫版、以下同じ）と醜く開き直る錦田欣明は作中で下司《げす》の極みとして断罪されるが、若松孝二に対しては稀郎は「甘えてんじゃねえ。監督ってのはな、映画のためには何があっても、どんな責任であっても引き受ける。その覚悟もなしに、あんたは映画をやってたのかい」「こんな所でぐずついてねえで、さっさと行け。ちゃんとやるべきことをやってこい。その上で、あっちこっちに土下座してでも次の作品を撮ればいい。監督の落とし前の付け方はそれしかねえ。いい作品を撮って、死ぬときはそいつを手土産に地獄へ行け。死んだ役者が許してくれるほどの作品を撮るんだよ」と叱咤激励する——つまり、若松の過失を肯定はしないまでも、死んだ役者たちが納得するほどの傑作を撮ることが映画監督としての償いだという結論に落ちついている。これは主人公である稀郎がアウトローということもあって、こういう価値判断になっていると考えられるが、この作品が刊行された二〇一九年よりも、現時点のほうが映画関係者の不祥事に対する世間の目は遥かに厳しいものとなっているので、この結末に対する読者の感想は変わってくるかも知れない。

他に、一九六四年東京五輪を扱ったミステリとしては、東京五輪に伴う大規模な都市開発を背景にして謎多き女性の数奇な人生を浮かび上がらせる森谷明子《もりやあきこ》『涼子点景１９６４』（二〇二〇年一月）が挙げられる。認知症の母が自分は「東洋の魔女」だと口走った謎を息子が追う辻堂《つじどう》ゆめ『十の輪をくぐる』（二〇二〇年十一月）も、著者の作品としてはミステリ色は薄いものの、一九六四年東京五輪をモチーフに一人の女性の苦難に満ちた人生を、現在と過去を並行させながら描いている。

西村京太郎《にしむらきょうたろう》『東京オリンピックの幻想』（二〇二〇年四月）は、一九四〇年に開催される予定だった幻の東京五輪を扱った珍しい作例である。著者が西村京太郎なのでミステリかと思いきや、実は十津川省三《とつがわしょうぞう》警部が登場するのはプロローグおよび最後の第七章だけであり、作品の大部分は、一九三八年当時の東京市の五輪宣伝担当職員・古賀大二郎《こがだいじろう》を主人公とする歴史小説仕立てとなっている（謀略小説の一種だと考えればミステリの枠内に含められなくもないが）。古賀と組んで日中戦争停戦を画策する関東軍参謀副長・石原莞爾《いしわらかんじ》をはじめ、時の首相・近衛文麿《このえふみまろ》、五輪招致のために奔走するＩＯＣ委員・嘉納治五郎《かのうじごろう》、停戦工作のキーパーソンとなる陸軍参謀総長・閑院宮載仁王《かんいんのみやことひとおう》ら実在の人物が数多く登場し、停戦工作の失敗、それに伴う東京五輪開催返上……といった歴史の流れが綴《つづ》られている（普通に十津川警部シリーズのトラベル・ミステリだと思って手に取った読者はさぞや面食らったのではないか）。西村はこの小説を通して、一九四〇年の東京五輪が何故幻に終わったかを描き、当時の日本人の体質が現在の日本のスポーツ界にも残されているのではないかと読者に問いかけているのである。

ここまでに挙げた作品群は、東京五輪閉幕後の今読んでも特に違和感はない。それは、過去の東京五輪を舞台にしたこれらの作品が、二〇二〇年の予定だった東京五輪に伴う、開催時期の変更などのドタバタから大きなダメージを受けなかったからだ。また、過去の五輪から現在の問題点を逆照射するという手法が、一定の普遍性を具《そな》えているからでもある。

過去の東京五輪を扱った小説以外にも、実際の世相からさほど大きな影響を被《こうむ》らずに済んだ作例がある。その代表が、吉上亮《よしがみりょう》『泥の銃弾』（二〇一九年四月）と藤井太洋《ふじいたいよう》『ワン・モア・ヌーク』（二〇二〇年二月）だ。この二作には、クライマックスの舞台が新国立競技場であるという共通点が存在する。

『泥の銃弾』の序章では、二〇一九年七月、新国立競技場で東京都知事が狙撃されるという事件から幕を開ける。犯人として逮捕されたのはクルド人難民だったが、彼は勾留中に持病で急死し、狙撃の理由は謎に包まれたままに終わる。大新聞の社会部記者だった天宮理宇《あまみやりう》は、退社してフリーのジャーナリストになってからもこの事件を追い続けていた。翌二〇二〇年、天宮のもとにアル・ブラクと名乗る人物から情報提供の電話がかかってくる。彼は「おれは〈都知事狙撃事件〉の真犯人に関する重要な手がかりを知っている」と天宮に告げた――。

都知事狙撃事件の真相をめぐってジャーナリスト魂を奮い立たせる天宮、暗躍する謎の男アル・ブラク、そして難民組織や警視庁公安部などが入り乱れ、誰が敵か味方かわからない複雑な構図が織り成されてゆく。作中の日本では、二〇二〇年代に予想される少子高齢化の進行による労働力不足を解消するため、労働力としての移民・難民の受け入れの基本方針が定められ、二〇一七年には難民特措法と呼ばれる一連の入国管理政策の大改革が行われている。大きな代替労働力となった難民たちは、日本社会を支える不可欠な存在となったものの、都知事狙撃事件を機に日本社会では移民・難民排斥の動きが活発化し、難民は共存の相手から管理すべき対象へと様変わりしてしまった状態だ。著者は現実の日本の移民・難民に対する排他的感情と、彼らの労働力だけを搾取しようとする日本政府の姿勢を作中に反映させ、骨太かつスケールの大きなポリティカル・サスペンスに仕立て上げている。

この作品では、冒頭およびクライマックスの舞台となるのが新国立競技場である。しかし、選ばれた理由は象徴的な意味合いに限定されており、二〇二〇年にそこで開催される予定だった東京五輪への言及は最小限にとどめられている。

その点は『ワン・モア・ヌーク』も同様だ。こちらは、「最後に一度だけ、原爆を東京に。」という衝撃的な帯の惹句《じゃっく》が示しているように、二〇二〇年三月十一日に新国立競技場を舞台とする原爆テロを目論む犯行計画の顚末《てんまつ》が、テロリストたち、犯行を阻止しようとする国際原子力機関（ＩＡＥＡ）の技官・舘埜健也《たてのけんや》、そして警視庁公安部外事二課の三視点から描かれる物語である。ただしこの原爆テロに関わるグループの中心人物たちは異なった目的から協力し合っており、いざとなれば互いを裏切ることも辞さない呉越同舟の関係だ。

この作品は雑誌《yom yom》に二〇一五年から二〇一七年にかけて連載され、二〇二〇年二月に刊行されている。つまり、作中でテロが行われることになっている三月十一日の直前に合わせた刊行である。ここからも窺《うかが》えるように、著者が意識していたのは二〇二〇年七月二十四日に開催される予定だった東京五輪ではなく、むしろ二〇一一年三月十一日に発生した東日本大震災である。テロリストの一人は、あの震災の際に撒《ま》き散らされた放射能関連の風評被害に憤《いきどお》り、放射能デマを潰すためのテロを立案する――それは、東京で同じ規模の原子力事故を起こして、今度こそ政府に正しい説明をさせようというものだ。

著者は《週刊現代》二〇一六年十二月十日号の記事「人と科学の未来を描く、刺激的な作品たち」（構成：朝山実《あさやまじつ》）で、「私は小説を書き始めてまだ4年です。東日本大震災と原子力発電所事故後の放射能に対する報道が恐怖心を煽るガジェットとして使われ、科学技術に拒否反応を抱く人が増えていく様子に、これではいけないと思ったのがきっかけでした」と述べており、テクノロジーの齎《もたら》す恩恵を、その限界にも目を向けつつ描き続けている作家である。その志の真摯《しんし》さ自体は疑い得ない。また、『ワン・モア・ヌーク』のサスペンスの盛り上げ方が巧みである点――すなわち、小説としての技術点の高さも評価されるべきである（実際、そういう観点からこの作品を評価した書評を書いたこともある）。

だが、そういう立場からの発信であるため、『ワン・モア・ヌーク』という小説では、原発事故があれほどの規模となったそもそもの原因である、マスメディアに多額の金をばら撒いて成立させてきた「安全神話」に象徴される電力会社の倨傲《きょごう》や情報隠蔽体質、それを国策として推進してきた日本政府の責任は問われていない。東日本大震災による原発事故を経《へ》てすら「安全神話」を復活させようとする安倍晋三政権以降の日本政府の姿勢への懐疑も、寺尾紗穂《てらおさほ》『原発労働者』（二〇一五年）で指摘されているような現場の諸問題（例えば、外国人労働者が原発の中でも危険な現場に駆り出されてきたことなど）への意識もない。ただ、放射能デマを撒き散らした側への批判だけがあって、そもそも事故が起きなければ避難者もいないし放射能デマも発生し得ないという因果関係への考察は見られない（そこに書かれていないからといって著者がその問題について考えていないことにはならないし、あるテーマを書く上で話題を拡げすぎることから生じる弊害は確実にあるので、私のこの批判をないものねだりと捉える向きも存在するだろうと思う。しかし、私には放射能デマの問題と、その原因となった原発事故に責任がある電力会社や政府の姿勢とが無関係であるとはどうしても考えられないのである）。

　放射能デマを潰そうとした人物がテロ行為に走るという設定から、デマ潰しの立場を全面的に正当化しているわけではないという言い訳が成立するとしても、犯行を阻止しようとする側の舘埜こそが犯人の最大の理解者として描かれているのだから、実はこの小説において両者のあいだに価値観の対立はほぼ存在していない。一歩間違えれば、このような姿勢は「安全神話」を奉じ続けている体制や権力への追随につながりかねない。解説で文芸評論家の仲俣暁生《なかまたあきお》は著者を「フェアネス（公正さ）の感覚を失わない書き手」と評しているけれども、果たしてこのような著者の姿勢をフェアと形容し得るのだろうか。同じポリティカル・サスペンスでも、原発推進派・反対派双方のダークサイドを公平に衝《つ》いた東野圭吾《ひがしのけいご》『天空の蜂』（一九九五年）などと比べても、かなり後退した作品であると感じられてならない（この章は二〇二二年に執筆したものだが、二〇二四年時点から追記しておくなら、一月一日に能登《のと》半島地震と呼ばれる大きな震災が発生した。この際、被害が大きかった石川県志賀町《しかまち》にある志賀原子力発電所は発電を停止している状態だったが、一月二十二日のNHKの報道によると、北陸電力は安全上重要な設備の電源は確保されているとしているものの、新たなトラブルも発生しており、完全な復旧には半年以上かかる見通しだという。その半年のあいだに大きな余震が来る危険性は充分にあり得るし、そもそも、原発の敷地内に活断層がある可能性は、専門家によってかねてから指摘されていた。いつ大きな地震が起こるかわからない日本で、東日本大震災の時のような原発事故が発生してからでは遅すぎるのだ）。

これらの小説の評価は、発表当時の現在を舞台にしている以上、一九六四年東京五輪を扱った作品群に比較すれば、危ういことになりかねない可能性もあった。しかし、『泥の銃弾』はコロナ禍到来より前、『ワン・モア・ヌーク』は東京五輪延期決定より前に刊行されており、しかも、『泥の銃弾』では難民問題、『ワン・モア・ヌーク』では放射能デマ問題がテーマとして前面化されているため、ポリティカル・サスペンスとしての評価に五輪延期が関係することは殆どなかった。その意味で、現実の情勢からの影響はごく小さい傷で済んだのである。

だが、これから紹介する作品群はそうはいかなかった。コロナ禍による五輪開催延期という誰も予期しなかった現実の大波を、もろに被《かぶ》ってしまったからである。

二〇二〇年にこれほどのパンデミックが日本に上陸するなどとは誰にも予想不可能だった以上、この年の七月に東京五輪が開催されるという前提で小説を執筆した作家が幾人もいたことは当然だろうと思う。しかし結果的に、それらの作品はみな現実と異なるパラレルワールドを描くことになってしまった。時事ネタを作品に取り入れることは、そのような危険性と背中合わせの関係にある。

それでも、早い時期に刊行された作品ほど、現実との乖離《かいり》を読者に意識させずに済んだのも事実だろう。発表が早い順に紹介してゆくと、吉川英梨《よしかわえり》は第一章で言及した通り、東京五輪の警備のために新設された五港臨時署の活躍を描く「新東京水上警察」シリーズの執筆を続けているが、コロナ禍を早い段階で物語の背景として描くなど、時局をスピーディーかつ積極的に取り入れることで読者に違和感を覚えさせない努力を重ねていた。ここでは、二〇一七年七月刊のシリーズ第三作『朽海《くかい》の城　新東京水上警察』を紹介したい。

東京都知事を乗せた豪華客船で乗客の焼死体が見つかる。一方では、高浜《たかはま》水門で頭に斧を突き立てられた死体が発見され、五港臨時署の面々が現場に急行するが、事件は、都知事ら乗客たちを巻き込んだ国家的非常事態へと発展してゆく。この出来事の裏では複数の人間の異なる思惑が蠢《うごめ》いていたが、その中には、二〇一一年三月の東日本大震災における原発事故で運命を狂わされた人物がいる。作中では、震災から二年後の二〇一三年三月に福島第一原発において汚染水漏れが起こったことになっており（実際には四月）、その際に素手で取水バルブを付け直した作業管理者が被曝して白血病を発症する。しかし二〇一三年は、当時の首相がＩＯＣ総会で東京五輪招致のために「アンダーコントロール」と断言した、まさにその年である。そのタイミングで、汚染水漏れ事故で被曝した作業員が白血病を発症したことを、国も東京都も絶対に認定するわけにはいかなかった──犯人たちの一部は、この件にまつわる怨念を背負っている。

犯人の一人は、次のように告発する──「福一の事故なんてもうとっくに風化しちまっただろ。忘れちゃなんねぇのにさ、特に東京都民には思い出してもらわないといけないんだよ！　東京オリンピックは、土屋（引用者註・被曝した作業員）の犠牲の上で招致が成功したも同然だ。なにが

〝状況は完全にコントロール〟されているだよ！　凍土壁作戦も失敗して、汚染水のコントロールは全くできていないし、燃料デブリがどうなってるのか、これからロボット入れて確認できるかどうかっていう段階なのに、なにがアンダーコントロールだよ！　都民は福島の危機を見て見ぬふりをして、あのＩＯＣ総会のとき、東京オリンピック開催決定に浮かれて、そこで疲弊する作業員たちを踏みつぶして狂喜乱舞したんだ！　福島第一原発でこれまで創りだしてきた電力のほとんどを消費してきたのは、東京なんだぞ！」

藤井太洋『ワン・モア・ヌーク』とこの作品は、東日本大震災に伴って発生した原発事故を忘れ去ったかのように東京五輪に浮かれる人々を批判のターゲットとしている点で似た構図を持つ。ただし、原発事故の風評被害の加害者を批判することで原発そのものの責任を不問に付したかたちの前者と、外国人労働者が劣悪な条件下で働かされていることをも視野に入れ、原発のダークサイドを剔抉《てっけつ》した後者とでは姿勢そのものは全く異なる。吉川が『朽海の城　新東京水上警察』を執筆した際、東野圭吾の『天空の蜂』を念頭に置いていたかどうかは不明だが、原発の危険性を忘却しがちな大衆への警告というメッセージ性は共通するものがある。

五十嵐貴久《いがらしたかひさ》『コヨーテの翼』は二〇一八年十二月に刊行された。中東のカルト集団「ＳＩＣ」は、東京五輪のために建設されるスタジアムの地下に爆弾を埋設し、日本の首相・阿南《あなん》や各国から来日した国家元首などのＶＩＰを爆殺することで、世界中に自分たちの実力を知らしめるという計画を立てていた。ところが、東京に潜入させた工作員が警察の検問に引っかかって逃走、その途中で死亡するという不測の事態により計画は瓦解《がかい》した。その時、幹部の一人が次のように進言する。

「アナン並びに各国VIP全員の暗殺は困難だと、自分も思います。ですが、アナン一人だけなら決して不可能ではありません。例えば開会宣言中のアナンが暗殺された場合、世界に与える衝撃は、ケネディ暗殺以降最大のものとなるでしょう。世界中がSICの実力を知り、ゾアンベ神の偉大さにひれ伏します。そうであれば五億人のゾアンベ教信者が決起し、聖戦開戦が可能になります。勝利は疑いありません」(引用は双葉文庫版)

この幹部は、コヨーテと呼ばれるスナイパーに阿南首相の暗殺を依頼するという案を出す。コヨーテは二〇〇五年の米軍のイラク侵攻で極秘任務に加わり、百人以上のイラク兵を長距離射撃で射殺するという手柄を立てるも、自身が危機から脱出するために指揮官以下多くの友軍兵士を射殺して単独で戦線を離脱、今度は寝返ってイラク側の傭兵となり、戦争犯罪人として指名手配中の身で世界各地において暗殺を請け負っているとされる人物だ。ハッキングによって米軍のコンピュータから自身のデータを消去したため本名どころか身長・体重すら不明という、ゴーストさながらの不気味な存在である。

日本に潜入して五輪開会式で首相を狙撃しようと準備を重ねるコヨーテと、迎え撃つ日本の警察との頭脳戦がメインとなるこの作品は、明らかにフレデリック・フォーサイスの『ジャッカルの日』(一九七一年)を本歌取りしている。コヨーテというコードネームもジャッカルを意識していると思われるけれども、コヨーテの正体に、読者が『ジャッカルの日』を思い出すことで成立するミスリードが仕掛けられている点に、著者のミステリ作家としてのしたたかさを見るべきだろう。『ジャッカルの日』の時代にはあり得なかったようなハイテクによる攻防も読み応えがある(これはこの章のテーマからは外れるのだが、宗教絡みの動機による要人狙撃という本作の着想は、二〇二二年七月に安倍晋三元首相が銃撃により死亡した後に読み返すと図らずも異様なリアリティを感じさせる。しかし、今後は要人狙撃を扱ったサスペンス小説の発表は、現実と重なりすぎて困難になるかも知れない）。

二〇一九年八月には真山仁《まやまじん》『トリガー』が刊行された。東京五輪の馬術競技の最中、韓国の代表選手が射殺される。被害者は一選手であるにとどまらず、韓国大統領の姪《めい》であり、しかもソウル中央地検特捜部の検事でもあった。しかもこの事件が起こる前には、北朝鮮から日本に潜入していた工作員や、米軍の中佐が惨殺されるという不穏な出来事が続発していた。外交問題に発展しかねないこの一大事を、日韓それぞれの警察・検察、そして北朝鮮の工作員などが調査する……という物語だ。事件の背景からは、在日・在韓米軍の役割を民間に移行するという計画にまつわる巨大な陰謀が浮上してくる。そのような計画が現実にも具体的に存在するかどうかは不明だが、今世紀初頭から繰り広げられてきたテロとの戦いにおいて、米軍が民間軍事会社と契約を結び「戦争の民営化」を進めてきたのは紛れもない事実であり、政治・経済をめぐる人間模様の描写を得意とする真山らしい説得力を具えた作品に仕上がっている。

このあたりまでが辛うじてセーフと言える作品であり、二〇二〇年に入ってから刊行された作品は、完全に新型コロナウイルス流行の煽《あお》りを食らってしまった。

二〇二〇年一月には、戸南浩平《となみこうへい》『炎冠　警視庁捜査一課七係・吉崎詩織』が刊行された。渋谷のハチ公前広場で女性が爆死する。被害者の頭・首・腹部にはそれぞれ時限爆弾が括《くく》りつけられ、指定のコースを走って時間内にゴールできなければ腰に装着された起爆装置によって爆発する仕掛けになっていたのだ。警視庁には、「カントク」と名乗る犯人から「腑《ふ》ぬけたランナーたちを栄光へ導くためには、私の開発した超スパルタトレーニングが必要なのだ」という声明文が届き、その最後に「さあ、これからもビシビシ鍛えてゆくぞ」と記されていた通り、同様の手口の事件が連続する。そしてついに、二〇二〇年東京五輪のマラソン代表候補・樋口舞子《ひぐちまいこ》が犯人に拉致され、このゲームに参加させられることになる。

　現実の二〇二〇年東京五輪では、二〇一九年十一月にＩＯＣがマラソン競技の会場を東京から札幌に変更することを決定したが、この小説でもエピローグでその事実が言及されている。しかし、新型コロナ流行前に執筆されたためやむを得ぬとはいえ、そのマラソン競技が札幌で開催されたのは作中では二〇二〇年ということになっており、結果的に、現実とは異なるパラレルワールド的描写となってしまった。

　同年三月という、コロナ禍が既に拡大した中で刊行されたのが酒本歩《さかもとあゆむ》『幻のオリンピアン』である。体操競技で東京五輪出場が確実視されていたが故障によって夢を諦め所属チームのアシスタントコーチになった女性と、五輪出場も狙えるほどの有力選手である幼馴染みの様子が最近おかしいことを心配する高校体操部のマネージャーという二人の視点が並行して進む青春ミステリだが、刊行のタイミングの悪さ以前の問題として、東京五輪を扱っている時点で構成に仕掛けられたトリックが見抜けてしまったというのが正直なところだった。

　こうして東京五輪を扱った小説が、立ちはだかる現実の前で次々と討ち死にしてゆく中、二〇二〇年に刊行されたにもかかわらず成功作となったのが福田和代《ふくだかずよ》『東京ホロウアウト』である。五輪開催が間近に迫る東京で、配送トラックを狙った毒ガステロや、鉄道の爆破、高速道路のトンネル火災などが発生。交通網を断たれ、食料品をはじめとする品物が入ってこなくなった東京は陸の孤島と化し、そこに台風到来まで重なろうとしていた。この危機に際し、物流を担う長距離トラックドライバーをはじめ、スーパーマーケットや警察等々、各方面のプロフェッショナルたちが対処するさまを描いた群像劇だ。

この作品は二〇二〇年三月に東京創元社から単行本として刊行されたが、翌年六月という同社としては異例の速さで文庫化されており、その際に大幅に改稿されて、作中でも東京五輪は一年延期されたことになった（作中の事件は五輪開会式まで残り十日を切った時点からスタートする）。それに合わせて、世相の描写も二〇二一年の現実に即したものとなっており、例えばスーパーマーケットの代表取締役社長・永楽好美《えいらくよしみ》が紹介されるくだりでは、「今年の二月には、東京オリンピック・パラリンピック組織委員会の会長が、『女性の話は長い』だの『わきまえておられ』る女性は役に立つだの、二十一世紀とは思えない偏見に満ちた問題発言で更迭《こうてつ》された。『わきまえない女』というタグがツイッターでトレンド入りするほど流行したが、女性の怒りは当然のこととして、永楽の年代では、『わきまえたふり』の上手な女性が多かったと彼女は思う。ワタクシはわきまえてますよとニコニコしながら、じわじわと自分の大きな尻の居場所を広げていく。みんなが気づいた時にはしっかり地歩を固めている。パワーを手にしなければ発言権がないのだから、最初はそうするしかなかったのだ。ただ、いつまでもそんなことではいけないというのも本当だ」（引用は創元推理文庫版、以下同じ）といった加筆が行われており、文庫版が刊行された二〇二一年の現実に、より生々しく密着した描写となっている。

もっとも『東京ホロウアウト』という小説の真価は、そうした世相の反映より、東京に代表される大都市の物流が、地方からの道路を断たれただけで麻痺してしまう現実を見据えた点にある。登場人物の一人は言う——「東京は別の国なんだ」「事件を起こす前に兄が言った。この国では東京だけが特別で、まるで別の国みたいだって」——しかしその繁栄は、地方に依存し、場合によっては地方の犠牲の上に成り立っている。その意味で、この作品は地方に原発を押しつけることで東京の電力が維持されている現実を突きつけた吉川英梨『朽海の城　新東京水上警察』と通底するメッセージを持つ物語である。『東京ホロウアウト』にも「東日本大震災からの『復興五輪』という名目を掲げていたはずが、東京での建築ラッシュのため、人件費や資材が高騰し、被災地の復興をかえって阻害しているともいう」といった説明があり、この点に対する著者の透徹した視線を示しているけれども、この作品が雑誌《ミステリーズ！》に二〇一八年という早い時点から執筆開始されていたことが示すように、東京五輪やコロナ禍はそのテーマ性を物語る上で恰好《かっこう》の題材ではあっても、必須というわけではない。例えば品物の不足によって店頭で買い占めが起きる描写は、図らずもコロナ禍初期に見られたトイレットペーパーなどの紙製品を中心とする生活物資の買い占め騒動を想起させて異様な臨場感があるけれども、同様の買い占め騒動は、古くは一九七三年のオイルショック、記憶に新しいところでは二〇一一年の東日本大震災の時にも発生しており、特に後者は『東京ホロウアウト』の着想源となっている。いわば、東京五輪やコロナ禍がなくても実は成立する話なのであって、その意味で五輪延期という現実はこの小説の値打ちに些《いささ》かも傷をつけなかったのだ。

現実世界では東京五輪は二〇二一年に開催されたが、その後、五輪をテーマにしたミステリは殆ど発表されていない。二〇二一年中には自衛隊を舞台にした夏見正隆《なつみまさたか》の航空アクション小説「スクランブル」シリーズの新作『スクランブル　蒼穹の五輪』、二〇二二年に入ってからでは、一九六四年東京五輪の前年を舞台にした斉藤詠一《さいとうえいいち》の歴史ミステリ『レーテーの大河』と、腐敗した五輪に代わってメディアやスポンサーを排したクリーンな世界的スポーツ大会を立ち上げる計画を描いた堂場瞬一《どうばしゅんいち》『オリンピックを殺す日』くらいだろうか。これらの中では、一九六四年東京五輪に象徴される輝かしい発展のために日本の暗部が不都合なものとして忘却の彼方へと追いやられてゆく流れを、飲めば記憶を忘れるというギリシャ神話の忘却の河レーテーに準《なぞら》えることで、一言も言及することなく二〇二〇年東京五輪を読者に連想させるという巧妙な戦術を取った『レーテーの大河』が成功作と言えるものの、コロナ禍を扱ったミステリが二〇二二年に入ってからもかなりの数に上るのと比較すればいかにも少ない。

やはりそこには、当初の予定から五輪開催が一年遅れたことで作品の構想そのものに歪《ひず》みが生じてしまった数々の失敗例を、他のミステリ作家たちが目の当たりにしてしまったことが大きいだろう。作家たちにとって、東京五輪は手を出さないほうがいい「厄ネタ」となってしまったのだ。

そんな中で、先見の明を感じさせたのが茜灯里《あかねあかり》の『馬疫』（二〇二一年）である。著者は国際馬術連盟登録獣医師の肩書を持っており、その知識と経験を活《い》かして執筆したこの作品（応募時のタイトルは「オリンピックに駿馬は狂騒《くる》う」）を第二十四回日本ミステリー文学大賞新人賞に応募し、受賞してデビューに至った作家である。

　この作品では、二〇二一年に東京五輪が開催された後も世界的な新型コロナウイルスの流行は収まらず、当初二〇二四年の五輪開催予定地だったパリに代わって、比較的収束した東京が再び夏季五輪の舞台に選ばれる……という設定となっている。大胆不敵な設定と言うべきだが、コロナ禍が始まった頃には二〇二二年半ばの現在になってもここまで収束しないと予想していたひとが少数派であった中、二〇二四年という長期的な視野でコロナ禍の継続を予想したのは慧眼《けいがん》である。ただしこの作品で扱われているのは新型コロナではなく馬インフルエンザ、それも感染した馬を凶暴化させる「狂騒型」だ。

　作中では二〇二一年の東京五輪で、馬術競技のために来日した馬のうち数頭が熱中症で死亡したことになっているが、やがて判明するように、この馬たちの死因には隠された裏の事情がある。そして五輪開催が迫った二〇二四年、五輪提供馬の審査会で複数の馬が馬インフルエンザの症状を呈し、しかもその先にはもっと恐ろしいウイルスが出現する。新型コロナではなく別種のウイルスと人類との戦いを、キャッチーなネタの五輪を織り込んで展開してみせた着想は非凡だった。時事ネタを作中に取り入れる際、この作品から得るべきヒントは多いように思う。

　今後、五輪ミステリを手掛けるならば、これまでとは全く異なるアプローチが必要とされるだろう。例えば、二〇二二年には、東京五輪組織委員会の高橋治之《たかはしはるゆき》元理事が大会スポンサーのＡＯＫＩやＫＡＤＯＫＡＷＡから多額の賄賂を受け取っていたとして、東京地検特捜部が高橋元理事の自宅や大手広告会社・電通の本社、東京都庁にある組織委員会の清算法人事務局などへの強制捜査に乗り出し、高橋元理事やＡＯＫＩの幹部、ＫＡＤＯＫＡＷＡ会長（当時）の角川歴彦《かどかわつぐひこ》らが受託収賄・贈賄の容疑で逮捕されたが（組織委員会理事は「みなし公務員」であるため、職務に関して金品を受け取ることは禁止されている）、恐らくは氷山の一角であろうこうした疑惑なども、今後は一つの切り口たり得るのではないだろうか。

なお、能登半島地震においては、二〇二五年に予定されている日本国際博覧会（大阪・関西万博）を推進する「日本維新の会」の政治家や経団連会長などの財界人が、被災地を励ますためにも万博は開催すべきであり、万博と復興は二項対立の関係にはないと主張しているが、ただでさえ震災前から建設業界で資材が高騰し人手も費用も不足している中で万博が優先されていたのだから、それらを被災地に優先して廻《まわ》すべきなのは明白である。東京五輪の際の「復興五輪」という偽りの大義名分が大阪・関西万博において再び繰り返されているのを見ると、つくづくこの国の権力者は歴史から学ばないものだと感じざるを得ない。

一方、小説よりもむしろ映像方面に、東京五輪をさまざまな角度から扱った作例が目立ったことは注目に値しよう。

その最も早い作例と思われるのは、東京五輪開催が決定した翌年の二〇一四年、ＮＨＫ総合の「土曜ドラマ」枠において全五回で放送された『ロング・グッドバイ』である。レイモンド・チャンドラーの名作『長いお別れ』（一九五三年）を、一九五〇年代の日本を舞台に翻案したドラマであり（堀切園健太郎《ほりきりぞのけんたろう》演出、渡辺《わたなべ》あや脚本）、原作の私立探偵フィリップ・マーロウが増沢磐二《ますざわばんじ》（浅《あさ》野《の》忠信《ただのぶ》)という名前で登場するなど、登場人物もみな日本人となっている。

被害者の父親であるメディア王の原田平蔵《はらだへいぞう》(柄本明《えもとあきら》)は原作の大富豪ハーラン・ポッターにあたる役柄だが、野心家の彼は実業界から政界へと進出する。その選挙ポスターに「原子力の平和利用」という公約が記されているところから見て、原田には、讀賣《よみうり》グループの総帥であり、初代原子力委員会委員長・初代科学技術庁長官として日本のエネルギー政策の方向を決定づけた正力松太《しょうりきまつた》郎《ろう》のイメージが重ねられていると考えていいだろう(正力松太郎については、拙著『原作と映像の交叉光線《クロスライト》　ミステリ映像の現在形』〈二〇一四年〉の、アニメ『UN-GO』を論じた章で言及しているので、詳しくはそちらを参照していただきたい)。

ラストシーンではその原田の選挙ポスターを前に「東京オリンピック開催決定、万歳!」と浮かれる大衆の光景が、いつの間にか二〇二〇年東京五輪の開催決定を祝う垂れ幕が東京都庁に掲げられた現代の光景へとスライドし、そこにこのドラマのナレーター役も兼ねる新聞記者・森田《もりた》(滝藤《たきとう》賢一《けんいち》)の「この国は行くよ。時代の底に幾千の哀しみを抱《いだ》いて。輝く未来へ」というシニカルなモノローグが重なる。『長いお別れ』を、戦後の復興から高度経済成長へと突き進んでゆく時代からこぼれ落ちた人々の悲劇としてアレンジしたこのドラマのラストが、二つの東京五輪の時代を重ね合わせることで、今を生きる私たちに警鐘を鳴らしていることは明らかだろう。その意味で本作は、前出の『レーテーの大河』に極めてよく似た狙いを含んでいる。

次に紹介したいのが、三田紀房《みたのりふさ》の同題のコミックを原作とする映画『アルキメデスの大戦』(山《やま》崎貴《ざきたかし》監督・脚本、二〇一九年)である(この映画については拙著『ミステリ映像の最前線　原作と映像の交叉光線《クロスライト》』〈二〇二三年〉の「阿呆船《あほうせん》の祭り——『アルキメデスの大戦』」という章で詳細に論じている。本稿もその内容と多少重なることをお断りしておく）。ミステリ批評の文脈でこの映画を取り上げることを奇異に感じる読者もいるかも知れないが、実はG・K・チェスタトンや連《れん》城三紀彦《じょうみきひこ》が書いたミステリのパラドックスさながらの異様なロジックが炸裂するミステリ映画としての鑑賞も可能な作品だ。

大日本帝国が国際的に孤立の様相を深めていた一九三三年、帝国海軍では、時代遅れな巨大戦艦の代わりに航空母艦の導入を主張する山本五十六《やまもといそろく》（舘《たち》ひろし）らと、巨大戦艦にこだわる嶋田繁太《しまだしげた》郎《ろう》（橋爪功《はしづめいさお》）らが対立していた。山本派の藤岡喜男《ふじおかよしお》造船少将（山崎一《やまざきはじめ》）と嶋田派の平山忠道《ひらやまただみち》造船中将（田中泯《たなかみん》）は、それぞれが設計した戦艦の設計図を会議に提示し、議長の大角岑生《おおすみみねお》海軍大臣（小林克也《こばやしかつや》）は平山案に魅了される。だが山本や藤岡らは、平山案が不当に安い見積もりに基づいているのではという疑惑を抱く。山本はそれを証明して平山案を退けるべく、東京帝国大学数学科の元学生・櫂直《かいただし》（菅田将暉《すだまさき》）に、平山の偽りを暴くための正確な計算を行わせる。だが、櫂の天才的な頭脳を警戒する平山による妨害工作が立ちはだかる。

監督の山崎貴は、ヒット作『ALWAYS　三丁目の夕日』（二〇〇五年）が安倍晋三の著書『美しい国へ』（二〇〇六年）の中で言及されたり、国粋的・排外的な言動が多い作家・百田尚樹《ひゃくたなおき》の小説が原作の『永遠の0』（二〇一三年）や『海賊とよばれた男』（二〇一六年）を撮ったりしているため、日本を過剰に美化する流れに与《くみ》する人物として批判されることもある。しかも二〇二〇年東京五輪の開会式・閉会式の式典総合プランニングチームのメンバーに選ばれたのだから、更《さら》に批判を浴びたのも無理からぬように見えるけれども、『アルキメデスの大戦』を観ると、彼が安倍や百田に象徴される反動的日本礼讃《らいさん》の流れに追随する人物だという見方は一面的でしかないことがわかる。

平山忠道造船中将は、史実の戦艦「大和」設計者・平賀譲《ひらがゆずる》がモデルである。映画は原作の三巻までをなぞりつつ、ラストに原作にはない、平山が「大和」を造った自らの真意を櫂に明かすシーンを付け加えている。私がチェスタトン・連城三紀彦風パラドックスと評したのはここで平山が繰り出す驚くべきロジックに関してだが、二〇二〇年東京五輪の式典チームのメンバーだった山崎が、「大和」に仮託して、体制の国威発揚に踊らされる大衆の心理をこれほど皮肉った物語を演出したこともまたパラドックスと評するべきだろうか。私は先述の『ミステリ映像の最前線　原作と映像の交叉光線《クロスライト》』の『アルキメデスの大戦』を論じた章を二〇二〇年四月頃に執筆したが、その時点では「映画オリジナルの結末として平山の悪魔的な論理を思いついた山崎ならば、『大和』の運命と東京五輪をめぐる愚かしい狂騒曲とを重ねていてもおかしくはない。彼こそ、東京五輪という阿呆船に乗り込んだトロイの木馬なのではないか——というのは、些か空想がすぎるだろうか。しかしいずれにせよ、コロナ禍がここまで世界を覆い尽くした今、東京五輪は幻となる可能性が高くなりつつある。この五輪に対する山崎の真意も、その時は不明のまま終わるのかも知れない」と締めくくった。だが、東京五輪自体は二〇二一年に開催されたものの、山崎は五輪開幕前の二〇二〇年十二月に式典メンバーから外れてしまったので、結局その真意は不明のままであり、いずれ本人の口から明かされる機会を待つしかなさそうである。

永岡智佳《ながおかちか》監督、櫻井武晴《さくらいたけはる》脚本のアニメ映画『名探偵コナン　緋色の弾丸』は、第一章で触れたようにコロナ禍のため、当初の予定の二〇二〇年四月から、ちょうど一年後の二〇二一年四月まで公開が延期された作品である。作中の事件は、四年に一度の国際的なスポーツの祭典「ワールド・スポーツ・ゲームス（WSG）」の東京開催を祝うスポンサーたちのパーティーから開幕するが、これが東京五輪をモデルにしていることは明白だ。そのスポンサーたちが、正体不明の人物によって次々と狙われるというのがメインの事件である。そして後半のクライマックスは、名古屋駅と東京の山手線芝浜駅（二〇二〇年に開業した高輪《たかなわ》ゲートウェイ駅がモデル）のあいだに開通した真空超電導リニアの車内で展開され、乗客の一人であるスポンサーを殺害するためリニアを芝浜駅に突っ込ませるという犯人の計画を阻止しようとする江戸川《えどがわ》コナン（声・高山《たかやま》みなみ）たちの活躍により、リニアは駅ではなくWSG会場の芝浜スタジアム（位置関係などは異なるものの、どう考えても新国立競技場がモデル）に突入し、犠牲者を出さずに済む。各地の実在の名所をモデルにした建物を破壊するのは劇場版「名探偵コナン」シリーズではお約束とはいえ、東京五輪をモデルにしたスポーツの祭典を背景にした作品において、新国立競技場がモデルの建物を破壊するというのは凄まじい皮肉としか言いようがない。

この映画でもう一つ皮肉な効果を生んだのが、東京事変《とうきょうじへん》による主題歌「永遠の不在証明」だ。東京事変のヴォーカリストである椎名林檎《しいなりんご》は、本来ならこの映画が公開されていた筈《はず》の二〇二〇年四月時点では先述の山崎貴同様、東京五輪開会式・閉会式の式典総合プランニングチームに参加していたのだが、同年十二月には電通出身の佐々木宏《ささきひろし》が総合統括に就き、チームは解散に至った。その後になってこの映画を観ると、お払い箱になった椎名林檎が東京五輪をモデルにしたこの映画の主題歌を担当していることに（恐らく映画スタッフも椎名本人も当初は全く意識していなかったような）別の皮肉なニュアンスが生じてしまうのである。

東京五輪を意識した映像ミステリで最後に言及しておきたいのが、ＴＢＳ系で二〇二〇年六月から九月まで放送された連続ドラマ『ＭＩＵ４０４《ミュウヨンマルヨン》』（塚原《つかはら》あゆ子・竹村謙太郎《たけむらけんたろう》・加藤尚樹《かとうなおき》演出、野《の》木《ぎ》亜紀子《あきこ》脚本）である。初動捜査を担当する警視庁機動捜査隊（通称・機捜）の伊吹藍《いぶきあい》（綾野剛《あやのごう》）と志摩一未《しまかずみ》（星野源《ほしのげん》）というコンビの活躍を描いた、バディものの刑事ドラマである。

このドラマは当初は全十四話の予定だったが、その構想を狂わせたのがコロナ禍である。ちょうど各局のドラマの撮影に大混乱が生じていた時期であり、『ＭＩＵ４０４』も撮影中断となり、全十一話に短縮されるという不運に見舞われた。ところが、その不運を逆手にとって物語としての高い完成度へと反転させたのが、脚本の野木をはじめとするこのドラマのスタッフたちのしたたかさであり、それに応えた出演者たちの見事な演技である。

最終回は、途中から登場する黒幕的存在（二〇二〇年東京五輪を食い物にする人物として描かれる）との決着がつく回だが、その過程で物語はパラレルワールド的な奇妙な分岐を見せる。それは、二〇二〇年に予定通り東京五輪が開催された世界線と、現実と同じく中止になった世界線だ。

この回では志摩と伊吹が、東京五輪開催反対派と賛成派の揉め事を仲裁するシーンがあるが、そこで反対派の老人は「俺だって、反対したくてしてんじゃねえよ。オリンピックが来ること、ガキの頃みたいに喜びたかったよ」と述懐する。そして二〇二〇年に東京五輪が開催されたほうの世界線で物語がバッドエンドを迎えた後、もう一つの世界線では事件が無事に一件落着した後のラストで、舞台はその翌年、つまりコロナ禍に覆われた二〇二〇年の東京へと移行する。そこでは伊吹と志摩がマスク姿で登場し、志摩は「オリンピック、まさかなくなるとはなあ」「賛成も反対も全部ウイルスが呑み込んだな」と呟《つぶや》く。そして、数字の0のかたちをした新国立競技場の上空からの撮影と、「ゼロ」という最終回のサブタイトルが出ることでこのドラマは幕を下ろす。このサブタイトルは、新国立競技場のかたちであると同時に、逮捕後は完全黙秘を貫き他者からのいかなる解釈をも拒んだ黒幕の空虚さの象徴であり、その黒幕を追いつめる決め手となった違法ドラッグ「ドーナツＥＰ」のかたちでもあり、更に言えば、このラストこそがここから始まる新たな物語の出発点でもある――ということだろう。

第一章で触れたように、ＴＶドラマは幾つかの例外を除いてコロナ禍など存在しないパラレルワールドを描くようになっていったけれども、常に現実と切り結ぶ脚本家である野木亜紀子がそのような道を選ぶ筈がない。コロナ禍や五輪延期といった、当初の構想が生まれた頃には想像できなかった世相の激変によって傷だらけになりながらも、『ＭＩＵ４０４』はテンションを落とすことなくゴールまで走りきった。

『ＭＩＵ４０４』が第百五回ドラマアカデミー賞で四冠に輝いた際、野木は《ＷＥＢザテレビジョン》のインタヴュー（二〇二〇年十一月七日。インタヴュアー：小田慶子《おだけいこ》）で、「あのシーンが生まれたのはコロナ禍があったからでしかないですね。もともと全14話でオリンピック前までを描く予定だったのに、オリンピックが延期になり、どこで終わればいいのか分からなくなってしまった。私たちの意志で未来は選べるけれども、選べないことも多々あり、その代表が新型コロナウイルスじゃないですか。それによるオリンピックの延期も完全に不可抗力で、でも、私たちはこの現実から生きていかなきゃいけない。そういった状況が、『ＭＩＵ４０４』で描こうとしたテーマにすごくマッチしているなと思いました」「それで、最後にマスクした彼らがあの競技場前からスタートしたわけですが、それにはある種の運命的な合致を感じました。たまたま２０１９年４月から物語を初め《（ママ）》、２０２０年で終わる設定にしていたのも奇縁というか…。連続ドラマでなかったら生まれていない展開で、タイミング的に良いかんじに取り込めたのもラッキーでしたね」と答えている。個人にはどうしようもないコロナ禍と五輪延期という想定外の状況の中で、それでも現実の社会をドラマに反映させてみせるという野木の強靭《きょうじん》な意志としなやかな発想が窺える。

　第一章で私は、コロナ禍を扱ったミステリではドラマなどの映像は世相を表現することには失敗し、むしろ新型コロナの流行が存在しないパラレルワールドを日々映し出すような現実逃避的な姿勢が目立ち、逆に小説はさまざまなかたちでコロナ禍を描こうとしている――と総括した。だが東京五輪を扱ったミステリに関しては、小説には五輪開催延期の煽りを食らった作例が多く、むしろ映像作品に成功作が目立つという逆転現象が見られる（『ＭＩＵ４０４』のような連続ドラマのほうが、かえって臨機応変に対処し得たという事情はあるだろう）。しかし、成功したにせよ失敗したにせよ、東京五輪という外れ籤を、それを踏まえた作品においていかに当たり籤へと変化させようとしたか――そこに、創作者たち各自の志や工夫が見られるのは事実であり、そこから学ぶべきものは多い筈である。

第三章　閉鎖国家と分断国家

月村了衛『機龍警察　白骨街道』、ドラマ『ＭＩＵ４０４』第五話「夢の島」、マルカ・オールダーほか『九段下駅　或いはナインス・ステップ・ステーション』、佐々木譲『偽装同盟』の内容に触れた部分があります。

二〇二二年の第百六十六回直木賞において、候補作となった逢坂冬馬《あいさかとうま》『同志少女よ、敵を撃て』（二〇二一年）に対する選評が一部で話題となった。第十一回アガサ・クリスティー賞の受賞作『同志少女よ、敵を撃て』は、第二次世界大戦中の一九四二年、家族を含む郷里の人々をドイツ軍に虐殺されたロシア人少女セラフィマが、赤軍の訓練学校で復讐のため狙撃兵になることを決意し、似たような境遇の女性狙撃兵たちとともに訓練を重ねた果てに実際の戦場に出る物語である。デビュー作にして直木賞にノミネートというのは前例がないわけではないが（近年では宮内悠介《みやうちゆうすけ》や木下《きのした》昌輝《まさき》の例が思い浮かぶ）、比較的珍しいことは事実だろう。

《オール讀物》二〇二二年三・四月合併号に掲載された選評に目を通してみると、選考委員のうち林真理子《はやしまりこ》は「確かに面白い。細部までリアリティに充ち、最後のフェミニズムの思想まで、読者をひきずり込むさまも見事である」と評価しつつ、「それならなぜ受賞作と思えなかったかというと、こうした小説を読む時にいつもわき起こる一種の異和感、『どうして日本人の作家が、海外の話を書かなくてはいけないのか』というものを、最後まで拭い去ることが出来なかったからだ」と記している。また伊集院静《いじゅういんしずか》も、「私にはなぜ日本人があの悲惨な戦争を描き切れるのか、と疑問を抱くほかなかった」と評している。

林の「どうして日本人の作家が、海外の話を書かなくてはいけないのか」という疑問と、伊集院の「なぜ日本人があの悲惨な戦争を描き切れるのか」という疑問のあいだには、厳密に言えば微妙なニュアンスの違いは存在するだろう。林のそれは恐らく作家としてのスタンスから発せられた素朴な疑問であり、伊集院のそれは他国の深刻な事態を異邦人が語り得る資格があるかという当事者性の問題である（しかし、例えば現在のロシアやウクライナの作家が、『同志少女よ、敵を撃て』のような小説を発表し得るか……といえば難しいところだろう。非当事者の異邦人だからこそ遠慮や忖度《そんたく》なしに描けるテーマやモチーフは存在する筈《はず》だ）。とはいえ、これらの疑問はいずれも、国境を越える作家の想像力というものを軽視している。と同時に、日本と海外諸国との関係を、国境や民族などの区分で割り切れるという単純な認識に基づいているようにも見受けられる。

直接日本は関わっていない筈のウクライナへのロシアの侵攻を原因として、日本を含む世界中の国で物価が上昇したように、他の国々に影響を及ぼさない、当事国同士のあいだでのみ完結した戦争などというものはあり得ない。国家対国家の戦争のみならず、場合によっては内戦やクーデターもまた然《しか》りである。

例えば林や伊集院の立場からは、月村了衛《つきむらりようえ》の「機龍警察」シリーズ、中でも現時点での最新長篇『機龍警察　白骨街道』（二〇二一年）のような作例に対してどのような評価が下されるのだろうか。

「機龍警察」シリーズは、月村のデビュー作『機龍警察』（二〇一〇年）を第一作とする「至近未来」アクション小説のシリーズである。舞台となるのは、大量破壊兵器が衰退し、代わりに市街戦を想定した近接戦闘兵器が急速に普及した社会。警視庁に新設された特捜部は、新型機甲兵装「龍機兵《ドラグーン》」の搭乗員として三人の傭兵（フリーの傭兵の姿俊之《すがたとしゆき》、アイルランド出身の元テロリストのライザ・ラードナー、ロシア出身の元警察官のユーリ・オズノフ）に警部の地位を与えて契約を結ぶなど、異例ずくめの組織である。特捜部長・沖津旬一郎《おきつじゅんいちろう》の、警察組織の因循《いんじゅん》を打破するこの破天荒なやり方は、当然のように警察内部で反感を買い、また警察や政財界の中枢にまで食い込んでいる正体不明の〈敵〉との対決を余儀なくされることになる。

『機龍警察　白骨街道』はこのシリーズの第七作（長篇としては第六作）であり、珍しい海外出張篇となっている。首相官邸に呼び出された沖津は、ミャンマーの奥地で逮捕された日本人国際指名手配犯・君島洋右《きみしまようすけ》の身柄引き取りのため、姿俊之、ライザ・ラードナー、ユーリ・オズノフを現地に送れという厳命を受ける。それは、政情不安な現地で三人を抹殺し、「龍機兵」の機密を彼らから奪取しようという〈敵〉の謀略だった。やむなく沖津によって現地に送られた三人は、少数民族への迫害や国軍の専横といったミャンマーの闇に直面する。

このシリーズの時代背景について、著者は当初「至近未来」と表現していたけれども、今や「現在」の物語となっており、そのことは『機龍警察　白骨街道』が証明している。タイトルの「白骨街道」とは太平洋戦争中の最も悲惨なエピソードとして知られるインパール作戦（一九四四年、日本軍がイギリス軍の拠点だったインド北東部インパールにビルマ側から侵攻しようとして失敗、撤退中の日本兵が大量に餓死・病死した。そのルートは日本兵の亡骸《なきがら》で埋めつくされたため白骨街道と呼ばれた）を、姿たち三人が強《し》いられた無謀な作戦と二重写しにしたものだが、《ミステリマガジン》二〇二〇年三月号から連載を始めた時点では、コロナ禍の中でも東京五輪をあくまで推し進めようとする政府の姿勢に絡めて、「インパール作戦」という言葉がこれほど世間で流行するとは著者も思っていなかった筈だ。

そして、「現在」とのリンクがより顕著になったのは物語の結末である。連載の最中の二〇二一年二月一日、ミャンマーでは国軍によるクーデターが発生し、国家顧問（事実上の最高指導者）アウンサンスーチーらが拘束されるという事変が起きた。まさかこんな事態になるとは著者にとっても想定外だったと思われるが、それを作中に取り入れ、これが「現在」の物語であることを強調するのに見事に成功しているのがこの小説の凄みである。なお、「機龍警察」シリーズで実在の政治家が言及されるのは本作のアウンサンスーチーが恐らく最初だと思うが、これは近年の著者が『東京輪舞《ロンド》』（二〇一八年）や『悪の五輪』（二〇一九年）といった作品群において、架空の人物を主人公としつつ歴史上実在の人物たちを絡ませる山田風太郎《やまだふうたろう》的な小説作法を取り入れていることと無関係ではないだろう。

『機龍警察　白骨街道』の重要な背景となっているのがミャンマーのロヒンギャ問題である。ロヒンギャとは、主にラカイン州北部で暮らしてきたベンガル系ムスリムが名乗る民族名とされる（『機龍警察　白骨街道』で君島が収容されている刑務所はラカイン州シャベバザル北東にあるという設定。なお、ラカイン州は白骨街道のあるチン州と隣り合っている）。ミャンマー政府と多くの国民は、仏教徒が九割を占める同国で絶対的少数派のムスリムであるロヒンギャを隣国バングラデシュからの不法移民集団と見なして国籍を認めておらず（バングラデシュ側はロヒンギャをミャンマー国民と見なしている)、長年差別してきたが、それが凄惨《せいさん》なかたちで爆発したのが二〇一七年のロヒンギャ危機である。この年の八月、ロヒンギャの武装勢力「アラカン・ロヒンギャ救世軍」(ARSA)が警察を一斉に襲撃したことをきっかけに、国軍はARSA摘発を名目とする掃討《そうとう》作戦に踏み切り、ロヒンギャの集落を破壊し、住民を無差別に殺害するに至った。正確な死者数は不明だが、一万人を超えていると推測される。

この結果、それまでにも繰り返されてきたロヒンギャの国外流出は一気に加速し、膨大な数の難民がバングラデシュをはじめとする他国へと逃れた。日本にも、群馬県館林《たてばやし》市にロヒンギャのコミュニティが存在する。しかし、二〇二〇年からのコロナ禍と二〇二一年のクーデターが、事態の解決を更《さら》に困難なものとしているのが現状だ。

二〇二二年九月、日本の防衛省は同省および自衛隊の教育機関へのミャンマー国軍からの留学生について、二〇二三年度以降の新規受け入れを停止する方針を公表した。ミャンマー国軍が二〇二二年七月に民主派活動家ら四人の死刑を執行した件について、事前に国軍側に伝えた強い懸念について顧みられなかったため、防衛協力・交流を現状のまま継続することは適切ではないと判断した……というのが理由である。

しかし、同じ二〇二二年九月に行われた安倍晋三《あべしんぞう》元首相の国葬にはミャンマー国軍の関係者を招待するなど、ミャンマー絡みの事案について、日本政府は一貫して判断が甘いところがある(因《ちな》みに、この国葬のちょうど十五年前にあたる二〇〇七年九月二十七日には、ミャンマーで民主化デモを取材中だった日本人ジャーナリストの長井健司《ながいけんじ》が政府軍に射殺されている。また二〇二一年のクーデター後には、ジャーナリストやドキュメンタリー映像制作者といった複数の日本人が当局に拘束された)。その甘さの原因としては、両国間の長年の関係が影響していると考えられる。

日本は一九五四年の日本・ビルマ平和条約および賠償・経済協力協定の調印以来、ミャンマーへの最大の援助国であり、一九八八年の国軍によるクーデターとその後の民主化勢力への弾圧に対し制裁を行った欧米とは一線を画してきた。二〇〇三年のディペイン事件(地方遊説中のアウンサンスーチーとその支持者が暴徒に襲撃され、数十人の死者を出した事件。アウンサンスーチーはそのまま当局によって拘束された)以降はアメリカによる経済制裁にやむなく追随したものの、二〇一一年の民政移管で再び潮目は変わり、良好な経済関係が構築されるに至った。ロヒンギャ危機に関しては、日本政府はまず避難民への援助というかたちで対処したものの、ジェノサイド疑惑に対する言及は欧米諸国ほど厳しいものではなかった。衆議院が本会議でミャンマー国軍によるクーデターを非難する決議を採択したのは二〇二一年六月であり、二月のクーデターからは四カ月が経《た》っている。アメリカのジョー・バイデン大統領がクーデターの九日後に、軍幹部への制裁とミャンマー政府の在米資産十億ドルの凍結を発表したのとは対蹠《たいせき》的である。

『機龍警察　白骨街道』の作中では、ロヒンギャ危機とアウンサンスーチー率いる当時の政府の対応は次のように説明されている。


ミャンマー国民はロヒンギャを『ベンガル系ムスリム』あるいは『ベンガリ』と呼ぶ。絶対に『ロヒンギャ』とは呼ばない。ベンガリとは東インド出身者を意味する言葉で、極めて侮辱的な意図のもとに使われる。

圧倒的大多数のミャンマー人は、ロヒンギャなどという民族は存在せず、不法入国したイスラム教徒が勝手にそう自称しているだけであると考えているからだ。アウンサンスーチーを国家顧問として戴く政府も世界に対してそう主張している。現実問題として、一九五〇年以前に『ロヒンギャ』なる名称が使われていた形跡は発見されていない。

歴史的に見て、仏教とイスラム教徒との分断を加速させたのはイギリスによる植民地化だが、日本も決して無関係ではない。第二次大戦中、日本軍はラカイン人仏教徒を訓練してイギリス軍との戦闘に利用した。イギリス軍も、ベンガル地方に避難していたイスラム教徒を武装化して対抗した。これにより仏教徒とイスラム教徒の対立は決定的なものとなったのである。

そして一九八二年、市民権法の施行によりロヒンギャの国籍は剝奪された。ロヒンギャには選挙権はおろか、国内を移動する自由さえ認められていない。教育も受けられず、就職もできないのが現状だ。アウンサンスーチーの民主化運動をロヒンギャは支持し、希望を託した。だが国民民主連盟が政権を握った後も、アウンサンスーチーはロヒンギャの存在そのものを認めなかった。

つまり、差別や迫害を政府が事実上黙認しているのだ。

現在のような事態を招いた原因に、日本も決して無関係ではないという月村の歴史認識が窺《うかが》える。また、ロヒンギャに対するミャンマー国軍の迫害の手段と、それに対するアウンサンスーチーの姿勢については次のような記述がある。

ミャンマー国軍による民族浄化作戦において、最も特徴的なのはシステマティックに実行された性暴力だ。ロヒンギャの女性が暴行されたときの手口は一致していて、必ず子供達の目の前で行ない、彼女達の着用するヒジャブを目隠しに使ったという。肉体的な後遺症も深刻だが、精神的恐怖から故郷への帰還の意志を喪失させる極めて非人道的な戦略である。
政権を握る以前のアウンサンスーチーは、国内の民族対立における分断の手段として性暴力が用いられていると発言していたが、現在は正反対の主張を繰り返している。

事実上の最高指導者となったアウンサンスーチーは政権を運営する上で、長年ミャンマーを支配してきた国軍とのあいだでバランスを取り続けなければならなかった。その姿勢にはやむを得ぬ部分もあるとはいえ、対外的にロヒンギャへの迫害を正当化したことは、国際社会から大きな失望で迎えられた。『機龍警察　白骨街道』のラストでは、ある人物がアウンサンスーチーに関して皮肉な感慨を洩《も》らす。二〇二一年二月のクーデターで拘束されて以降は、それまでと異なってアウンサンスーチーに関する各国の報道は同情的なものへと反転したけれども、ある程度は彼女自身がこの事態を招いた面もあると考えれば、この人物の感慨に私も同感せざるを得ない。
林真理子や伊集院静なら、ロヒンギャ危機やミャンマーのクーデターに関する『機龍警察　白骨街道』の描き方に異を唱えるかも知れない。何故、日本人がミャンマーの問題を扱えるのかと。しかし、これまで見てきたように、それはミャンマーの内政問題にとどまるものではなく、日本とミャンマーの外交の歴史が大きく関わっているのであり、対岸の火事として捉えるのは無責任極まりない。

しかし、安倍元首相の国葬における日本政府の軍政に対する姿勢が示すように、日本はミャンマーの諸問題をどこか深刻に捉えていないようなところがある。これはミャンマーに限ったことではなく、日本は東南アジア諸国と政治・経済面で密接な交流を持ちながら、その国民に対しては無関心または見下した姿勢を見せる場合がある。そのような日本の体質を最もよく示すのが、悪名高い入国管理局の難民に対する態度だろう。

二〇二一年三月、名古屋入管でウィシュマ・サンダマリというスリランカ人女性が死亡した。二〇一七年に留学生として来日した彼女は、交際相手から暴力を振るわれ警察に相談するも、在留資格を失っていたことから二〇二〇年八月に名古屋入管の収容施設に入れられた。翌年一月頃から体調を崩していた彼女は、外部の医療機関での受診を求めたが、入管側は外部の病院では胃カメラの検査、頭部CTスキャンでの検査しか受けさせず、ろくな治療を行わないままついには見殺しに至った。

しかし、この件は氷山の一角でしかなく、二〇一四年にはカメルーン人男性が持病の容体が悪化した際に救急搬送されることなく東日本入管センターで死亡、二〇一八年にはインド人男性が同センターで自殺、二〇一九年にはナイジェリア人男性が大村《おおむら》入管でハンストの末に餓死……等々、入管施設における暴行や医療放置などの非人道的行為は以前から指摘されていた。

こうした日本の入管の問題点に対しては、かねてより国連の人権関連の委員会から繰り返し改善するよう勧告されていたし、日本国内でも非難の声が挙がっていた。だが、入管はそれを無視し、外国人から人権や尊厳を剝ぎ取るような行為とともに無期限収容を行っている。そのことは、彼らにとって、外国人があくまでも「管理」と「監視」の対象でしかないことを示している。

このような事態を、日本のミステリ作家はどのように描いたのだろうか。入管の職員を主人公に選んだミステリ小説としては、下村敦史《しもむらあつし》の『フェイク・ボーダー　難民調査官』（二〇一六年。単行本刊行時のタイトル『難民調査官』を文庫化の際に改題）と『サイレント・マイノリティ　難民調査官』（二〇一七年）がある。両作の主人公は、東京入管の難民調査官・如月玲奈《きさらぎれいな》。難民調査官とは、難民申請を望む外国人が難民条約が定義する難民に該当するかどうか、調査して供述調書を作成する役職である。如月玲奈は、「私たちは慈善事業をしているわけじゃないの。国の防波堤なの。不正者が一人、二人と抜け出したら、一気に決壊する。押し流されるのは日本国民よ」（『フェイク・ボーダー』。引用は光文社文庫版、以下同じ）、「認定した難民が次々に問題を起こしたら、国民の怒りは誰に向かう？　生活保護の問題を例に挙げれば分かるでしょ。全体的に見れば不正受給はごく一部だとしても、相次いで報道されたら制度が不正の温床のようなイメージを持たれる」（同）という信念のもと、理想家肌の難民調査官補・高杉純《たかすぎじゅん》からしばしば批判されようとも甘い判断は下さない原理原則主義者だ。とはいえ、彼女の中にも、出身国で難民を差別しているとは決して認めない法務省のダブルスタンダードへの不満は燻《くすぶ》っており、高杉の義憤に同意する場合もあるし、理不尽な判断を押しつける上司に反旗を翻したこともある。

しかし、この二作のどこにも、近年指摘されている虐待や医療放置などの事例に象徴される入管の体質そのものへの批判は存在しない。ウィシュマ・サンダマリの件が大きく取り上げられるようになる前に執筆された小説とはいえ、入管の非人道的な体質は以前から指摘されていたことであり、そこに触れずに入管側の立場を代弁するような下村の姿勢には疑問が残る。

下村が入管の暗部をその時点では知らなかったという可能性もあるが、そうは考えにくいのは、『フェイク・ボーダー』に次のようなエピソードがあるからだ。玲奈は高杉とともに、牛久《うしく》の入管センターを訪れてクルド人難民申請者たちの部屋を確認するのだが、ここでは入国警備官が警棒で壁を叩いて威嚇している描写があるし、十人部屋に十五人ほどが詰め込まれているとも記されている。にもかかわらず、玲奈はそれについて感想を洩らさないし、弱者に感情移入しがちな高杉ですら「入国警備官を一睨みし、口を開きそうになったが、こらえたようだった」程度のリアクションにとどまっている。彼らが難民申請者の外国人はこの程度の扱いで充分という価値観を内面化しているように読めてしまうし、現実の入管職員たちが起こした不祥事はその延長線上にある。玲奈はこの作品で、各国の難民事情について同僚たちと意見を交わしたあと「日本は日本。日本人の性格や国民性、日本の文化や環境、状況を考えて、その中でどうするか、国際社会にどう貢献できるか。そういう視点で問題に取り組んでいくべきよ」と正論を述べているが、収容者らに対する入管の非人道的な扱いは「日本は日本」で済まされるものではない筈だ。

「難民調査官」シリーズでは正論に凝り固まって異論を受けつけない人間や弱者に過度に感情移入

する人間（活動家やジャーナリストなど）が批判的に描かれており、それは下村なりのバランス感覚なのだろう。他の作品を読む限り、そのバランス感覚がプラスに出る場合もあるのだが、少なくとも「難民調査官」シリーズにおけるそれが単なる「逆張り」としてしか作用しなかったことは、その後次々と明らかになっている実際の入管の不祥事が証明している。

日本における外国人への不当な扱いが、かえって彼らによる治安の不安定を生む事態を描いたミステリとしては、深町秋生《ふかまちあきお》の「組織犯罪対策課　八神瑛子《やがみえいこ》」シリーズの第四作『インジョーカー　組織犯罪対策課　八神瑛子』（二〇一八年。単行本刊行時のタイトル『インジョーカー』を文庫化の際に改題）がある。毒をもって毒を制する悪徳刑事・八神瑛子が活躍するこの作品では、ネパール人などの外国人技能実習生が加わったグループによる強盗が描かれるが、事件の背景には、日本の深刻な労働力不足を補う筈の中国や東南アジアからの留学生・技能実習生が、日本人がやりたがらない仕事やサービス残業を強いられ、ブローカーと化した日本語学校や協同組合への借金返済に追われている苛酷な現実が存在している。丸山正樹《まるやままさき》『刑事何森《いずもり》　逃走の行先』（二〇二三年）所収の「逃女《とうじょ》」の着想源の一つとなったのは、二〇二〇年にベトナム人元技能実習生が妊娠を隠して死産し、死体遺棄罪で逮捕された実際の事件である（一審・二審では有罪判決が下ったが、最高裁で無罪が確定）。この事件の背景には、技能実習生に対して妊娠を理由とする「強制帰国」が罷《まか》り通っている現状があった。

また、二〇二〇年に放送された連続ドラマ『ＭＩＵ４０４《ミュウヨンマルヨン》』（第二章で紹介済みのためここでは設定は説明しない）では、第五話「夢の島」で技能実習生制度を扱っている。都内各地で同時刻にコンビニ強盗が多発するが、張り込んでいた機動捜査隊（機捜）により犯人たちは逮捕される。彼らはベトナム人を中心とする技能実習生たちであり、謎の人物によってSNSで煽動されて犯行に及んでいた。その張り込みの際に機捜の伊吹《いぶき》（綾野剛《あやのごう》）や志摩《しま》（星野源《ほしのげん》）と知り合ったベトナムからの留学生でコンビニ店員のチャン・スァン・マイ（フォンチー）は、共犯ではないかと疑われ、職場を解雇されてしまう。その夜、マイは呼び出した伊吹に泣きながら訴える――「私たち、働きに来た。日本人、働く人いない。働く私たち、ニーズ合ってる」「ベトナム、日本の家電たくさん。日本の会社たくさん。きれい、かっこいい。みんな日本行きたい。ドリーム。でも、日本は、私たちいらない。欲しいのは、文句ない、言わない、お金かからない、働くロボット」と。

これを聞いた伊吹は「みんな、どうして平気なんだろ？」と呟《つぶや》き、志摩は「見えてないんじゃない？　見ないほうが楽だ。見てしまったら世界がわずかにずれる。そのずれに気づいて、逃げるか、また目をつぶるか」と返す。そして集団強盗を煽動した犯人は、技能実習生をそれに関わる日本の組織が搾取している実態を知り、罪悪感を抱く人物だった。志摩の言う「ずれ」に耐えられなくなったその人物は自らコンビニに押し入り、公衆の前で「外国人はこの国に来るな！　ここはあなたを人間扱いしない」「ジャパニーズドリームは全部嘘だ！」と日本語とベトナム語で叫びながら逮捕される。事件解決後、技能実習生制度を悪用して違法なキックバックで儲けていた監理団体は業務停止命令を受けるが、その際、伊吹たちの上司である隊長の桔梗《ききょう》ゆづる（麻生久美子《あそうくみこ》）は、「この監理団体、バックにいたの永田町方面だって」と問題の根深さを明らかにする。このドラマの脚本家・野木亜紀子《のぎあきこ》の態度は、先述の下村の態度とは正反対と言える。難民や技能実習生は、本国の事情、あるいは日本社会の都合によって来日しているのだが、その日本社会の構造自体の歪《ひず》みが彼らへの不当な扱いを生んでいる——それが見えている作家と、見えていない作家の違い。

さて、ここでちょっと話題は飛ぶが、こうした事例に象徴される日本の対外的な閉鎖性と、関係がないようなあるような微妙なラインで、このところ気にかかるのが「分断日本」というテーマである。文字通り、戦争などが原因で分断された日本を舞台にした設定のことだ。

ミステリでいうと、古くは藤本泉《ふじもとせん》に作例があるし、比較的近年なら有栖川有栖《ありすがわありす》の『闇の喇叭《らっぱ》』（二〇一〇年）に始まる空閑純《そらしずじゅん》シリーズ、長沢樹《ながさわいつき》の『武蔵野アンダーワールド・セブン　多重迷宮』（二〇一四年。文庫化の際に『多重迷宮の殺人』と改題）に始まる「武蔵野アンダーワールド・セブン」シリーズ、知念実希人《ちねんみきと》の『屋上のテロリスト』（二〇一七年）などが思い浮かぶ。二〇二二年に入ってからの最新の作例としては、佐々木譲《ささきじょう》の『裂けた明日』を挙げることが出来る。

元来、「分断日本」テーマ自体は、アメリカとソヴィエト連邦にそれぞれ代表される東西陣営が対立していた第二次世界大戦後の世界情勢、具体的には東西に分断されたドイツ（および、東ドイツの首都ベルリン）や南北に分断された朝鮮半島のような事態がもし日本で起きたら……というシミュレーションとして誕生したものだろう。実際、第二次世界大戦の敗北によって北方四島のみならず北海道や東北もソヴィエトの占領下に置かれる可能性もあったのだから、このテーマは日本人にとって極めて強い現実味を帯びていた。ＳＦ界においてこの種の設定が多く用いられたのは一九九〇年代の架空戦記ブームに際してであり、豊田有恒《とよたありつね》は『日本分断』（全三巻、一九九五年）という、そのものずばりのタイトルの小説を発表している。しかし、ソヴィエトをはじめとする東側共産国家の相次ぐ崩壊を機に、そうした設定は一旦はリアリティを失い、架空戦記小説の衰退とともにその種のＳＦはあまり見られなくなった。矢作俊彦《やはぎとしひこ》の大作『あ・じゃ・ぱん』（一九九七年）が恐らく、線香花火が消える前の最後の煌《きらめ》きという位置づけになるだろう。もっとも、架空戦記ブームが去った二〇一〇年代にも、ＳＦ映画『デュアル・シティ』（長谷川億名《はせがわよくな》監督・脚本、二〇一五年）や連続ドラマ『仮面ライダービルド』（田﨑竜太《たさきりゅうた》・上堀内佳寿也《かみほりうちかずや》・諸田敏《もろたさとし》・中澤祥次郎《なかざわしょうじろう》・山口恭平《やまぐちきょうへい》・柴﨑貴行《しばさきたかゆき》監督、武藤将吾《むとうしょうご》脚本、テレビ朝日系、二〇一七〜一八年。この種の作品としては珍しく日本が三つに分断される）といった「分断日本」ものが散見されたけれども。

　ならば、近年の日本を舞台に、そのような設定のミステリがしばしば見られるのは何故なのか。もちろん、二〇一〇年代から二〇年代にかけての特殊設定ミステリのブームと無関係であるわけはないのだが、そのブームからは距離を置いたところで、佐々木譲が内乱で分断された日本を舞台にした冒険小説『裂けた明日』に先立ち、日露戦争で日本が敗北したパラレルワールドの占領下東京が舞台の『抵抗都市』（二〇一九年）や『偽装同盟』（二〇二一年）といった一連の警察小説を発表していることを考えると、恐らくそれだけでは説明しきれないだろう。

　現在、分断という言葉自体は、近年の世界や国内の主に政治状況を語る上で頻繁に用いられている。本稿を執筆している最中にも、先に触れた安倍晋三元首相の国葬が過半数の国民の反対を無視して行われたことをめぐって、国民を分断に導くものだという批判が見られた。そもそも、この国葬の主役たる安倍晋三自身が、「こんなひとたちに負けるわけにはいかない」と国民を敵味方に分断する発言を繰り返してきた。

しかし、そういう意味の分断であれば、アメリカの状況の深刻さは日本どころの騒ぎではない。ドナルド・トランプという、それまでの共和党出身の大統領と比較してすら異様な政治家の出現をめぐり、共和党支持者と民主党支持者の姿勢は完全に対立状態となっているが、トランプ支持層のうち「Qアノン」と呼ばれる人々の陰謀論的世界観に顕著なように、それは単純な政治的立場の対立にとどまらず、おのおのの支持層の世界観の問題にすら発展している。しかも重要なのは、対立する二つの世界観がほぼ拮抗している点であり、トランプが勝利した二〇一六年の大統領選挙でも民主党のバイデンが勝利した二〇二〇年の大統領選挙でも、たった三つの州の票数が逆転していれば、それぞれ異なる大統領が誕生する結果になった筈である。正反対の世界観を支持する国民がほぼ同数いることで、片方の圧倒的勝利が困難になっているのだ。そして、従来のアメリカの二大政党制が互いに政治的に対立しつつもそれなりに妥協の余地を残すものだったのに対し、今や決して交わる余地のない「二つのアメリカ」が存在する状態となっている。まるで、同じ都市に互いの存在を認識しない二種類の住民が共存しているチャイナ・ミエヴィルのSFミステリ『都市と都市』（二〇〇九年）さながらではないだろうか。歴史を遡《さかのぼ》れば、国家が二つに割れた南北戦争という大乱も経験しているし、アメリカほど分断国家幻想に相応《ふさわ》しい国もないように思える。

では、アメリカほど極端な状態になっていない日本で、分断国家テーマの作品がしばしば登場するのは何故だろうか。この問題について考える上で最適の作品が、マルカ・オールダー、フラン・ワイルド、ジャクリーン・コヤナギ、カーティス・C・チェンの合作による連作短篇集『九段下《くだんした》駅或いはナインス・ステップ・ステーション』（二〇一九年）である。タイトルから察せられる通り東京が舞台だが、海外作家の合作による分断日本ミステリなど恐らく前例がない筈だ。とはいえ後述の通り、この作家たちの日本に関する知識・見識の深さは並みではない。

舞台は二〇三三年。作中の世界では、二〇三一年に起きた南海地震と、それに乗じた中国の侵攻によって日本は多大な打撃を受けており、九州および東京の西側は中国に支配され、東側はアメリカの管理下に置かれ、緩衝地帯には東南アジア諸国連合（ＡＳＥＡＮ）が駐留している（皇室は比較的安全とされる札幌に移動しており、千代田区の皇居は閉鎖されている）。米中による実質的な分割統治という屈辱的状況に置かれている日本人の中からは、両国に対するレジスタンスのグループや、中国に反撥《はんぱつ》する国粋主義政党「日本再生党」などが生まれ、さまざまな火種が燻っている状態だ。

主人公の是枝都《これえだみやこ》は、東側の九段下にある東京警視庁本部に奉職する警部補である。ある日彼女は、神田《かんだ》で起きた殺人事件をめぐって、アメリカの平和維持軍から警視庁に出向してきたエマ・ヒガシ中尉との合同捜査を命じられる。警視庁サイドにとって、アメリカから何らかの意図で送り込まれてきたに違いないエマは煙たい存在だが、かといって拒否できる立場にはない。そのような空気はエマの側も察しており、都とエマの合同捜査は最初から緊張感を帯びている。しかし、さまざまな事件を解決するうちに、彼女たちのあいだには立場を超えた信頼が生まれてゆく。

作中の二〇三三年の東京は、さほど遠い未来ではないため、米中両国による分割統治などの設定や、人体改造技術の極度の進化、ドローンによる捜査の発達といったＳＦ的要素を含みつつも、お台場ガンダムなど現時点の東京のディテールがそれらと同居している（日本再生党や民進党といった架空の政党が誕生している一方、自民党と公明党がこの時代にもまだある設定なのは皮肉でリアルだ）。東京の地理の描写もかなり現実に則しており、伊坂幸太郎《いさかこうたろう》の小説『マリアビートル』（二〇一〇年）を原作とする映画『ブレット・トレイン』（デヴィッド・リーチ監督、ザック・オルケウィッツ脚本、二〇二二年）などに見られるような、誰が見てもファンタジーとわかる「トンデモ日本」を描こうとしているわけではないことは明らかだ。とはいえ、作中の日本は戦争のせいでガソリンなどのエネルギー価格が急騰してタクシーが廃《すた》れ（東西分断によって地下鉄も不便な状態になっている）、またそれに先立つ大地震により警察の指紋データベースも消失しているなど、テクノロジー面では現在より後退した部分もあるので、昔懐かしい『ブレードランナー』（リドリー・スコット監督、ハンプトン・ファンチャー、デヴィッド・ピープルズ脚本、一九八二年）的なサイバーパンクSFのエキゾティシズムを、リアルな東京描写と自然なかたちで同居させることにも成功しているのだが。

二〇世紀に発表された「分断日本」ものでは日本がアメリカとソヴィエトに分割統治されている設定の作品が多かったけれども、この小説ではアメリカと中国になっている。中国の経済成長と軍事大国化によって世界の覇権を争う国家がこの二国になり、その狭間で翻弄《ほんろう》されがちな現実の日本の状況を反映しているのだ。

第一話「顔のない死体」のラストは、真相に辿りついて「この事件が戦争に関係あるとは思っていなかった」（吉本《よしもと》かな訳。以下同じ）と感慨を洩らすエマに、都が「すべては戦争につながっている」「すべてがね」と返すところで終わる。第二話以降も、それぞれ独立した犯罪を扱っているものの、その背景には戦争の影響が濃密に漂う。

そして最後の二話「暗殺者の巣」「外患罪」では、危ういバランスが保たれていた東京がついに戦争状態に陥《おちい》る。だが、そのきっかけとなったある団体の国会議事堂乱入騒ぎの際には、乱入自体によって生じた死者とは別に、明らかにその団体によるものではない他殺死体が発見される。戦争状態によって殺人事件の捜査どころではない混乱が拡大する中、都とエマは、警察官として今こそ自分たちがなすべきことは何かという問いと向き合うことになる。

実はこの小説は、これから大きく広がってゆくであろう物語の第一部であり、話としては完結していない。なので今後の展開は現時点では想像するしかないのだが、ついに東京で直接交戦状態に入った米中を相手に、日本人が独立をかけた闘争に立ち上がり、都とエマは組織人としての立場に縛られながらも両国を戦争に導いた黒幕に迫ろうとする展開が予想される。

この作品では、始まりの地点が戦争であり、ラストは新たな戦争へと向かってゆく。佐々木譲の場合も、『裂けた明日』の結末のその先に平和があるとは到底考えにくいし、パラレルワールドの日露戦争後を描く『抵抗都市』や『偽装同盟』も、後者では史実のロシア革命に該当する出来事が起こってロマノフ家の帝政は崩壊するものの、そこから再び日露両国が軍事衝突するのではという不穏な予兆で幕を下ろす。近年の「分断日本」ものでは、戦争は分断の前提として描かれているのみならず、近い未来に再び起こるものとして描かれているのである。実際、佐々木譲は『偽装同盟』刊行時のインタヴュー（構成・橋本紀子《はしもとのりこ》）で、「よりストレートに言えば、これは近未来小説なんです。日本が他国に戦争を仕掛け、あっけなく負けて、植民地も同然になる未来がすぐ近くまで来ているように私には思えてしまって」「読者の多くは、二帝同盟に日米同盟を重ねて読んでくれているのですが、作品の近未来性を意識した読者は、ロシアを中国や韓国と重ねて読んでいる。作者としてはどちらの読まれ方もうれしい」（《週刊ポスト》二〇二二年一月一日・七日合併号）と発言している。

現実の世界では、各地で大戦前夜さながらのきな臭い出来事が続発しており、ほんの小さな火種が原因で火薬庫が大爆発しそうな雰囲気に覆《おお》われている。世界平和の維持に責任を負うべき国連安全保障理事会は機能不全状態で、もはや新たな枠組を作るしかない（連載時点では、常任理事国であるロシアのウクライナ侵攻を念頭においてこう書いたのだが、その後、イスラエルとハマスの戦争において、二〇二三年十二月にガザ地区での人道目的の即時停戦を求める決議案に常任理事国のアメリカが拒否権を行使し、国際社会の非難を無視して残虐行為を繰り返すイスラエルに歩調を合わせている現状を見ると、権威主義国家のみならず民主主義国家の側も都合次第で平然とダブルスタンダードによって正義や人道を踏みにじることが明らかとなった）。第二次世界大戦の敗北をほぼ唯一の例外として国土を外国に蹂躙《じゅうりん》された経験を持たず、戦後は日本国憲法第九条と日米安保条約という二つの車輪を使い分けることで戦争に巻き込まれずに済んできた日本も、今後はどうなるかわからない。「すべては戦争につながっている」——そんな不穏な予感が、近年の「分断日本」テーマのミステリからは窺えるのではないか。

ミャンマーの混乱を日本の暗部と絡めて描いた月村了衛。外国人犯罪を通じて日本の閉鎖的・排他的体質を抉《えぐ》る深町秋生や丸山正樹や野木亜紀子。そして、日本の国土が戦場となる可能性を幻視する「分断日本」テーマの作品群。それらに共通するのは、「どうして日本人の作家が、海外の話を書かなくてはいけないのか」などという素朴な世界観の対極にある認識だ。日本と外国、日本人と外国人の関係が絶えず問い直されるこの世界で、その関係のありようを凝視する作家たちの営為《えいい》は続いてゆく。

第四章

作品の内と外で

ドラマ『アバランチ』、映画『主戦場』の内容に触れた部分があります。

ある作品を、完全に独立したものとして捉える場合と、その作品を取り巻くコンテクストも込みで解釈する場合とで、評価が大きく変わってくるケースというのは少なくない。その典型と言えそうなのが、二〇一九年六月に公開された映画『新聞記者』(藤井《ふじい》道人《みちひと》監督、詩森《しもり》ろば・高石明彦《たかいしあきひこ》・藤井道人脚本)である。

この映画は東京新聞の記者・望月衣塑子《もちづきいそこ》の著書(二〇一七年)と同題だが、「原作」ではなく「原案」とクレジットされているのは、望月の『新聞記者』が完全なノンフィクションであるのに対し、映画は現実をモデルにしたフィクションだからだ。まず、ストーリーを簡単に紹介しておく。

東都新聞社会部記者の吉岡《よしおか》エリカ(シム・ウンギョン)は、ジャーナリストだった父親が誤報の責任を負わされて自殺したという過去を背負いつつ、権力者に対しても遠慮することなく真実を追求している。ある日、内閣府の肝入りで進められた大学の新設計画に関する極秘情報を匿名でリークするファクスが社会部に届き、吉岡は上司から調査を任される。一方、外務省から内閣情報調査室に出向中の若手官僚・杉原拓海《すぎはらたくみ》(松坂桃李《まつざかとおり》)は、時の政権に不都合な人物の印象を悪化させる情報をSNSで拡散したり、そのような人物のスキャンダルを政権寄りのマスメディアにリークするなどの仕事に従事させられていた。

そんな折り、内閣府の官僚・神崎俊尚《かんざきとしなお》（高橋和也《たかはしかずや》）が飛び降り自殺を遂げた。杉原は北京《ペキン》の日本大使館にいた頃の上司だった神崎が、最後に電話で「杉原、俺たちは一体、何を守ってきたんだろうな」と言い遺《のこ》して死を選んだことに疑問を抱いていた。反体制の新聞記者と体制側の官僚という立場の違いを超えて調査を進めることになった吉岡と杉原は、内閣府が進める大学の真の設置目的がきな臭いものであることを知る。だが、情報提供者として実名を出してもいいと覚悟を決めた杉原と、真実を報道する記事を執筆した吉岡の前に、杉原の現在の上司である内閣参事官・多田智也《ただともや》（田中哲司《たなかてつし》）の圧力と策略が立ちはだかる……。

この映画を観たひとのうち多少なりとも事情通であれば、吉岡エリカのモデルが望月衣塑子であることは即座に察する筈《はず》だ。ところが、この映画には吉岡エリカ＝望月衣塑子という解釈を脱臼させる仕掛けも用意されている。というのも、劇中で吉岡が観ている政治番組には、望月衣塑子、元文部科学官僚の前川喜平《まえかわきへい》、ジャーナリストのマーティン・ファクラー、朝日新聞記者の南彰《みなみあきら》の四人が本人役で出演しているからだ。ジャーナリストだった吉岡の父親が誤報が原因で自殺したという設定も、現実の望月とは全く無関係である。つまり、観客には劇中の吉岡を見て望月を連想しつつ、なおかつフィクションの登場人物として吉岡を捉えるという二重解釈が求められているわけである。

他にも、本人役とは別に架空のキャラクターとして登場している人物がいる。劇中で内閣情報調査室のリークによって不倫スキャンダルを報じられる元文科省大学教育局長の白岩聡《しらいわさとし》（金井良信《かないよしのぶ》）は、歌舞伎町《かぶきちょう》の出会い系バーに出入りしていたことを読売新聞に報じられた前川喜平がモデルだろう。もう一人、吉岡の亡父を知るニューヨーク・タイムズ東京支局長のジム（イアン・ムーア）も、同紙東京支局長の経歴を持つマーティン・ファクラーがモデルである可能性が高い。また、首相と近しいジャーナリストからのレイプ被害を記者会見で告発する後藤《ごとう》さゆり（東《ひがし》加奈子《かなこ》）は明らかに、二〇一五年にTBSテレビの政治部記者でワシントン支局長だった山口敬之《やまぐちのりゆき》から準強姦被害を受けたことを告発したジャーナリストの伊藤詩織《いとうしおり》がモデルである（山口は当時の首相・安倍晋《あべしん》三《ぞう》に極めて近しい立場の人物であり、彼への逮捕状が執行寸前で停止された裏には、警視庁幹部による首相への忖度《そんたく》があったのではと取り沙汰されている）。敵役である内閣参事官の多田智也は、警察官僚出身で、第二次安倍政権下で内閣情報官・国家安全保障局長として辣腕《らつわん》を振るった北村《きたむら》滋《しげる》がモデルだろうか（この役の不気味な存在感が印象的だったためか、演じた田中哲司はその後、警視庁公安部長や、政府にも影響力を持つ投資家といった権力者の役が増えた）。

では、大学の新設計画をめぐって自ら命を絶った神崎俊尚と、その妻の伸子《のぶこ》（西田尚美《にしだなおみ》）は……といえば、所謂《いわゆる》「森友学園問題」に関連して、上司から土地の売却に関する公文書の改竄《かいざん》を命じられた末に二〇一八年三月に自殺した財務省近畿財務局職員の赤木俊夫《あかぎとしお》と、その妻の赤木雅子《まさこ》がモデルと見るべきだろう。ところが、実はこの二人がモデルかどうかについては微妙な問題が介在している。

『新聞記者』という映画は、第四十三回日本アカデミー賞において最優秀作品賞・最優秀主演男優賞・最優秀主演女優賞・優秀監督賞・優秀脚本賞・優秀編集賞を受賞するなど、映画界から高い評価を受けた。これを左翼的な偏向した価値観の表れとする意見も見られたが、日本アカデミー賞は翌年の第四十四回では、『新聞記者』とは価値観的に正反対とも言える作品で左派からの評判も悪かった『Fukushima 50《フクシマフィフティ》』（若松節朗《わかまつせつろう》監督、前川洋一《まえかわよういち》脚本、二〇二〇年）にも優秀作品賞・最優秀監督賞など幾つもの賞を授けているのだから、思想的偏向という評価は的外れだろう。問題は『新聞記者』や『Fukushima 50』が、日本アカデミー賞がそこまで高く評価するほどその年の日本映画を代表する作品だったかという点であり、私の見るところ、両作ともそれに値する水準の作品かと言われれば疑問が残る。

取り敢えず『新聞記者』に話を絞るなら、この映画を高く評価する立場からも疑問が見られたのが、脚本のうち、首相を後ろ楯として内閣府が設置を進める大学の設置目的に関する部分だ。現実の森友学園・加計《かけ》学園問題が、首相夫妻やその支持者たちという狭い人間関係をめぐる極めて卑小な悪だくみが一人の官僚を自殺にまで追いつめた……という不条理さこそを本質としていたのに対し、映画では荒唐無稽とすら言える大計画のために大学設置が利用される。基本的には、フィクションは何をどう描いても構わないものだと思うし、現実の出来事をそのまま忠実に再現しなければならないわけでもない。とはいえ、実際に死人が出た事件をモデルにする場合、何らかの社会的配慮が求められることも多いだろう。『新聞記者』の場合、何故現実の出来事に即さず、ある種陰謀論的とも言える「巨悪」を描くことになったのか。

実はその背景には、本作の評価そのものにまで関わってくる後ろ暗い事情があったと推察されるのだが、その言及に移る前に、映画『新聞記者』から派生した三つの映像作品に触れておくべきだろう。一つ目は、二〇一九年十一月に公開された『i　新聞記者ドキュメント』（森達也《もりたつや》監督）である。こちらはフィクションではなく、望月衣塑子記者を追ったドキュメンタリー映画であり、『新聞記者』をプロデュースした河村光庸《かわむらみつのぶ》が企画・製作・エグゼクティブプロデューサーを務めた。

この作品は、望月が記者として取材を重ねつつ安倍政権の暗部に迫る姿を中心に据えており、当時の内閣官房長官・菅義偉《すがよしひで》、森友学園理事長だった籠池泰典《かごいけやすのり》、その妻で副理事長だった籠池諄子《じゅんこ》、前川喜平、伊藤詩織など、本作の撮影開始前から撮影期間中に話題になった「渦中の人物」が次々と登場する。

実は、私が『新聞記者』という映画に微妙な評価を下さざるを得ないのは、この『i　新聞記者ドキュメント』を観たからでもある。敵も味方もひたすら陰々滅々としている『新聞記者』のフィクションの世界に対し、このドキュメンタリーが捉えた現実世界の人々のなんと生彩《せいさい》のあることか。主人公である望月衣塑子記者は、とにかくパワフルでしたたか、そしてお茶目で魅力的で恰好《かっこう》良く撮られている。私が特に印象的と感じたのは、記者会見の席で菅官房長官を見据える鋭い眼差しから一転、ラストにおける左右両派の「安倍辞めろ！」「安倍晋三！」というシュプレヒコール合戦の中で幾分戸惑ったような望月の姿だ。たぶん記者としての熱さと同時に冷静な部分も持ち合わせている人物で、たとえ味方の側でも熱狂に巻き込まれるのは好きではないのかも知れない……というのが、私がこの映像から受けた印象である。

もっとも、そう感じたのは監督の森によるある種の印象操作のせいかも知れない。というのも、このラストに続けて、森は一九四四年のパリ解放後、ドイツ兵と交際していたフランス人女性たちが丸刈りにされて晒《さら》し者になっている写真と、ドイツ軍に協力した人間が裁判なしに大勢処刑された史実を紹介し、左右両派のシュプレヒコール合戦の映像に重ねて「僕は、憲法九条は守るべきだと思う。原発再稼働にも反対だ。沖縄から基地をなくしたい。つまり、リベラル。でも、イデオロギーの違いとか、誰を支持するとかしないとか、どの集団に属するとか、そうした違いが本当に大切だとは思えない。主語を複数にした集団は熱狂しつつ一色に染まる。一色に染まった正義は、暴走して大きな過ちを犯す。それは歴史が証明している。一人称単数の主語を大切にする。持ち続ける。きっとそれだけで、世界は変わって見える筈だ」という自らのナレーションを流している。リベラルでありつつも森は左右両派の熱狂に等しく不安を感じているのであり、その点、望月のこともかなりフラットな視点で見ていると推察される。

『i　新聞記者ドキュメント』では望月以外の登場人物も実にキャラが立っており、特に、安倍首相からトカゲの尻尾扱いで切り捨てられたため望月の取材に協力する籠池夫妻に至っては、お茶目な魅力すら発散している（夫に突っ込みを入れつつ、取材陣にどら焼きを勧める妻の姿は笑いなしでは観られない）。ドキュメンタリーであるにもかかわらず、『i　新聞記者ドキュメント』には『新聞記者』よりもエンタメ感がある（選挙応援に現れた菅官房長官に望月が接近するくだりに至ってはコミカルなアニメが挿入されるが、ここはちょっと滑った感が否《いな》めない）。ヴェテラン映像作家としての森達也の手腕のなせるわざであろう。

しかし、この作品や、あとで言及する『主戦場』といったドキュメンタリー映画の面白さに、『新聞記者』が負けてしまっている点には当惑させられた。創作上のキャラクターより現実の人間のほうが生彩があって面白い場合、フィクションの面目は立つものなのだろうか……第四十三回日本アカデミー賞の授賞式の中継を見ながら、そのような疑問が湧いたことを覚えている。

『新聞記者』から派生したフィクションの映像作品は二つある。まず、藤井道人をメイン監督として地上波で放映された連続ドラマ『アバランチ』。もう一つは、Netflixで配信された藤井道人監督の連続ドラマ『新聞記者／The Journalist』である。

『アバランチ』（藤井道人・三宅喜重《みやけよししげ》・山口健人《やまぐちけんと》監督、丸茂周《まるもあまね》・酒井雅秋《さかいまさあき》・武井彩《たけいあや》・掛須夏美《かけすなつみ》・藤井道人・青島武《あおしまたけし》・小寺和久《こでらかずひさ》脚本）は、二〇二一年十月から十二月にかけてフジテレビ系で放映された。政治家による轢《ひ》き逃げ事件を隠蔽しようとした上司を殴ってしまった刑事の西城英輔《さいじょうえいすけ》（福《ふく》士《し》蒼汰《そうた》）は、警視庁捜査一課から「特別犯罪対策企画室」なる窓際部署に追いやられたが、配属早々、室長の山守美智代《やまもりみちよ》（木村佳乃《きむらよしの》）によってある秘密の場所に案内される。そこには、謎の男・羽生誠一《はぶせいいち》（綾野剛《あやのごう》）をはじめ、ハッキングの天才や格闘技の達人、爆発物処理のプロといった一癖ある男女が集っていた。「アバランチ（雪崩《なだれ》）」と称する彼らは、リーダーの山守の指揮下、悪人たちの所業をインターネット上の動画チャンネルにアップロードするというかたちで暴露してゆく。やがて西城もアバランチの一員となり、彼らと行動をともにすることに……。


悪人たちの所業を衆目に晒すことで社会的地位を奪うアバランチのやり方は、ドラマ「ザ・ハングマン」シリーズ（一九八〇～一九八七年）を想起させるが、彼らの戦いの背後には、無能な首相を操りながら絶大な権力を振るう内閣官房副長官・大山健吾《おおやまけんご》（渡部篤郎《わたべあつろう》）の正体を暴くという大きな目的があった。かつて警視庁公安部外事三課に所属していた羽生は、大山が世論誘導のために起こした自作自演のテロで同僚を失っていたのだ（その同僚は山守の婚約者でもあった）。

アバランチと大山の対決は、前者から犠牲を出しながらも、アバランチの正義に気づいたマスメディア関係者の協力、大山側についていた人物の改心、真実を知った首相の覚醒などによって最後は悪が滅びるという結末を迎える。現実を踏まえたため苦い結末に至らざるを得なかった『新聞記者』に対し、現実の出来事を想起させる要素を鏤《ちりば》めつつも、基本的にスリルと痛快さに徹した勧善懲悪謀略アクションドラマに仕上げたあたりは、藤井監督が『新聞記者』のテーマを引き継ぎつつ、現実に縛られないフィクションの面白さを強調したかったのだろう。『新聞記者／The Journalist』では板挟みの立場で苦悩する官僚を演じた綾野剛に、こちらではアウトロー的役柄をのびのびと演じさせたあたりにも、現実とフィクションを対蹠的《たいせき》に演出しようという藤井の意図が垣間見える。

さて、問題なのがそのドラマ『新聞記者／The Journalist』（山田能龍《やまだよしたつ》・小寺和久・藤井道人脚本）である。二〇二二年一月から配信された全六話のこのドラマは、名古屋市の栄新《えいしん》学園への国有地売却に首相夫人が関与していたのではという疑惑をきっかけに、官邸が財務省に資料の改竄を命じるところから開幕する。東都新聞社会部記者・松田杏奈《まつだあんな》（米倉涼子《よねくらりょうこ》）は実兄にまつわる過去の因縁もあって、この問題の裏を暴こうとする。一方、首相夫人付の官僚だった村上真一《むらかみしんいち》（綾野剛）は内閣情報調査室への出向を命じられ、政権に有利になるような情報操作に従事させられる。女性新聞記者と若手官僚の苦悩を軸とした点は『新聞記者』と同様ながら、遥かに尺が長いこともあり、映画版に不在だった「市井の人」の役割を担う就活中の大学生・木下亮《きのしたりょう》（横浜流星《よこはまりゅうせい》）、日和見《ひよりみ》を決め込む上層部に反旗を翻して単身真実に迫ろうとする名古屋地検特捜部の矢川《やがわ》検事（大倉孝二《おおくらこうじ》）

ら、数多くの登場人物が織り成す群像劇の印象が強い。『新聞記者』の多田智也がこちらにも登場しており（演じているのも同じ田中哲司だ）、両作品が地続きの世界の出来事であることを示している。

『新聞記者／The Journalist』は映画版よりも遥かに現実に即した作りになっており、例えば冒頭、松田が官房長官に質問しようとすると傍らの職員から「簡潔にお願いします」などと遮《さえぎ》られる描写は、『i　新聞記者ドキュメント』で紹介されていた望月衣塑子記者に対する官邸の対応そのままだし、首相が栄新学園に自分や妻が関わっていたことが証明されたら首相や議員を辞めると断言するくだりも現実通り（ドラマでは、この発言は官僚が用意した答弁から逸脱して首相が勝手に言い切ったものであり、その辻褄合わせのために官僚たちが文書改竄に走るという流れとなる）。首相補佐官から改竄を直接命じられる財務省理財局長・毛利義一《もうりぎいち》（利重剛《りじゅうごう》）は現実の森友学園問題における佐川宣寿《さがわのぶひさ》元理財局長の役回りをなぞっているし、「AI詐欺」問題で容疑をかけられるも官邸の判断で逮捕を直前に免れる内閣官房参与・豊田進次郎《とよだしんじろう》（ユースケ・サンタマリア）は、山口敬之と竹中平蔵《たけなかへいぞう》を合体させたキャラクターであると推察される。そして、ドラマ版の場合、自殺に追い込まれる官僚は鈴木和也《すずきかずや》（吉岡秀隆《よしおかひでたか》）、その妻は鈴木真弓《まゆみ》（寺島《てらじま》しのぶ）という名前で登場している。誰が観ても、この二人が赤木俊夫・雅子夫妻をモデルとしていることは明らかである。

ところが、実際にはこのドラマは、制作者サイドおよび望月記者と、赤木雅子との意見の相違をすり合わせることなく作られていたのだ。

一連の経緯については、森友学園に関する公文書改竄事件の取材を続けてきたフリー記者・相澤《あいざわ》冬樹《ふゆき》の取材をもとにした《週刊文春》二〇二二年二月三日号の記事「森友遺族が悲嘆するドラマ『新聞記者』の悪質改ざん」が最もまとまっていて情報量も多いと思われるので、これを要約する。

二〇二〇年、赤木俊夫の遺書をもとにした相澤の告発記事が《週刊文春》に掲載された数日後、赤木雅子のもとに望月記者の手紙が届いたが、それには映画『新聞記者』のプロデューサーである河村光庸の手紙が同封されていた。三人はリモートで対面することになったが、その際、赤木雅子は河村の態度に不信感を抱く。望月は「この問題に世間の関心を集めるための追い風になります」などと盛んに後押ししたけれども、「これまで財務省に散々真実を歪められ、捻じ曲げられてきたのに、同じ轍《てつ》は踏めない」と考えてドラマ版への協力は断った。その後も望月との交流は続けたものの、よりによって、森友学園が運営する塚本《つかもと》幼稚園で子供たちに「安倍首相、ガンバレ！」と連呼させていた映像を想起させるような、子供たちに「雅子さん、ガンバレ！」と連呼させる動画が望月から送られてきたため、一気に赤木雅子の心は冷えたという（望月に悪気はなかったのだろうが、しかし無神経なのは否めない）。そのあいだ、協力を断ったドラマの制作は着々と進められており、しかも当初は官僚夫妻に子供がいる設定だったなど（赤木夫妻に子供はいない）、現実と相違する部分が幾つも見られた。赤木雅子・望月・河村に、赤木俊夫から遺書を託された相澤を加えた四人での話し合いが持たれるも折り合いがつかず、やがて河村から赤木雅子に、あくまでもフィクションなので要望を殆《ほとん》ど受け入れずドラマの制作を開始するというメールが届く。

こうしたトラブルが《週刊文春》二〇二〇年十月一日号で報じられると、望月は赤木雅子からの連絡に一切応答しないという態度に出る。しかもこの記事が出た後、森友問題に関する署名記事を一本も執筆していない。これらの事態を受けて、『新聞記者／The Journalist』で赤木雅子をモデルにした鈴木真弓役を演じる予定だった小泉今日子《こいずみきょうこ》は、「私を降板させるか、一旦撮影に入るのを中断してきちんと赤木さんの了承を得るのか、二つに一つです。どうしますか？」と河村に迫る。だが、ドラマの筋書きは最初から出来上がっており、河村は小泉の降板を選択するしかなかった。

河村は『新聞記者／The Journalist』が配信される直前に赤木雅子に謝罪しているが、望月は謝罪どころか、一切連絡を取ろうともしていない。赤木俊夫の遺書や家族写真といった、取材で得た資料や情報を報道以外の目的に使用した可能性については、自身のTwitter（現・X）アカウントで否定したのみで、《週刊文春》二〇二二年五月五日・十二日合併号の記事「望月衣塑子記者が赤木雅子さんに発した叫び声」によると、東京新聞の社屋前で偶然望月と鉢合わせした赤木雅子が声をかけたところ、望月は悲鳴を発して社内へ駆け込んだという。

望月衣塑子が、内閣官房長官にも一切遠慮しないほど肝の据わった人物であり、政権への忖度が蔓延《はびこ》るマスメディアの中において記者としての良心を持ち合わせていたことは間違いない。しかし、そのような姿勢を称賛されているうちに、彼女の中に慢心が生まれていたのではないか。真実を報道するべき記者が、真実とフィクションの境界線を曖昧にする映画やドラマという領域に関わってしまったこと、それ自体が彼女の過ちだったのかも知れない。問題に注目を集めるために映画やドラマを利用するのであれば、望月はその問題の犠牲者である赤木雅子の心を傷つけるような行為は一切するべきではなかったし、してしまったと気づいたのであれば謝罪するべきだった。相澤冬樹『安倍官邸vs.NHK　森友事件をスクープした私が辞めた理由《わけ》』（二〇一八年。文庫化の際に『メディアの闇「安倍官邸vs.NHK」森友取材全真相』と改題）や赤木雅子・相澤冬樹『私は真実が知りたい　夫が遺書で告発「森友」改ざんはなぜ？』（二〇二〇年）によると、赤木雅子は財務省で夫の同期だった人物や、訴訟に向けて最初に代理人を依頼する予定だった弁護士など、信頼できると考えていた多くの人物からの手ひどい裏切りを経験している。そこに、正義の新聞記者として名高い望月衣塑子までが加わったのだ。まず政権や財務省といった「体制側」から殴られたあと、味方面《づら》をして近づいてきた「反体制側」からも殴られたのと同然である。しかも、権力者への鋭い追及を武器にしてきた記者が、いざ自分が追及される側になると情けなく逃げまどうなどというのは、醜態以外の何物でもない（《週刊文春WOMAN》二〇二二年秋号掲載の対談「赤木雅子さんが小泉今日子さんに語った『いま、私が思うこと』。」でもドラマ化にまつわるトラブルは言及されており、望月から何らかの謝罪があればそこで話題になった筈なので、この時点でも事態は何ら変化していないことが推察される。望月の過失を単なる行き違いとして弁護しようとする姿勢も一部の左派に見られたが、ただの行き違いならばこんなにこじれる筈はない）。

ここは想像になるが、映画『新聞記者』では赤木夫妻を想起させる人物を登場させたものの、別に許可を取ったわけではないので、敢えて「これはあくまでもフィクションですよ」ということを強調するために、作中の大学設置の目的を改変するしかなかった。しかし、その改変が荒唐無稽だという評判が相次いだため、制作者たちはより現実寄りのドラマ『新聞記者／The Journalist』を作りたくなった。そうなると今度こそ赤木雅子の許可を得ないわけにいかず、しかし物語の構想が出来上がってから彼女に接触したため、そこから生じたこじれを無視して突っ走らざるを得なくなったのではないか。

私個人としては、現実をモデルにしたフィクションを制作する際、必ずしも当事者の意向は全面的に尊重されなくてもいいとは思っている（被災者全員の意向を確認しなければ東日本大震災を扱ったフィクションを作れないということにもなりかねないからだ）。また、遺族の思いが絶対というわけでもない。例えば、三島由紀夫《みしまゆきお》の短篇小説を彼自身の主演・監督により映画化した『憂国』（一九六六年）は、彼の死後、三島夫人平岡瑤子《ひらおかようこ》の意向で上映は禁止され、フィルムまで焼却された。共同製作者の藤井浩明《ふじいひろあき》がネガフィルムだけは残しておいてほしいと彼女に懇願しなければ、恐らくこの映画は永遠に闇に埋もれていたかも知れない。その意味で、作品の価値は遺族の意向をも超えると考える。しかし、最初から遺族に接触しないのであればまだしも、一度は遺族に協力を持ちかけておきながら、その意向を踏みにじったとすれば話は別である。『新聞記者／The Journalist』の場合、プロデューサーである河村光庸は、協力を要請したからには遺族の納得を得られるよう丁寧に調整を重ねるべきであったし、望月衣塑子は功名心に起因する軽率な言動の責任を取るべきだった。

これらの一連のトラブルが、『新聞記者／The Journalist』の評判を貶《おとし》めようとした政権や右派言論人などではなく、NHK記者時代に森友学園問題を報じようとして上層部に疎《うと》まれ、フリー記者になって事件を追い続けた相澤冬樹によって報じられたことも重要である。志を同じくする筈の相澤にとってすら、望月の行為は不誠実なものと映ったのだ。

こうした裏事情を知ってみると、映画『新聞記者』とドラマ『新聞記者／The Journalist』に対する印象も大きく変わってくる。「国家のため」と「国家の罪を問うため」という二つの大義名分が、左右両方からある遺族を深く傷つけた。その罪深さの前では、『新聞記者』と『新聞記者／The Journalist』は犠牲者を踏み台にした望月のプロパガンダ映像に見えてしまう。

二〇二二年十一月二十五日、赤木雅子が佐川宣寿に対し、夫の死に責任があるとして千六百五十万円の損害賠償を求めた訴訟の判決が大阪地裁で下され、赤木雅子側の請求が棄却された。《AERA dot.》同日付のウェブ記事（記者：野村昌二《のむらしようじ》）によると、赤木雅子は「結局、夫は守られなくって、佐川さんは守られたという思いでいっぱいです」と悲憤を滲《にじ》ませ、「ここまでたくさんの人に応援してもらってきて、やはり真実を知りたい。私の闘いは終わりません」と控訴の意思を示したが、二〇二三年十二月十九日の大阪高裁判決は控訴を棄却、赤木雅子は最高裁に上告した。体制からも反体制からも利用しつくされた赤木夫妻。その闘いが勝利を迎えることを祈らずにはいられない。

ここで、『i　新聞記者ドキュメント』同様、ドキュメンタリーでありつつ、なまなかのフィクションよりよほど面白い映画として『主戦場』（ミキ・デザキ監督・脚本、二〇一九年）を挙げておこう。曲がりなりにもサスペンス映画と言える『新聞記者』と違ってドキュメンタリーである『主戦場』を何故ここで取り上げるのかというと、慰安婦問題をめぐる左右両派の言論バトルのスリリングさと、ある種のサプライズ・エンディングは、制作者が意図したか否かにかかわらずミステリ的であるからだ。

『主戦場』は従軍慰安婦問題に対して意見を異にする左右両派の人物に対するインタヴューを軸と

しつつ、関連した映像資料を挟み込んでいる。慰安婦が大日本帝国の犠牲者であることを否定する側の代表として出演した人物のうち、ケント・ギルバート、トニー・マラーノ、山本優美子《やまもとゆみこ》、藤岡《ふじおか》信勝《のぶかつ》、藤木俊一《ふじきしゆんいち》の五人は、出演を依頼された時には一般映画として商業公開する目的を伏せられていたにもかかわらず公開されたとして民事訴訟を起こしたが、二〇二二年、一審の東京地裁で請求は棄却された（同年、デジタル配信が開始され、この映画をウェブ上で観られるようになっている）。恐らく監督の意図を理解していなかったとはいえ、映像収録前提で自分たちの主張を言いたい放題喋り散らしておきながら、それを公開されたら訴訟を起こすというやり口は滅茶苦茶であり、地裁が請求を棄却したのは当然である。

基本的に『主戦場』は、右派言論人の放言を紹介し、それに左派がファクトチェックを入れるという構成になっている。その意味で右派が不利なのは事実だし、騙し討ちにされたという言い分もわからなくはないが（ジャーナリストの江川紹子《えがわしようこ》から、保守派ではない言論人からもこの映画のやり方には批判が出ている）、そもそもドキュメンタリー映画とは真実をそのまま伝えるものではなく編集して監督の意図に沿わせるものだし、その意図を見抜けず、ついつい油断していつもの調子で軽く喋りまくった右派は脇が甘いとしか言いようがない（『新聞記者／The Journalist』に協力を拒んだにもかかわらず自身をモデルにしたキャラクターを登場させられた赤木雅子の件とは全く事情が異なる）。彼らの発言の軽さは、そのまま慰安婦問題に対する彼らのお気軽な姿勢の反映である。特に「テキサス親父」として知られるトニー・マラーノやそのマネージャーの藤木俊一、そして自民党国会議員の杉田水脈《すぎたみお》の発言はここに書き起こすことを憚《はばか》るほど醜悪であり、この映画のせいで右派が慰安婦問題において不利に陥《おちい》ったとすれば彼らの自業自得に他ならず、まさにこれこそが映像の持つ力である。そしてこの映画は慰安婦問題のみにとどまらず、岸信介《きしのぶすけ》から孫の安倍晋三に継承された、戦前の日本を全面肯定しようとする反動主義の形成と流れがその背後にあることに鋭く迫る。

先ほど「ある種のサプライズ・エンディング」と記したのは、最後にラスボス然と登場する「日本会議」代表委員・加瀬英明《かせひであき》のことである。終盤、歴史修正主義者や関連組織の人脈をつなぐ要として浮上するのが彼の名であり、どれほど凄みのあるフィクサーなのかと観客の期待をそそるのだが、実際に取材に答える彼は、何の屈託もないニコニコ顔で「日本が戦争に勝った」(私の書き誤りではなく、実際にそう言っている)からその恨みでアメリカ人は慰安婦問題に関心を持つのだと言い放ち、吉見義明《よしみよしあき》のような左派の慰安婦問題専門家ばかりか自身の友人だという秦郁彦《はたいくひこ》のような右派の歴史研究にすら目を通していないと述べるなど、何もかも台無しにするほどいい加減極まりない人物なのである。出演した右派言論人は映画の上映に抗議する前に、味方の背中を撃っているとしか見えない加瀬に抗議したほうがいいのでは――とすら思ったが、加瀬の出番を温存しておいて最後の最後にその実像を暴いてみせた監督の意図はあざといほどに鮮やかだ。政治問題についての対立を、映画の公式ホームページのトップにもある「ようこそ、『慰安婦問題《バトルグラウンド》』論争の渦中へ」という惹句《じゃっく》が示すように、ゲーム『逆転裁判』さながらのエンタメとして演出してみせたミキ・デザキのアジテーターとしての天才ぶりを堪能できる映画と言える。

ただし、単に右派の愚かさを暴き立てた映画として溜飲《りゅういん》を下げるだけで済ませるべきでもない。

というのも、作中で語られなかった事実を知ることで、また別の事情が浮かんでくるからだ。

二〇二〇年四月、韓国の慰安婦支援団体「日本軍性奴隷制問題解決のための正義記憶連帯」（正義連、旧挺対協）の前代表・尹美香《ユンミヒャン》が国会議員に当選した。ところが同年五月、元慰安婦の李容洙《イヨンス》は、正義連の抑圧的構造に抗議して水曜集会（慰安婦問題の解決を求めて毎週水曜に開かれる定期デモ）への参加を拒否、尹美香が不透明なかたちで寄付金を使用していると告発した。これを機に、尹美香には幾つもの疑惑が浮上する。これが原因で、彼女は「共に民主党」から除名され無所属議員となった。尹美香は、他ならぬ『主戦場』に元慰安婦支援者の代表として登場している。そのような人物にかけられた疑惑は、『主戦場』という作品の評価に無関係である筈はない。もし公開が一年遅れていたら『主戦場』も無傷では済まなかっただろう。

また、慰安婦問題をめぐっては、『主戦場』にも登場する慰安婦の象徴としての少女像そのものの造型に疑問を呈する見方も存在する。これについては前提として、『主戦場』前半に登場する二人の韓国人女性、すなわち尹美香と、日本文学者・朴裕河《パクユハ》の対立を押さえておく必要がある。作中、後者は慰安婦問題の背景に当時の朝鮮社会を支配していた家父長制・男性優位の傾向があったと指摘するが、前者はそのような問題を超えて日本こそが絶対悪だと主張し、韓国・日本双方で波紋を呼んだ朴の著書『帝国の慰安婦　植民地支配と記憶の闘い』（二〇一三年）を「読む価値すらない」と切り捨てる。ただし、『主戦場』では両者の対立は軽く紹介する程度で踏み込もうとはしていない（なお、朴裕河は『帝国の慰安婦　植民地支配と記憶の闘い』が元慰安婦らへの名誉毀損に当たるとして刑事告訴され、一審では無罪、二審では有罪の判決が下ったが、二〇二三年十月に韓国最高裁は無罪の判断を示し、審理を高裁に差し戻した）。

韓国の文化や政治に通暁《つうぎょう》している比較文学者の四方田犬彦《よもたいぬひこ》は、『世界の凋落を見つめて クロニクル２０１１‐２０２０』（二〇二一年）所収のエッセイ「いつも問題は少女」で次のように記している。


今から3年前（引用者註：この文章の初出は《週刊金曜日》二〇一五年一月九日号）、ソウルの日本大使館前に、チマ・チョゴリを着た可憐な少女の彫像が建てられた。彼女は裸足で、力強く拳を握り、鋭い目つきで大使館を見つめている。無理やりに連行されたことに怒り、抵抗を示している「従軍慰安婦」の像である。

だがこの像は、どこまで慰安婦の実態を体現しているのだろうか。そう問うのは、『帝国の慰安婦』（朝日新聞出版）を書いた韓国人研究家、朴裕河《パクユハ》である。今日発見されている資料では、慰安婦の平均年齢は25歳であった。少女像は現実の慰安婦とは無関係に、慰安婦をあるべき「民族の娘」、純潔な処女として理想化するための虚構にほかならない。

かつて朝鮮が日本の統治下だったとき、半島全域にわたって独立運動が起きたことがあった。京城（日本統治時代の名称。現在のソウル）で率先して旗を振り、官憲に捕らえられ、拷問死した17歳の少女がいた。「韓国のジャンヌ・ダルク」と呼ばれるこの少女、柳寛順《ユグワンス》の名は、今なお抗日運動の神話的記号である。従軍慰安婦の銅像は、実は彼女にそっくりなのだ。韓国ナショナリズムが、慰安婦を民族独立の闘士に仕立ててあげてしまった。

四方田はこれに続けて「とはいえ日本人に、韓国ナショナリズムの虚構を笑う資格があるとは思えない。日本も同じく、ある少女の映像を前面に押し出し、北朝鮮を難詰糾弾しているからだ」と、拉致被害者の中でも特定の女性にだけ焦点をあてる手法に、慰安婦をチマ・チョゴリを着た少女像として造型する虚構と通底するものがあると指摘している。実際、四方田が『われらが〈無意識〉なる韓国』（二〇二〇年）所収の「朴裕河を弁護する」で指摘しているように、「朝鮮人慰安婦たちはチマ・チョゴリといった民族服を着用することなど、許可されていなかった。彼女たちは少しでも日本人に似るように、名前も日本風に改め、着物を着用することを命じられていた」。その意味では少女像は韓国のナショナリズムによる歴史の美化であり、尹美香にまつわる不正疑惑は、まさに『主戦場』で暴き立てられた日本のナショナリストたちの実態と鏡面関係にあるとも考え得るのだ。もっとも、『主戦場』の中では現在の姿を表した老齢の元慰安婦像も登場する。

こうしたコンテクストを参照することで、『新聞記者』やそこから派生した複数の映像作品同様、『主戦場』についても全面肯定でも全面否定でもない、より複雑なニュアンスを帯びた評価の可能性が立ち現れるだろう。文章よりも遥かに強力なプロパガンダの可能性を持つ映像だからこそ、評価にはそのような姿勢が求められる。

第五章 「失われた三十年」への道

原田ひ香『DRY』、川上未映子『黄色い家』、天祢涼『希望が死んだ夜に』、ドラマ『相棒21』第五話「眠る爆弾」、ドラマ『科捜研の女2022』最終話「-50℃冷凍マリコ!! 最終決戦ついに完結」の内容に触れた部分があります。

二〇一〇年代後半から現在にかけての貧困を扱ったミステリについて意識するようになったのは、原田《はらだ》ひ香《か》の長篇小説『ＤＲＹ』（二〇一九年）を読んだのがきっかけだったように思う。

もちろん、ミステリにおいて貧困が扱われることがそれ以前に珍しかったわけではない。往年の社会派ミステリにおいて描かれることもあったし、カードローンによる破産を扱った宮部《みやべ》みゆきの『火車』（一九九二年）は一つのエポックメーキングな作品だった。二〇一〇年代初頭の作例としては福澤徹三《ふくざわてつぞう》の『東京難民』（二〇一一年）が、学費未納で大学を除籍になった青年が負のスパイラルに陥《おちい》ってゆく過程を通して、一度転落すると這《は》い上がれない日本社会のシステムを描いた作品として注目される。老人介護の問題を通して富める者と貧しい者の格差に迫る『ロスト・ケア』（二〇一三年）、女性の転落をトリッキーな構成で描いた『絶叫』（二〇一四年）といった葉真中顕《はまなかあき》の小説の幾つかもこの流れに位置する。中でも『東京難民』の時枝修《ときえだおさむ》、『絶叫』の鈴木陽子《すずきようこ》といった主人公は不幸や不運が連鎖的に降りかかることで転落してゆくのだが、これは恐らく、ドラマティックさの強調という効果だけを狙っているのではない。

新約聖書『マタイによる福音書』の一三章一二節「おおよそ、持っている人は与えられて、いよいよ豊かになるが、持っていない人は、持っているものまでも取り上げられるだろう」に由来する

「マタイ効果」という言葉がある。要するに、もともと有利な立場にある人間はそれを活《い》かして有利な人生を送る傾向があるのに対し、不利な立場の人間は更《さら》に不利を招き寄せて困難な人生を送る傾向がある——という社会現象のことであり、アメリカの社会学者ロバート・キング・マートンが一九六〇〜七〇年代に提唱した。これは最初は科学研究の成果に関する見解だったが、現在は社会全体の各分野、特に社会的な格差が小さなものから大きなものへと膨らんでゆく性質を表す場合が多い。『東京難民』や『絶叫』の主人公にこれでもかとばかりに襲いかかる不幸の連鎖についても、この「マタイ効果」が反映されていると見られる（これから言及する幾つかの作品の登場人物にも、同じことが言えるだろう）。

さて『DRY』は、アルファベット三文字のタイトルからして、桐野夏生《きりのなつお》の日本推理作家協会賞受賞作『OUT』（一九九七年）を意識していることは明らかだ。バブル経済崩壊後の社会を背景とする『OUT』の中心人物は、弁当工場で夜勤のパートとして働く女性たち——香取雅子《かとりまさこ》、吾妻《あづま》ヨシエ、城之内邦子《じょうのうちくにこ》、山本弥生《やまもとやよい》の四人である。ある日、弥生がDVに耐えかねて夫の健司《けんじ》を殺害してしまう。雅子は弥生を救うべく、ヨシエに相談し、邦子をも巻き込んで健司の死体を細かく解体し、手分けして投棄し失踪に偽装しようとする。

四人の年齢は幅があるし、苛酷な深夜の単純肉体労働に従事している理由はさまざまだが、彼女たちにとって他に選択肢がほぼないという共通点がある。例えば雅子は、男性社員と女性社員の待遇の差を訴えたのが災いして長年勤めていた信用金庫をリストラされ、再就職先が見つからず夜勤のパートを選ばざるを得なかった（彼女には夫がいて、大手不動産会社系列の建設会社に勤めているものの、内実は不景気である）。弁当工場では同じ速さで作業を進めることが要求され、遅れれば工場主任から罵声《ばせい》が飛ぶ。個性を殺し機械のように振る舞わなければならない職場環境は当然のように彼女たちの精神に鬱屈《うっくつ》を生じさせ、弥生が起こした事件をめぐる過激な行動の伏流となってゆく。

今読んでも胸に迫る小説であり、名作としての位置は揺らぐものではないが、二〇二〇年代に入って『ＯＵＴ』を読み返すと、バブル期の信用金庫時代の雅子を描いたくだりで「ある日、雅子は同い年の男性社員の給与明細を見て頭に血が昇った。年収が自分より二百万近くも多かったのだ。二十年働いた雅子の給与は、年間四百六十万円」（引用は講談社文庫版、以下同じ）という記述があり、給与の男女差の問題はともかく、バブル期はそんなに貰えたのかと感じる若い読者もいるのではないだろうか。見栄っ張りの邦子が借金をしてでも中古のフォルクスワーゲン・ゴルフで弁当工場に通う描写も、二〇二〇年代にはあまりリアリティを感じられないだろう。その意味で『ＯＵＴ』は、貧困や格差とはいってもまだ今よりは余裕があった時代の小説である。

一方、『ＤＲＹ』は、北沢藍《きたざわあい》という二十三歳の女性が主人公だ。彼女は不倫が原因で職場と家庭を失ったところに、五十八歳の母・孝子《たかこ》が八十歳の祖母・ヤスを刺したという報せを受け、実家に戻ることになる。酒浸りで男にだらしない孝子と、金にうるさいくせに見栄っ張りなヤスは日常的にいがみ合っており、傷害事件というのも軽傷だったのをヤスが大袈裟に騒ぎ立てたせいで大事《おおごと》になったに過ぎない。藍が久しぶりに帰った実家はゴミ屋敷と化していたが、他に行くべき場所など存在しない以上、彼女は嫌いな母や祖母と一つ屋根の下で暮らさなければならないのだ。

実家暮らしを始めた藍の前に現れたのが、彼女の八歳年上の幼馴染みで隣人の馬場美代子《ばばみよこ》だ。彼女は、要介護状態の祖父と二人暮らしだという。親切な彼女の協力のもと、藍は生活の立て直しを図るが、ある時、美代子の祖父が孫の名前を間違って呼んでいることに気づく。美代子は祖父は認知症だと弁明するが、東京出身の筈《はず》の祖父が関西弁を使っていたこともあって、藍は美代子を怪しむようになる。ある日、藍は美代子の家で老人に突然襲いかかられ、美代子と二人で老人を押さえつけて死なせてしまう。そこで美代子は、老人は実は祖父ではないのだと告白する。彼女は本物の祖父の死後、年金ほしさに身寄りのない老人を家に連れてきて住まわせ、世間には祖父だと思わせていたのだ――しかも、藍たちが死なせた老人は、祖父の身代わりとしては三人目で、本物の祖父および二人目までの身代わりのミイラ化した遺体は二階に隠してあるという。老人を死なせてしまったという弱みを握られた藍は、美代子の言うままに老人の遺体から脳や内臓を取り出してミイラに仕立てるのだが、この生々しい解体シーンは明らかに『ＯＵＴ』を意識している。『ＯＵＴ』講談社文庫版の松浦理英子《まつうらりえこ》による解説には次のような記述がある。

記憶をたどれば、五年前初めて読んだ時まず目を瞠《みは》ったのは、本作には現代日本における〈階級〉が描かれているということだった。ここ数年で「日本もまた階級社会である」という意見も目新しいものではなくなったけれども、一九九七年当時はそうではなく、〈一億総中流〉という決まり文句に囚《とら》われている人がまだまだ多かったと思う。『ＯＵＴ』で描かれる弁当工場の夜勤についた女たちこそ、〈一億総中流〉というイメージが流布して以降初めて小説に登場した、そんなずさんなイメージを打ち崩すに足る具体性を備えた人物だったのではないだろうか。

かつて、日本社会は「一億総中流」と言われていた。国民の殆《ほとん》どが、自分を中流階級だと認識していたということである。そう言われていた当時の日本にも貧富の差はあったので、かなり幻想と欺瞞《ぎまん》を含んだ言葉ではあるものの、実際に中流階級が多かったのは歴然たる事実である。ところが、バブル崩壊を経《へ》て貧困率はどんどん高くなり、二〇〇八年のリーマン・ショック、そして二〇二〇年のコロナ禍が、中流階級を減少させ、少数の上流と大多数の下流で構成される格差社会の構図を露《あらわ》にした。

松浦理英子が指摘したように、『ＯＵＴ』で階級の存在に着目し、格差社会の存在を見据えたのは桐野夏生の慧眼《けいがん》と言うべきだが、この小説に登場した四人の女性は、寝たきりの姑の介護に追われるヨシエを例外として、親もしくは義父母と同居しているわけではないし、邦子以外は子供がいるものの本筋には大きく絡んでこない。メインとして描かれるのは四人の女のあいだに生じる連帯や疑心暗鬼、つまりは横のつながりであり、その意味では彼女たちの親や子の世代は本筋から排除されている。ところが『ＤＲＹ』では、貧困が脱出不可能な階級の問題として、祖母から母へ、母から娘へと順繰りに背負わされる負の遺産となっていることが描かれる。ヤス、孝子、藍――この三代の女性は、貧困という出発点に呪われ続けた人生を送っている。その中で、藍はそれなりに優秀な頭脳に恵まれており、そこから這い上がれる可能性もないわけではなかった。しかし、吝嗇《りんしょく》なヤスは孫の進学を喜びながらも学費を出そうとはしない。藍はアルバイトと奨学金で学費と生活費を賄《まかな》わざるを得ず、それが結婚後も彼女の弱みとなってしまう。義父母が、奨学金を返済し終えていない藍を貧困層として露骨に見下していたからだ。また、終盤で孝子は出奔《しゅっぽん》し、ヤスにも認知症の兆候が表れる。母がいない今後は当然、藍に祖母の介護の役割がのしかかってくる筈だ。

二つの犯罪小説のラストを比較すると、『ＯＵＴ』の雅子には、「自分だけの自由がどこかに絶対あるはずだった。背中でドアが閉まったのなら、新しいドアを見つけて開けるしかない」という述懐から窺《うかが》えるように、破れかぶれながらもまだ希望があると思えるのに対し、『ＤＲＹ』の藍の前には、「どこに行っても、この世は修羅なのかもしれない」「ねえ、みよちゃん、結局、私たちはどこにも逃げられないのかもしれないね」（引用は光文社文庫版）という、終わりのない呪いのような暗澹《あんたん》たる未来が果てしなく続いている。『ＯＵＴ』の背景であるバブル崩壊後にはまだ、日本経済がいつかはV字回復するのではというぼんやりとした希望があった。しかし、リーマン・ショックがそんな儚《はかな》い楽観を打ち砕き、コロナ禍がそれにとどめを刺した。「失われた十年」が、「失われた二十年」に、そして「失われた三十年」にまで発展しようとは、前世紀末にはごく一部のひとしか予想できなかった筈だ。希望と絶望――両作のラストの印象の違いは、そのような世相の相違を反映しているのかも知れない。

『ＯＵＴ』や『ＤＲＹ』の流れに連なる作品としてもう一作、川上未映子《かわかみみえこ》の『黄色い家』（二〇二三年）にも言及しておこう。物語は、現在四十歳の伊藤花《いとうはな》が、コロナ禍の二〇二〇年から、一九九〇年代末～二〇〇〇年の数年間を回想する形式で展開する。

花は小さな文化住宅で、スナック勤めの母に育てられる（他に家庭があったらしい父はたまにしかその家を訪れず、花が小学校高学年になった頃には寄りつかなくなっていた）。高校に入ると、花はファミリーレストランでアルバイトを始め、ある程度金を貯めるが、母の愛人に持ち逃げされてしまう。すべてのやる気を失ってアルバイトも辞めた花は、家を出て、母の友人の吉川黄美子《よしかわきみこ》が開いたスナック「れもん」で働くことにした。やがて同世代の加藤蘭《かとうらん》、玉森桃子《たまもりももこ》と知り合い、四人で同居を始める。だが、花はサラ金で借金をしたという母にせっかく貯めた二百万円を渡さざるを得なくなり、しかもその直後、「れもん」は同じ雑居ビル内の別の店が出した火事で燃えてしまう。

あっという間に四人は生計の手段を失ってしまったわけだが、他の三人を支えるべく、花はヴィヴィアン（ヴィヴ）という得体の知れない女のもとで、偽造カードで銀行のＡＴＭから金を引き出すという犯罪に従事することになる。ヴィヴによればそれらは、自分がどの口座にどれだけ金を置いたままにしているのかも覚えていないような大金持ちたちの資産なのだという。


「その人たちは、困らないんですか」

「なにが？」

「お金がなくなって、困らないんですか」

「困らないよ」ヴィヴさんは即答した。「なんで困るの」

「……わからないけど、その人たちも時間をかけて……その、貯めたのかもしれないなとか、ちょっと思って」

「そんなわけあるかよ」ヴィヴさんは声を出して笑った。「いい？　口座にいくらあるかも知らないですむような金持ちは、ぬかれても気がつきもしないでいられるぼんくらの金持ちだけどもは、なんの努力もしてないよ。努力なんか必要ないし、あいつら金持ちが金持ちでいられることに、理由なんかないんだよ」

「そうなんですか」

「そうだよ。自分の頭と体を使って稼いだやつらは、ちゃんと金に執着があるからね。貧乏人とおなじように、金についてちゃんと考えたことのある人間だよ。でも、家の金、親の金、先祖代々のでかい金に守られてるようなやつ、そいつらがその金をもってることには、なんの理由もない。そいつらの努力なんかいっさいない。あんたはガキの頃から金に苦労したんでしょ？　あんたが貧乏だったこと、あんたに金がなかったことに、なにか理由があった？理由があったか？」

わたしはなんと答えていいのかわからず、黙りこんだ。

「ないよ。あんたが生まれつき貧乏だってことに理由なんか。それとおなじ。ある種の金持ちが鈍い金持ちなのは、最初からそうだったからだよ。それで、こういう鈍い金持ちは、自分らが鈍い金持ちでいられるための、自分らに都合のいい仕組みをつくりあげて、そのなかでぬくぬくやりつづけるの。親の代から、ばばあやじじいの時代から、自分らがぜったいに損しないように、脅かされることがないように、涼しい顔して甘い汁を吸いつづけることができる、自分らのためだけの頑丈な仕組みをつくりあげて、それをせっせと強くしてんの。あんた、金持ちが金をもってることと、自分のあいだには、なんにも関係がないと思ってるでしょ」ヴィヴさんはわたしの目を見た。「でもね、金の量は決まってるんだよ。金持ちのところに金があるから、あんたのとこに金がこない。ぜったいにこない。すごくシンプルな話なんだよ。金持ちが死んだあともずっと金持ちのままで、貧乏人が死んだあともずっと貧乏人のままなのは、金持ちがそれを望んでるからだよ。金をもってるやつが、金をもってるやつのためにルールを作って、貧乏人はそのルールのなかでどんどん搾りとられていく。そして滓《かす》になったやつは、滓になるだけの理由があったんだと思いこませる。まるで滓にも滓にならないですむチャンスがあったみたいなことを平気で言う。ふざけんじゃねえよ、おまえらが搾りとってるから滓になって滓のままなんだろうが」

ヴィヴは単に金を稼ぎたいのではなく、明らかに日本の格差社会の構造を見透かし、それに戦いを挑んでいる。作中の時代背景は前世紀末だが、二〇二〇年代に書かれた小説だからこそ、登場人物がこのような透徹した認識を持っているのだとも言える。そして偽造カードによる窃盗でどんどん稼ぎを増やしてゆく花も、「もしすべてがばれたらわたしは警察に捕まってニュースになって、世間の人々が口々にわたしを非難して責めることもわかっていた。誰だってみんな金が必要で、だからこそ汗水たらして働いているのだと。でもわたしは半笑いで言ってやりたかった。わたしも汗水をたらしていますよと。誰の汗水がいい汗水で、誰の汗水が悪い汗水なのかを決めることのできるあなたは、いったいどこでその汗水をかいているんですか？　たぶんとても素敵な場所なんだろうね、よかったら今度行きかたを教えてくださいよ」という認識に達する。

だが、蘭や桃子をも犯罪仲間に引き入れたとはいえ、黄美子がろくに働かず、花が四人ぶんの生活を支えている状況は、彼女の心に次第に鬱屈を生じさせてゆく。一方で蘭や桃子も、上から目線で説教を垂れるようになった花に不満を募らせる。「れもん」を四人で復活させるという当初の目的もいつしか忘れられてしまい、ある出来事を機に、四人の女の共同生活は終わりを告げることになる。

『黄色い家』という小説は、前世紀から現在にかけて形成されてきた階級社会を背景にしている。貧困から這い上がろうとした主人公の花は、三人の女とともにささやかな居場所を見出すが、端《はした》金《がね》が盗まれても気にしないような生まれつきの上流階級相手の犯罪という戦いで、ほぼ自滅に近い敗北を迎えることになる。登場人物の中では最も抜け目なく立ち回っていたかに見えたヴィヴも、最後どうなったかは判然としない。そして冒頭とラストで描かれる二〇二〇年には、花はそれまで販売スタッフとして働いていた惣菜屋がコロナ禍で休業になったことで唯一の収入源を失っている。女性の貧困問題は以前から指摘されていたことではあったけれども、それが誰の目にも明らかなほど可視化されたのはやはりコロナ禍がきっかけだった。

そうした現況の象徴とも言えるのが、二〇二〇年十一月に起きた、ある殺人事件だった。東京都渋谷区幡《はた》ヶ《が》谷《や》のバス停で、ホームレスの女性が石などが入ったポリ袋で頭を殴られ死亡したという事件である。被害者は同年二月頃まで派遣会社に登録し、スーパーで試食販売を担当していたが、アパートの家賃を払えなくなり、路上宿泊をするようになったと推察される。亡くなった時の所持金は僅《わず》か八円だったという。

この事件に関しては、現在の社会状況と照らし合わせて、被害者と自分の境遇を重ね合わせたひとが数多く存在し、女性たちによる追悼集会とデモが開かれたりした。彼女は私だ——と少なからぬ女性が感じたのだ。この事件をモチーフにしたのが映画『夜明けまでバス停で』（高橋伴明《たかはしばんめい》監督、梶原阿貴《かじわらあき》脚本、二〇二二年）である。映画ジャーナリストの斉藤博昭《さいとうひろあき》によるネット記事「幡ヶ谷バス停での殺人の衝撃…。事件翌日に現場に立ち、自分ができることは『映画』だと誓った」（二〇二二年）によると、以前、事件現場近くに住んでいたことがある梶原阿貴は、事件翌日に現場を訪れ、「現場に花を供えて、自分に何ができるかを考えました。もし私が生前の被害者女性を見かけたら、何をしていたのだろう。声をかけて、ペットボトルの水を差し出すくらいはしただろうか。実際に会っていないのでわかりませんが、何もできなかったことに戸惑い、自分は映画を作る人間なのだから、彼女を助けられなかったにしても、今から何かやれることがないかと思いを巡らせました」という感慨に駆られ、自らの発案で『夜明けまでバス停で』の脚本を手がけることになる。

『夜明けまでバス停で』は幡ヶ谷の事件をモチーフにしてはいるものの、主人公の北林三知子《きたばやしみちこ》（板谷由夏《いたやゆか》）の設定は現実の被害者から大幅に改変されている。三知子はフリーのアクセサリーデザイナーだが、それだけでは生計を立てられないので居酒屋でパートとして働いている。この居酒屋は、正社員とパートの格差、女性へのセクハラ、外国人従業員へのパワハラ等々、コロナ禍以前から既に日本社会に存在した歪《ゆが》みの見本市の様相を呈しているのだが、コロナ禍の到来により、その影響が三知子にも襲いかかってくる。アクセサリーの個展が中止になり、続いて緊急事態宣言で居酒屋が休業を余儀なくされたため三知子たちパートは解雇され、社宅のアパートから追い出されてしまう。ようやく見つけた介護施設での住み込みのアルバイトも、勤務のため訪れた当日、施設内で新型コロナウイルス感染者が出たため新規雇用はいきなり中止になる。仕事も住処《すみか》も失った三知子は、気がつけばバス停で寝泊まりする日々を送るようになっていた。

実家に頼れない事情はあるにせよ、それでも彼女にはアトリエの経営者・マリ（筒井真理子《つついまりこ》）や居酒屋の店長・千春《ちはる》（大西礼芳《おおにしあやか》）のように、頼れば助けてくれた筈の人間が周囲にいる。生活保護を申請することも出来ただろう。しかし、三知子は生真面目で責任感の強い性格が災いして、他人に助けを求めることが出来ず、そうこうしているうちにどんどん貧困の蟻《あり》地獄に嵌《は》まってしまう。

梶原阿貴は先述の記事で三知子について、「もともと三知子は、社会全体で例えるなら、階段の2段目くらいに座っていた存在です。アルバイトでも何でも、働きさえすれば生活をすることができました。ただコロナ禍になり、誰もが下に〝落ちる〟危機に遭ったとき、階段の5段目くらいの人は落ちても3段目か2段目。でも、もともと2段目の人は一気に最下段へ突き落とされる。そのような状況の中、政府は『自助・共助・公助』、そして『絆』という言葉を持ち出したりして、そこへの怒りもありましたね」と語っている。自助とは災害などが起きた時に自分や家族の身を自分自身で守ること、共助とは地域やコミュニティによる助け合い、公助とは行政や公的機関による救助や支援を指す言葉だが、二〇二〇年に首相に就任した菅義偉《すがよしひで》が「自助、共助、公助、そして絆」という言葉を政策理念として掲げたことに対しては、まず自助を優先させるのは自己責任論に基づくものだという批判が相次いだ。

貧困地獄の果てに三知子が迎える結末は、現実の事件とは大きく異なっている（この映画はミステリ映画ではないけれども、現実の事件を知っていることを前提としたどんでん返しが用意されているという意味で、ミステリ的な創作手法が取り入れられているとは言えるだろう）。その点を不謹慎と受け止める観客も出てくる筈だ。だが私は、映画のスタッフはこの改変によって現実の事件の被害者のみならず、加害者の男性（二〇二二年、保釈直後に自殺した）をも救ったのだと感じた。そしてラストシーンでは、「自助・共助・公助」といった言葉を持ち出して国民への責任を放棄した自民党政権に対し、この映画の作り手たちの憤激が文字通り爆発する（なお、この幡ヶ谷の事件が言及されるミステリ小説としては、丸山正樹《まるやままさき》『刑事何森《いずもり》　逃走の行先』〈二〇二三年〉所収の「小火《しょうか》」が存在する）。

ここまでは女性の貧困を扱った作品を紹介したが、女性より有利な立場にいると思われている社会的地位の高い男性も貧困と無縁ではないことを示すのが天祢涼《あまねりょう》『希望が死んだ夜に』（二〇一七年）だ。この作品は、神奈川県警多摩署生活安全課の仲田蛍《なかたほたる》が登場するシリーズの第一作にあたる。空き家で首吊り状態の少女の遺体が発見され、現場から逃走しようとした別の少女が、通りすがりの巡査によって確保される。二人は中学の同級生だったが、死亡した春日井《かすがい》のぞみは明るく社交的なクラスの中心人物で、友人も多かったのに対し、捕まった冬野《とうの》ネガはクラスで孤立気味で、遅刻や欠席が多く成績も芳《かんば》しくなかったという。ネガの母親の映子《えいこ》は厳格な家庭で育ったことと夫のDVが原因で、離婚後も男性から高圧的な態度を取られるとパニックを起こすようになっており、スナックと弁当屋での仕事を休みがちである。当然、娘のネガも貧乏が日常となっていた。

裕福な家庭に恵まれたのぞみと、貧困に苦しむネガ。この構図からは前者から後者へのいずれか想像されるけれども、仲田とその相棒である県警捜査一課の真壁《まかべ》巧《たくみ》による関係者への聞き込みからは、そのような事実は浮かんでこない。そもそも殺意が生じるほどの接点が二人のあいだには存在しないようなのだが、ネガはのぞみを殺害したことは認めつつ、動機だけは決して口にしようとしない。

福祉事務所の嘱託職員は、冬野映子がこの三年で四度、生活保護の相談に来訪していたと証言し、最後に相談に来た時だけ娘のネガを連れてきたのはケースワーカーの同情を引くためではなかろうかと推測する。その時、ネガは一言だけ、「生活保護を受けていても、高校は行けますか？」（引用は文春文庫版、以下同じ）と訊《き》いたという。

福祉事務所で生活保護を断られた帰り、母娘は喫茶店に寄る。その時のネガの心情は次のように記されている。

あたしだって、最近は随分と追い詰められているので、生活保護を受けられたらどんなに楽になるだろう、とは思う。でも心のどこかで、ほっとしてもいた。

何年か前に起こった生活保護バッシングを、はっきり覚えているからだ。

テレビにたくさん出ているお笑い芸人のお母さんが、生活保護をもらって暮らしているとわかったことがきっかけだった。お金があるのにずるい、とむかついたけれど、法律違反ではないらしいし、芸人さんは国にお金を返したというので、それで話は終わりだと思ったらでも、芸人さんへのバッシングは続いた。その矛先は、いつの間にか生活保護そのものにも向けられた。

――生活保護を受ける人は甘ったれている。

――生活保護を受けないように一生懸命働くのが常識だ。

――まじめに働いている人より、生活保護受給者の方が金をもらうなんて不公平だ。

テレビでは頭がよさそうな人がそう語っているし、学校でもクラスメートが「生保《ナマポ》の金に消えるのかと思うと、消費税を払うのもばかばかしくなる」「生活保護を受けるような大人にだけはなりたくない」などと話している。

衝撃だった。

生活保護は「健康で文化的な最低限度の生活」を送るための最後の砦《とりで》だと学校で習ったのに。嘘だったのか。あたしは甘ったれていたのか。

生活保護なんて受けたら、肩身が狭くなりすぎて、一生、学校に行けなくなる。

それに気づいたから、ママに「一緒に福祉事務所に行きましょう」と言われても、断固拒否していたのだ。

クラスメートの発言に出てくる「ナマポ」とは、生活保護受給者、あるいは生活保護制度自体を表すネットスラングで、不正受給への批判のニュアンスを含む。

本来、厚生労働省が定める最低生活費に収入が達していない国民は、生活保護を申請することが可能である。だが、生活保護の受給者が増えるにつれ、不正受給者の存在も目立つようになり、先の引用にある二〇一二年の芸能人家族の受給問題が世間の怒りに火をつけた。この問題に関し、当時の自民党幹事長・石原伸晃《いしはらのぶてる》をはじめ、片山《かたやま》さつきや世耕弘成《せこうひろしげ》といった自民党の政治家たちは生活保護バッシングを繰り返したにもかかわらず、二〇二〇年六月、参議院決算委員会における生活保護をめぐる議論において、日本共産党の田村智子《たむらともこ》議員の「一部の政党や政治家が生活保護への敵意を煽《あお》ってきた」という指摘に対し、安倍晋三《あべしんぞう》首相（当時）はそれは自民党ではないと強弁した。

一連のバッシングにより、働きたくない怠け者が生活保護を申請するというイメージが生まれてしまったけれども、実際には不正受給者の割合はごく僅《わず》かである。受給者の多くは、病気や障害あるいは身内の介護などの理由で働きたくても働けない事情を抱えている。生活保護バッシングはそうした人々を正当に受けるべき権利から遠ざけてしまったという意味で極めて罪深いものである。『希望が死んだ夜に』の本筋に話を戻せば、捜査により、二人の少女の背景に驚くべき事実があったことが判明する。のぞみの家はもともとは裕福だったけれども、父・信之《のぶゆき》が勤めていた会社の業績が不景気で悪化し、契約社員となったことで環境は一変する。リストラされた信之は契約社員として再就職するも、給料は安く不安定。更に鬱《うつ》病になり、貯金を取り崩しながら生活費とローンの返済に充ててきたものの、限界が近づいている……というのが春日井家の現状だったのだ。お嬢様に見えたのぞみと貧困家庭育ちのネガの境遇は、意外にも近かった。のぞみは学費と生活費のため、父に黙って居酒屋でアルバイトを始める。その同じ店でアルバイトをしていたのがネガだった。

豪邸を手離しさえすれば生活保護を受けられたのではないかという仲田の問いに、信之は「四十か前に、生活保護バッシングがあったでしょう。あのとき、『本当に困っている人が保護を受けにくくなる』と言っている評論家がいたんですよ。正直、理解できませんでした。本当に困っているなら、バッシングなんて気にせず保護を受ければいいじゃないですか。あの話題で盛り上がっているとき、我が家はもう相当苦しかったけど、いざとなったら受けるつもりでしたよ。でも本当に自分がそういう立場まで追い詰められると、どうしても決断できなくて……上場企業に勤めていたのに……男のくせに……情けなくて、引け目を感じてしまって……娘には『母さんとの思い出があるから売りたくない』と言い張って……」と答える。「男のくせに」といった意地に囚われ生活保護受給に踏み切れなかった信之に対し、真壁は「理解できない。俺が同じ立場なら、迷うことなく保護を申請している」と思うのだが、彼はネガについても「貧困自体は珍しいことではない。俺だって人並み以下の生活を送ってきたし、似たような友人もたくさんいた。君の周りにだっていたはずだ」「貧困が動機に関係している可能性はあるが、殊更《ことさら》に同情する必要はない。金がないのにスマホを持っていたんだ。必要なものの優先順位を間違えている。それに這い上がろうと努力しなかったことに関しては、彼女にも責任がないわけじゃない」と仲田の同情的な態度に対し苦言を呈している。貧しい母子家庭で育った真壁は、そこから這い上がって刑事になったという自負があるぶん、這い上がりそこねたネガに対して見方が厳しい。彼は、二〇〇〇年代からこの国で流行した自己責任論を内面化した人物として描かれている。

仲田シリーズの第三作『陽だまりに至る病』（二〇二二年）では、第一作『希望が死んだ夜に』で描かれた状況が、コロナ禍によって更に悪化しているさまが写し取られている。主人公である上《かみ》坂咲陽《さかさよ》の家庭は裕福であり、同級生の野原小夜子《のはらさよこ》は絵に描いたような貧困家庭に育ったが、コロナ禍がきっかけで、小学生の咲陽にもわかるほど上坂家も余裕のない状態になってゆく。また、作中で起こる事件の犠牲者である元大学生の鈴木夏帆《すずきなつほ》は、奨学金だけでは学費や生活費を賄えず、風俗でのバイトで手っ取り早く稼ぐ道を選んだが、コロナ禍で風俗店が休業や閉業に追い込まれ、退学を余儀なくされる。住んでいたアパートも家賃を払えなくなって退去したが、先に述べたような生活保護を受けるのは情けないことという思い込みのせいか、申請には抵抗があったようだったという。この事件のさまざまな要因は、仲田が述べたように「すべて、前々からあったこと」であり、それらが「コロナというたった一つの病によって、白日のもとに曝された」のである。

冬野ネガ、春日井のぞみ、鈴木夏帆といった天祢涼作品の登場人物たちは、年齢を偽って居酒屋でアルバイトをしたり、風俗で手っ取り早く稼ごうとしたり……といった行為に走ったが、二〇二二年から二三年にかけて日本各地で発生した連続強盗事件（「ルフィ」と名乗る人物らがフィリピンの移民収容施設内から日本に指示を送っていたとされる）の実行犯たちが罪を犯すきっかけとなった「闇バイト」の背後にも、奨学金や不安定な労働環境などによる若年層の貧困化が原因として存在しており、それが改善されない限りは似たような犯罪が続く可能性がある。

そのような常態化した貧困を背景にしたミステリ小説の近年の収穫と言えるのが、櫛木理宇《くしきりう》の『少年籠城』（二〇二三年）である。地方の温泉街で、二人の少年が警察官から拳銃を強奪し、店主や居合わせた少年少女を人質として食堂に立てこもる。犯人のうちの一人である間瀬当真《ませとうま》は、河原で少年の惨殺死体が発見された事件の現場で姿を目撃されていたが、当真は無実を主張し、人質を殺されたくなければ真犯人を捕まえろと警察に要求する。
舞台となる温泉街は、どの旅館も常に人手不足なため、仲居を保証人や履歴書なしで雇い、住み込みで長時間働かせている。そんな仲居の大半は、夫や親の暴力や借金から逃げてきた女たちであり、生きることに精一杯であるため、我が子の教育や衛生に気を遣う余裕はなく、学校にも行けない子供たちが町に溢れている状態だ。親が子供を放任状態なので、我が子が失踪してもすぐには気づかず、少年惨殺事件でも遺体の身元がなかなか判明しないという体たらくである。また、そのような環境で育ち粗暴な少年となった当真は、拳銃を発射すればするほど実弾が減り、人質を取っている自分の立場が不利になるという思慮分別もなく、衝動的に発射してしまう。構造的な貧困が犯罪捜査の障害となり、事件が解決から遠ざかるという状況が、本書では生々しく描かれているのだ。

こうした日本社会の貧困化の進行は、個々の国民を苦しい境遇に追いやるにとどまらず、回り回って結局は日本という国そのものの基礎体力をどんどん削ぎ落としている。上流と下流の二極化が進む階級社会は、中流が強いことで成り立ってきた日本の技術力を弱め、産業や経済に大きな悪影響を与えることになるだろう。また、二〇二三年、東京藝術大学がピアノの一部を売却したことが話題になったが、その直接的原因は電気代の高騰であるものの、二〇〇四年の国立大学法人化以降、国が国立大学への運営費交付金を減額し続けていることが遠因だという見方もある。もちろんこれは芸術系の大学に限った話ではなく、各種の研究活動に支障が生じかねないことは以前より言われており、実際、文部科学省のホームページにアップされた「学術の基本問題に関する特別委員会（第6回）配付資料」の中の「学術研究への財政支援の拡充」では、「政府の財政状況は極めて厳しく、現在、国立大学法人運営費交付金と私学助成は毎年度1％ずつ削減するとの方針が採られるとともに、国立大学法人等の施設整備費補助金についても毎年度当初予算が減少している。これに伴う研究活動費の減や研究支援者の非常勤・任期付き職員への転換等により、研究者の日常的な研究活動に支障が生じたり、学生への教育が十分に行えなかったりするなどの問題が指摘されている」「また、近年、研究の進展や高度化に伴い、研究施設・設備の大型化やその運用に係る経費が膨大になる一方で、これらの日常的な経費を支える基盤的経費が削減されており、大学・大学共同利用機関の研究施設・設備の維持に必要な費用の負担が大学の財政状況を圧迫し、大きな問題となっている」といった諸問題が指摘されている。《東洋経済オンライン》二〇二二年三月十七日の記事「『科学研究のカネ』を巡る、行政VS国立大学の攻防」によれば、二〇二一年、国立大学協会は文部科学省宛ての提言の中で、国立大学への予算配分を「我が国が発展するための未来への投資」と主張し、運営費交付金の増額を求めたが、財務省に却下された。こうしたアカデミアの厳しい状況は若手研究者の育成にも悪影響を及ぼし、高い収入や恵まれた待遇を求める研究者の海外流出も始まっているという。

こうしたテーマを扱った二つのTVドラマに着目してみよう。その一つが、『相棒21』（テレビ朝日系、二〇二二～二三年）の第五話「眠る爆弾」（権野《ごんの》元《はじめ》監督、岩下《いわした》悠子《ゆうこ》脚本）だ。ある大学の構内で爆発事件が起き、その犯人が警察に次の犯行を予告する動画を送りつけてきた。動画に顔がはっきり映っていたため、犯人はその大学の工学部の学生・平山《ひらやま》翔太《しょうた》（山本《やまもと》涼介《りょうすけ》）だと判明する。大学では最近、森原《もりはら》真希《まき》（大坪《おおつぼ》あきほ）という学生が実験中に死亡する事故が起きていた。やがて、平山は新たな動画で、恩師の三沢《みさわ》准教授（山崎潤《やまざきじゅん》）を人質として監禁していることを明かし、森原の死の再調査を警察に要求する。平山は三沢が事故に関わっていると疑っているらしい。

平山は妻帯者の三沢が森原と不倫関係にあったと思っており、視聴者もそのようにミスリードされるのだが、真相は平山の全くの勘違いだった。森原の事故死の背景には、研究室の予算不足という厳しい現実を公にしようとした彼女なりの志があり、三沢の一見不審な言動も、それを無にしたくないという切なる思いからだった。結局、登場人物に根っからの悪人は一人もおらず、過失と誤解が雪だるま式に膨れ上がって大事件にまで発展してしまったというやりきれないエピソードである。

特命係の亀山薫《かめやまかおる》（寺脇康文《てらわきやすふみ》）の妻でフリーライターの亀山美和子《みわこ》（鈴木砂羽《すずきさわ》）は、事件の背景となった大学の予算不足問題はノーベル賞受賞者からも指摘されていると語るが、これは恐らく、iPS細胞（人工多能性幹細胞）開発・研究の権威で、二〇一二年のノーベル生理学・医学賞受賞者である山中伸弥《やまなかしんや》教授が、iPS細胞作製を支援する政府の大型研究予算が二〇二二年度で終わる予定であることについて理不尽だと述べて継続を求めるなど、研究資金の確保の必要性を繰り返し訴えている件を踏まえているのだろう。

似たテーマを扱ったドラマが『科捜研の女2022』（テレビ朝日系、二〇二二年）だ。全九話で構成されたこのドラマは一貫して、科学によって真実を追求し犯罪の真相を暴く榊《さかき》マリコ（沢口靖子《さわぐちやすこ》）ら京都府警科学捜査研究所（科捜研）の面々と、道を誤った科学者たちとの対決を描いてきたが、後者の代表が物理学者の古久沢明《こくざわあきら》（石黒賢《いしぐろけん》）である。科学の発展のためなら法律や倫理など一切無視して憚《はばか》らない傲岸《ごうがん》不遜《ふそん》な人物であり、第一話で有能な科学者の犯罪を暴いたマリコの行為を害悪だと決めつけた。複数の事件の裏でモリアーティ教授さながらに暗躍していた彼だが、最終話「-50℃冷凍マリコ!! 最終決戦ついに完結」（兼崎《かねさき》涼介《りようすけ》監督、櫻井《さくらい》武晴《たけはる》脚本）でついにマリコと正面対決に至る。この最終話で彼は、自らが開発して犯罪に利用した科学技術を「既に海外に流した」と嘯《うそぶ》く――「どこの国に流したか、それは裁判でも絶対に言わない。ただ、日本に激しい敵意を持つ国だ」「優秀な科学者にそれだけの特権を与えられる国だ」と。「多くの日本人を幸せにしたかも知れない科学が、これからきっと、多くの日本人を苦しめる。それが科学者を冷遇した国の末路だ！」という彼の憤激に、マリコは言葉を返せない。

古久沢は悪人として描かれているけれども、彼の言い分は、学問研究に金を出すことを惜しみ、その当然の結果として自分たちの国力を衰退させている日本への痛烈な批判となっている。天然資源が少ないため、かつては科学技術によって世界でもトップクラスの経済大国になった日本が、今や、その産業や経済の発展を支える筈の研究者たちにろくに資金も出せないようでは、古久沢の言葉は犯罪者の開き直りではなく、いつか予言として振り返られるようになるのかも知れない。

第六章　正しくない人々の「正しさ」

澤村伊智『ばくうどの悪夢』、森晶麿『黒猫と語らう四人のイリュージョニスト』第二話「少年の速さ」、映画『TAR／ター』の内容に触れた部分があります。

この章では、ポリティカル・コレクトネス（政治的正しさ）と表現との関係について語ることになるが、本当にミステリについて論じているのかと思われてもやむを得ないくらい脱線を繰り返す記述になることをあらかじめ断っておく。それだけ、さまざまな具体例を挙げなければ語るのが難しいデリケートな問題でもある。

《文學界》二〇二一年九月号に掲載された武田砂鉄《たけださてつ》と能町《のうまち》みね子《こ》の対談「逃げ足オリンピックは終わらない」において、武田は過去の出来事を忘れずに指摘する自身の姿勢に関連して、「世の中はとにかくアップデート好きですよね。『アップデート』と言うだけで七十点はもらえるような風潮があって、それには逆らいたい」と発言している。これは、さまざまな新しい話題によって忘れてはならない過去が埋もれてゆく世間の風潮に異を唱えたものであり、普段の武田の左派論客としての立場と矛盾してはいない。とはいえ、何かにつけてポリティカル・コレクトネスに基づく価値観の「アップデート」を好んで口にするのは左派やリベラルの側であり、そんな彼らをやんわり批判するようなこういう表現は、例えばTwitter（現・X）などのＳＮＳでは武田は決して書かないだろうとも思う。これは、《文學界》のような紙媒体にまで目を通す読者ならば、自身の言いたいことを誤解しない筈《はず》だという武田の信頼の表れだろうし、逆に言えば、ＳＮＳのような場では、読み手の水準に合わせた「わかりやすい言葉」しか使う気になれないということなのかも知れない。

　これだけではぴんと来ないかも知れないので他の例も挙げておくと、評論家の藤田直哉《ふじたなおや》が東日本大震災後の状況について論じるために、クラウドファンディングで資金を集めて創刊した《ららほら》という文芸誌がある。藤田は、ウェブではなく紙の雑誌としてこの企画を立ち上げたことについて、「紙メディアで少部数というのは決まっていて、そういう媒体だから公共化できるはずのこともあると思っていました。ウェブ版も考えていたんですが、それはやめました。炎上をやっぱり気にしてしまう。すぐに友敵で単純化されて攻撃されたり擁護されるんだけど、実際に人間の考えや気持ちってそう単純なわけではないわけで。そういう複雑なあり方を許容できるような、ゆっくりとした思考の場をちゃんと用意しないとダメかなと」（仲俣暁生《なかまたあきお》×藤田直哉「第1回　震災後文学を日本文学に位置づける」、《ららほら2》掲載、二〇二一年）と語っており、対談相手の仲俣暁生も「今日のような場も含めて、僕と藤田さんとが意気投合したのは、震災後文学についての議論というよりも、表現をめぐるあらゆる議論がSNSなどであまりに可視化されすぎて、むしろやりにくかったり、柔軟な議論ができにくくなっているときに、本音で話せるようになるといいよね、ということでした」と述べている。

　こうした紙媒体とSNSでの表現の使い分けは、今や多くの文筆家が意識的か無意識的かは別にして心得ている筈だ（私もそうである）。それはSNSが、その書き手の文章をわざわざ読むような特定の人間相手の紙媒体ではなく、文脈などを理解しない不特定多数の人間の目に触れるため、すぐ揚げ足を取られて炎上しやすいから——という理由が大きいだろう。もちろん、むしろSNS

を主戦場としているかのようなネットバトラー的資質が強い文筆家もおり、今はそういう人物のほうが華やかな舞台で活躍できるのかも知れないが、なまなかな胆力では続けられないだろうとも思う。

かつては紙媒体こそが「公」の領域であり、ＳＮＳは多くのひとにとってどちらかといえば「公」の場では言えないようなことを書いてきた「私」の場だったことを思えば、紙媒体のほうが本音を語るのに適した場となった昨今の流れは皮肉としか言いようがないが、こうして文筆家たち（武田砂鉄のような左派までも）がＳＮＳでの発言に過剰なまでに気を遣わざるを得なくなったのは、ひとつには大衆がＳＮＳにおける検閲者として振る舞うようになったことが大きいだろう。ＳＮＳの普及が、これまで沈黙を強《し》いられていた人々の意見を可視化したことは疑い得ない。しかし一方で、ＳＮＳは同じ意見を持つ「お仲間」を見つけやすい場であり、たとえ正しくとも正しくなくとも、集団となった声は自分たちが不快に感じる対象を容易に焼き尽くすようになった。

作家の桐野《きりの》夏生《なつお》は、二〇二二年十一月十一日、インドネシアのジャカルタで開催された第三十三回国際出版会議（主催は国際出版連合）において、「大衆的検閲について」と題された講演を行った（《世界》二〇二三年二月号掲載）。そこで桐野は次のように語っている。

> 検閲こそが、言論と表現の自由、そして出版の自由を脅かす。現在も、独裁的・全体主義的国家では、当然のごとく行われていることは周知の事実であろう。それもインターネットが発達した今、個人に対する国家の管理はより徹底しているから、逃れるのは困難に近い。

公権力による表現への制限は、どこに拡大してゆくかわからないがゆえに危険である。表現の自由だけは、国の介入を許してはならない。

ここまでは、反体制・反権力の立場から表現規制に反対する左派やリベラルと同じ意見だろう。しかし、桐野は更《さら》にこう続ける。

では、自由を保障されている平和な国で、我々作家の表現の自由を奪うものは何か。それは、国家でも政治的集団でもなく、ごくごく普通の人々による「大衆的検閲」とでも名付けたくなるような圧力である。

今の日本では「ごくごく普通の人々」こそが「検閲」と呼ぶに値する圧力を振るっているというのだ。この時、桐野の脳裏にあったのが昨今の「キャンセル・カルチャー」ブームであることは間違いないだろう。

そして桐野は次のように語る。

人間はたくさんの間違いを犯す。嘘を吐《つ》いたり、他人に意地悪をしたり、既婚者とわかっていても好きになったり、他人にいろんな迷惑をかけて生きている。犯罪を犯す人間だっている。多くの人が踏みとどまる、自分の中に引かれたラインを越えてしまった人々について、小説は書いてきた。小説は人間の弱さや愚かしさ、さらに言えば、弱く愚かな人間の苦悩について描くものなのだ。

不倫の物語なんか書くな、と出版社に抗議する人たちは、正しいことが書かれた小説しか読みたくないのかもしれない。では、「正しさ」とは何か。私たち作家が困惑しているのは、今、人々の中に強くなっている、この「正しい」ものだけを求める気持ちだ。コンプライアンスは必要だが、表現においての規制は危険である。その危険性に気付かない点が、「大衆的検閲」の正体でもある。

文学は、人間の弱さを基盤とした、他者への想像力がその根幹だ。そして、自分自身と他者との関係の中に、新しい価値を創造してゆくものである。とはいえ、過去の優れた文学作品の中でも、差別的な表現にぶつかることがある。小説の中だとはいえ、差別されて書かれる側は、不快の念を持つ。

少し前の小説には、女性が愚かしく書かれているものや、差別的に書かれているものも多かった。欧米の作家の書いた小説の中には、日本人に対する差別的な表現も見られるし、日本人作家の書いたアジア人への差別的表現も同じように不快である。

しかし、それは、その時代に生きた作家の、ある面での限界を表すものだ。批評精神を持って読む必要があるが、変えてはいけない。そうした過去の時代の限界を知り、乗りこえようと抗《あらが》うなかでこそ、他者への想像力は磨かれ、新しい文学作品を生んでゆくのだと思う。今、過去の作品の表現を変えることは、歴史を修正することに近い行為である。

ここで桐野が危惧しているような、過去の作品における「政治的に正しくない」表現を後世の価値観から削除・改変する行為は、海外、特に英米を中心にここ数年盛んになっている。その中でも二〇二三年に相次いで報道された、ロアルド・ダールやアガサ・クリスティーらの作品の表現を改変して出版するイギリスの出版社の動きに対しては、サルマン・ラシュディらの作家が抗議し、リシ・スナク首相やカミラ王妃までが懸念を表明するほどの騒ぎとなっている。この件では、日本でも少なからぬミステリ作家がSNSなどで危惧を表明した。ただし、敢えて意地の悪い見方をするならば、彼らはダールやクリスティーといった大物ミステリ作家に火の手が及んできたからこそ、急にそのような発言をするようになったのであり、それまでは対岸の火事として甘い見通しを持っていた可能性がある。基本的に日本のミステリ作家はどちらかと言えば左派・リベラルが多く、それ自体は個人的には結構なことだと思うが、そのぶん「大衆的検閲」の危険性を軽く見積もっているひともいるように思えるのだ。

クリスティーに関して言えば、近年のイギリスではサラ・フェルプスが脚本を担当した一連のBBCのドラマに代表されるように、既に古典であるクリスティーを現代的な視点から大胆に再解釈する映像化の試みが繰り返されている。実際、霜月蒼《しもつきあおい》の『アガサ・クリスティー完全攻略』（二〇一四年）で唯一と言っていいほどの酷評の対象となった『フランクフルトへの乗客』（一九七〇年）のように、現在どころか発表当時の価値観からしてもどうかと言いたくなる作品もある。また、ハーパーコリンズ社の新版でクリスティー作品の差別的表現が削除されたことを伝えるThe Guardian

紙の二〇二三年三月二十六日の記事（同二十八日に修正）では、『ナイルに死す』（一九三七年）でエジプトを旅する登場人物のアラートン夫人が、現地の物売りの子供たちに嫌悪を示す台詞《セリフ》が引用されている（現行の早川書房クリスティー文庫の黒原敏行《くろはらとしゆき》訳による新訳版では一四九〜一五〇ページのあたり）。もちろん、アラートン夫人（作中ではやや古風で保守的だが慈愛深い母親であり、好感の持てる人物として描かれている）と作者であるクリスティーの意見を同一視すべきではないが、現在の作家が同じように書けば批判を集めそうな表現ではある。とはいえ、映像や演劇といった二次創作で新たな価値観を盛り込むのはともかく、原典そのものから不適切な表現を削除するのは歴史改竄《かいざん》以外の何物でもない。

特にミステリの場合、ちょっとした表現が手掛かりや伏線として提示されるため、そこを削除すると作品として成立しない場合も存在する。《週刊文春》一九八五年八月二十九日号および九月五日号で発表された「東西ミステリーベスト１００」において、アンケートで国内一位に選ばれたのは横溝正史《よこみぞせいし》『獄門島』（一九四七年）、海外一位に選ばれたのはエラリー・クイーン『Ｙの悲劇』（一九三二年）だった。どちらも、政治的に正しくない表現があることはミステリファンならご存じだろう。《週刊文春》二〇一三年一月四日臨時増刊号（刊行は二〇一二年）では再び「東西ミステリーベスト１００」がアンケートで選出されたが、国内一位は変わらず『獄門島』であり、海外一位はアガサ・クリスティー『そして誰もいなくなった』（一九三九年）が『Ｙの悲劇』に取って代わったけれども、物語の舞台である「インディアン島」が現行の版では「兵隊島」になっていることもよく知られている。

島の名前が変わった程度ならまだいいが、ミステリのジャンル的特性が「言葉狩り」と衝突すると、優れた作品が危うく葬り去られかねない事態すら起こり得る。山田風太郎《やまだふうたろう》が二〇〇〇年に第四回日本ミステリー文学大賞を受賞したことを記念して、光文社は二〇〇一年から文庫版の「山田風太郎ミステリー傑作選」全十巻の刊行を開始した。ところが、その第二巻『山田風太郎ミステリー傑作選2　十三角関係　名探偵篇』に収録されていた中篇「帰去来《ききょらい》殺人事件」が、二刷および三刷では削除されたのである。「帰去来殺人事件」では、現在では差別用語とされる言葉が使われており、しかもそれが重要な手掛かりであるため、そこだけどうにかするのは不可能だ。そのため光文社内から作品自体を自主削除すべきだという意見が出て、それに対し実際に抗議が来たわけでもないのにおかしいと編集部は抵抗したものの、とうとう削除されてしまったのである。編者の日下三蔵《くさかさんぞう》による編集部への働きかけと、削除に対する読者からの抗議のおかげで、「帰去来殺人事件」は四刷からは再び収録されることになった。このあたりの事情については、『帰去来殺人事件』河出文庫版（二〇二二年）の日下三蔵による解説に記されている。

二〇〇一年当時の出版社の自主規制と、昨今のキャンセル・カルチャーの流行を一緒くたにするべきではないとはいえ、作家なり出版社なりがここで危惧しているのが国家による検閲などではなく、正義感に駆られた大衆からのリアクションであることは同じと言っていいだろう（二〇〇一年当時の光文社はそれを恐れるあまり、抗議が来ないうちから自主規制に走った）。ミステリは犯罪を扱うことが多いジャンルである以上、そうした吊るし上げの対象になりやすい。

こうした「大衆的検閲」を是認する立場の人間（主に左派）には、社会的マイノリティや大衆による不買運動や抗議運動などは検閲にはあたらないという考えの者が多い。果たしてそうだろうか。

先述の講演「大衆的検閲について」に先立って桐野夏生は、学者やジャーナリストやアーティストらが現代日本社会の「自由」の危機についての文章を寄稿した新書『「自由」の危機　息苦しさの正体』（二〇二一年）所収の「恐怖を感じてもなお書き続ける」で、「もちろん、社会としてあらゆる差別をなくすというのは極めて正しいことで、私もそう強く願っていますが、それを表現物も含めて一律に規制を課していくことは、また別の話だと思っています」「たとえば、人間という矛盾に満ちた不可思議な存在を描く場合、あえて差別的な人物を書く必要があります。そういう人は当然差別的な言葉を吐くわけですが、コンプライアンス（法令遵守）やポリティカル・コレクトネス（政治的妥当性）に配慮して、別の言葉に置き換えていくと、私の頭の中で思い描いている人物が発すべき言葉とは違ってくるし、私の意図も伝わりにくくなっていく」「戦前・戦中の治安維持法の場合は、特高（特別高等警察）や憲兵という国家権力が上から思想や言論を抑えつけたわけですが、いまは、『日没』で描いたように、ごく普通の人がネット上のある発言なり文章の一場面を切り取って、『これはポリティカル・コレクトネスに反している』と告発するようなことが起きている。そこには戦前とはまた別の恐ろしさがあると思います」「加えて、いま私が危惧しているのは、若い世代にとって、グローバリズムやポリティカル・コレクトネスの考え方が内在化していることです。そうすると、新自由主義やグローバリズムの危険性や、ポリティカル・コレクトネスやＳＤＧｓといった一見正しく思えるものに潜んでいる危うさをいくら説いても、若い人たちには分かってもらえないのではないかと、時々、無力感に襲われることがあります」と、下からの検閲の危険性、ポリティカル・コレクトネスを疑わないことの危うさを強く説いている。

　こうした桐野の考え方が反映された小説が『日没』（二〇二〇年）である。主人公の作家・マッツ夢井《ゆめい》は、ある日、読者から告発を受けて、「療養所」と呼ばれる事実上の思想矯正施設に収容されてしまう。告発の内容は、「マッツ夢井の諸作品には大きな問題があります。レイプを奨励しているかのような書き方も嫌だし、子供を性対象にする男を描くなど、本当に許せない」（引用は岩波文庫版、以下同じ）というものだ。連行されたマッツと「総務省文化局・文化文芸倫理向上委員会」なる肩書を持つ官僚のあいだでは、次のような対話が繰り広げられる――「表現は自由ですけどね、何もかもが自由というわけじゃありませんでしょう。そうでなければ、社会はすべてが野放しになってしまう。今は犯罪が多発して、性犯罪も増えてます。そして悪質化、低年齢化しています。イジメによる殺人や自殺も増えた。これらの原因は、野放しのマンガや小説ではないか、とも言われているんですよ」「そんなつまらないことは言わないでください」「しかし、影響がないとは言えない」「影響がまったくない、とは言わないです。でも、それが芸術なんです。人の心の深いところに響いて、人を動かす。だからと言って、安易に規制するのは間違っています」「ほら、先生も影響を認めてる」「言質を取らないでください」。

　この小説では、告発するのはあくまで読者であり、国家は決して主体的な判断を下さない。読者は悪意ではなく正義感から、政治的に正しい振る舞いをすることを表現の世界にまで強要し、国家はそんな国民の声に対応するだけなのである。

　桐野はかつて『バラカ』（二〇一六年）という小説を書いた。東日本大震災の原発事故による放射能汚染が東京にまで及んだという設定の作品である。基本的にディストピア小説は、現実よりも更にエスカレートした事態を描くことで現実に内包された危うさを告発するものだ。『バラカ』がそうであったように、『日没』もまた、作家が読者からの告発で思想矯正施設に収容されてしまうという、今のところは起こっていない事態を想像して描くことで、「大衆的検閲」が拡大しつつある今の日本を告発しているのである。

　比較的近年の小説に限定しても、主婦の苦労を理解しないわがままな家族たちにうんざりした女性が家出を決行する『だから荒野』（二〇一三年）、連合赤軍事件を女性の立場から描いた『夜の谷を行く』（二〇一七年）、代理母をモチーフにした『燕は戻ってこない』（二〇二二年）などを書いている桐野夏生が、フェミニストでないなどというひとはどこにもいないだろう。しかし、桐野の立場は、思想のために事実上の表現規制をも是とするタイプのフェミニストとは全く異なる（先に引用した官僚の言い分が、そうしたフェミニストが表現規制反対派をやり込めようとする時の言い分にそっくりであることは明らかだ）。表現規制派フェミニストには作家も含まれているけれども、そうした人々と、一作家としても日本ペンクラブ会長（二〇二一年就任）としても表現の自由をより広く深く捉えている桐野とでは、立場が全く違うのである。

　近年のトピックのうち、上からの検閲を代表するものとしては、二〇二〇年、菅義偉《すがよしひで》首相（当時）が日本学術会議の推薦した新会員候補者六名の任命を拒否した件が挙げられる。『「自由」の危機　息苦しさの正体』も、この件に対する危機感から編纂《へんさん》された一冊である。

　では、二〇一九年八月、愛知県で開催された国際芸術祭「あいちトリエンナーレ２０１９」の企画展「表現の不自由展・その後」が、そこで従軍慰安婦像や、昭和天皇の写真を燃やす映像などが展示されたことに対し、右派から批判や脅迫が行われ、開幕から僅か三日で中止に追い込まれた一件はどうだろうか。

この件に関しては、大村秀章《おおむらひであき》愛知県知事（芸術祭実行委員会会長）対河村《かわむら》たかし名古屋市長（芸術祭実行委員会会長代行）、あるいは朝日新聞対産経新聞といった政治対立の構図が次第に出来上がっていったけれども、《美術手帖》二〇二〇年四月号掲載の「CHRONOLOGY　時系列で振り返る、あいちトリエンナーレ２０１９」（構成：今野綾花《こんのあやか》）で確認し得る限り、最初から河村市長が反対運動を牽引したのではなく、右派とはいえ一般市民から抗議活動が生まれたのである。それに河村や松井一郎《まついいちろう》大阪市長（当時）、和田政宗《わだまさむね》参議院議員ら保守派政治家が便乗して「表現の不自由展・その後」を中止に追い込んだのだが、これは体制による検閲というより、桐野夏生が恐れる「大衆的検閲」を体制が利用したというべきだろう（企画展の中止を含めた適切な対応を求める河村市長の要望に対し、大村知事は記者会見で、憲法二一条第二項は公権力が思想内容の当否を判断すること自体が許されていないと抗議したが、ここでの河村の言動は公権力による検閲に該当する）。

この「CHRONOLOGY　時系列で振り返る、あいちトリエンナーレ２０１９」にも記されていないのだが、「表現の不自由展・その後」においては、実は違う方面でも「表現の自由」に関わる問題が起きていた。先述の『「自由」の危機　息苦しさの正体』に「すべての作品には発表の自由がある」を寄稿したアーティストの会田誠《あいだまこと》は、そこで「表現の不自由展・その後」の実行委員たちに、怒っている市民を説得しようとする熱意が弱かった点に不信感を表明しつつ、次のように記している。

そういう意味で、「不自由展」の実行委員会には賛同できないところもありますが、そもそも「不自由展」は、一〇〇ぐらいあるトリエンナーレの一展示で、あの展示がトリエンナーレ全体を支配していたわけではありません。そのような中で、社会には「不自由展」に賛同する人たちも一定数いるわけで、やはり展示する自由があると思います。

とはいえ、美術と言葉は難しい関係にあります。例えば僕の「犬」という作品は、非人道的なことをされている少女がモチーフとしてあるけれど、その作者が「このシチュエーションがいい」とか「好き」ということを表現したくて描いたかというと、本人から言わせてもらえば、「そんなはずあるわけないだろ」となります。逆に「性的暴力という悪を告発することが目的か」と問われれば「それも当然含まれるだろうが、それがすべてではない」と答えます。

美術は基本的にはビジュアルだけの勝負であって、言葉による意味の限定が原理的に不可能な表現ジャンルです。それが美術の弱みではあるけれど、最大の強みでもある、というのが僕の考えです。また、作品を制作して発表する目的は、簡単に一言で言えるものではなくて、大抵は重層的です。マトモな芸術作品なら大抵そういう構造を持っています。不自由展で攻撃された作品もおそらくそういうものだったと思います。

ここでは記されていないが、「表現の不自由展・その後」では会田誠（正確には、会田家）の「檄」という作品が、「あいちトリエンナーレ2019」の芸術監督を務めた津田大介《つだだいすけ》から展示してほしいと要望されていたにもかかわらず、実行委員会からの反対によって断られたという事実がある。「檄」が外されたことについて、津田大介は自身のTwitterアカウントで「会田家外すことに僕は納得が行かなかったのですが、不自由展実行委の中心人物が『会田誠入れるなら降りる』と言ってきたのでやむなく飲みました。ただ『このことは対外的に説明が付かない。会期始まったら不自由展のトークプログラムでこのことは公開するがいいか？』と聞いてその了承はもらいました。」（二〇二一年七月十四日）と述べているけれども、自分の意思で会田の作品を入れたいと言い出しておきながら、最終的に弱腰だったのは否定できない。この件については、元アーティストで文筆家の大野左紀子《おおのさきこ》がTwitterで「『不自由展』実行委は『政治活動家』であることを優先し『芸術家』であることを徹底しなかった、というより、彼らは端的に『性』の問題を回避したのだと思う。」（二〇二一年七月十五日）と喝破《かっぱ》した通りだと思う。

こうした昨今の傾向への警鐘と解釈し得るメッセージを含んだミステリも、幾つか存在している。その一冊が朝井《あさい》リョウの『正欲』（二〇二一年）だ。これをミステリだと言うと異論も出そうだが、まず三人の登場人物が小児性愛者のグループの一員として逮捕された記事が掲げられ（あとで判明するように、その記事は微塵《みじん》も彼らの本当の姿を捉えていない）、そこからその裏で繰り広げられていた真実が語られてゆく構成は、少なくともミステリ的小説作法であることは確かだろう。この小説で告発されているのは、自分たちの許容できる範囲までは「多様性」の美名のもとに認め、それ以外は排除する現代のポリティカル・コレクトネス信奉者の矛盾と冷酷さである。冒頭では、ある人物の述懐が繰り広げられるが、そこには次のようなくだりがある（引用は新潮文庫版、以下同じ）。

多様性、という言葉が生んだものの一つに、おめでたさ、があると感じています。自分と違う存在を認めよう。他人と違う自分でも胸を張ろう。自分らしさに対して堂々としていよう。生まれ持ったものでジャッジされるなんておかしい。

清々《すがすが》しいほどのおめでたさでキラキラしている言葉です。これらは結局、マイノリティの中のマジョリティにしか当てはまらない言葉であり、話者が想像しうる〝自分と違う〟にしか向けられていない言葉です。

想像を絶するほど理解しがたい、直視できないほど嫌悪感《けんおかん》を抱き距離を置きたいと感じるものには、しっかり蓋《ふた》をする、そんな人たちがよく使う言葉たちです。

また中盤では、主人公の一人である桐生夏月《きりゅうなつき》が、「多様性とは、都合よく使える美しい言葉ではない。自分の想像力の限界を突き付けられる言葉のはずだ。時に吐き気を催し、時に目を瞑りたくなるほど、自分にとって都合の悪いものがすぐ傍で呼吸していることを思い知らされる言葉のはずだ」と思うシーンもある。

実際、「あいちトリエンナーレ２０１９」の実行委員会が会田誠の作品を排斥《はいせき》したように、自分にとって不快な表現は表現の名に値しないとして、さまざまな理屈をつけて排除する例は昨今しばしば見られる（そういう時の彼らの姿勢は限りなくリベラルからは遠く、表面上はむしろ保守反動と見分けがつかない）。そうした人々には、「時に吐き気を催し、時に目を瞑りたくなるほど、自分にとって都合の悪いものがすぐ傍で呼吸していること」に直面する勇気などないし、多様性を掲げつつも所詮は小市民的道徳と共犯関係を結ぶ狡猾《こうかつ》さへの自覚もない。更に言えば、何が許されるべき多様性で、何がそうでないかの文脈をジャッジできると考える「道徳の権力者」としての傲慢さを自認するだけの自己客観視能力もない。

それが排除を通り越して抹消という極端な結果に至ってしまったのが、二〇二二年に刊行される予定だった樋口毅宏《ひぐちたけひろ》の小説『中野正彦の昭和九十二年』が、版元のイースト・プレスによって発売直前に自主回収された一件である。この小説の語り手・中野正彦《なかのまさひこ》は、安倍晋三《あべしんぞう》を尊敬する「ネトウヨ」であり、インターネット上で右派的言説を繰り返す（そこでは在日韓国・朝鮮人に対する差別もストレートに記述されている）。だが最終的に、中野は安倍首相の暗殺を企てるテロリストへと変貌を遂げる。

この作品が回収された理由はいまひとつはっきりしないのだが、安倍晋三が結果的に現実でも暗殺されてしまったからとか、実在の人物や団体が出てくるからといったことではないようだ。石戸《いしど》諭《さとる》「〈正論〉に消された物語——小説『中野正彦の昭和九十二年』回収問題考」（《新潮》二〇二三年三月号）の記述に従うなら、「この作品の担当者ではない版元の編集者が自身のツイッターアカウントで、この作品を『現実のヘイトスピーチを無断転載してるだけ』『差別に加担する自覚がない』といった激しい言葉で批判し、発刊について抗議の意思を示した。ついには編集者同士のLINEの内容まで公開して、自分の主張が如何《いか》に正しいかを喧伝《けんでん》し、フォロワーに助けを求めるのであった。一連のツイート（ポスト）は、ツイッター上で差別問題に関心を持つ層へと広がり、作品を読まずして樋口、担当編集者と版元への批判が高まるという異例の事態となった。この騒動を通して、本書は『ヘイト本』という批判を集めることになる」という経緯があったようだ。

　樋口自身はもちろん「ネトウヨ」に与《くみ》するのではなく、むしろ逆の立場からこの小説を執筆している。「〈正論〉に消された物語――小説『中野正彦の昭和九十二年』回収問題考」では、石戸諭の取材を受けた樋口が、「執筆の動機になったのは、ここ数年ツイッター、他のSNSでも極右的な言葉や、差別的言動が広がってきたことです。彼らの暴力的な言動に衝撃を受けました。（中略）これはSNSで、匿名で発信する人々だけの問題ではありません。／実名で語る著名人であっても、ほんの数年前であれば、社会的に大きな批判を受けるような暴論を発信しても、何事もなかったかのように受け入れられています。書店には『ヘイト本』と呼ばれるような本が並び、当たり前のように売れています。やがて新しい戦争がやってくるのではないか、という危機感もありました。そこで現実に起きたニュースに虚構のニュースを織り交ぜた小説を書くことで、自分が想定する最悪の未来を描けると考えたのです」と語っている。基本的に左翼である大江健三郎《おおえけんざぶろう》が、左翼から右翼へと鞍替えした少年（日本社会党委員長の浅沼稲次郎《あさぬまいねじろう》を暗殺した山口二矢《やまぐちおとや》をモデルとしている）の一人称で綴《つづ》られた中篇「セヴンティーン」と続篇「政治少年死す」（ともに一九六一年）を執筆したようなものだろう。

『中野正彦の昭和九十二年』を実際に読んだルポライターの清義明《せいよしあき》は、《論座》二〇二二年十二月二十七日の記事「ネトウヨを主人公に据えた〝ヘイト本〟は、なぜ自主回収されたのか　実在の人物名も登場するディストピア小説『中野正彦の昭和九十二年』出版中止騒動」で、「本書は差別本でもなんでもなく、むしろ反差別本である。どのように読んだとしても、そうとしか読めない」「確かに差別表現やヘイトクライムシーンがこれでもかと出てくる。不快な表現であるし、ショッキングな描写も多数ある。しかし、これはフィクションである。しかも明確に反差別の意図があることは誰にでもわかるだろう。主人公のモノローグで綴られたフィクションが、むしろ主人公を批判的に描いていることなど、ドストエフスキーの昔から別に不思議なことではない」と述べている。

ところが、騒動の火付け役となったイースト・プレスの編集者にはそんな文学的意図は通じなかった。その編集者は、本気の差別と、作家の創作上の技巧としてのアイロニーや虚構とは区別がつくものではなく、文脈抜きにして世に出してはならないという信念に従ったのかも知れない（実際、区別がつかない水準の読者は沢山いる）。しかし、この論法を拡大解釈するならば、かなり多くの文芸作品を発売禁止に持ち込めることになってしまう。例えばミステリでいうなら、悪人が罰せられずに終わるタイプの作品は出版できなくなる恐れがある（まさかと思うだろうが、悪が罰せられないフィクションは規制すべきだと考える人間は実際にいる）。

まるで桐野夏生の『日没』を再現したような騒動だが、大きく異なるのは、『日没』では読者の告発によって作家が罰せられるのに対し、『中野正彦の昭和九十二年』騒動では、それ以前の段階、つまり読者の審判に委ねることすらせずに出版社が一つの小説を（それも、自社で刊行すると一度は決定した小説を、担当編集者の判断を差し置いて）刊行直前に葬り去ってしまったのだ。もはや、現実はフィクションをも超えようとしているのかも知れない。

しかし、『正欲』が訴えているように、清く正しく美しい自分が見たくないと感じるもの、それもまた人間のありようであり、表現の可能性である。それを排除・抹消するような価値観が多様性の名に値するだろうか。『正欲』が第三十四回柴田錬三郎《しばたれんざぶろう》賞を受賞し、二〇二二年の本屋大賞にノミネートされ、二〇二三年には映画化も決定するほど多くの読者から支持されているのは、この作品が綺麗事でコーティングされた偽善の奥底まで掘り下げたからだろう。

下村敦史《しもむらあつし》の『同姓同名』（二〇二〇年）では、津田愛美《つだまなみ》という六歳の女児が残忍な方法で殺害される事件が起こり、十六歳の少年が犯人として逮捕される。少年法によって彼の名前は公表されなかったが、ある週刊誌が実名公表に踏み切ったため、「大山正紀《おおやままさのり》」という犯人の実名は日本中に知れ渡ってしまう。そして七年後、犯人が出所したことで、騒ぎが再燃する——という物語だが、タイトル通り、作中には数多くの「大山正紀」という名前の人物が登場し、巻頭には「1　家庭教師の大山正紀」「2　中学生の大山正紀」「3　茶髪の大山正紀」など、作中に登場する十人の大山正紀を紹介した図版が挿入されている（引用は幻冬舎文庫版、以下同じ）。

私は本書の第三章で、下村敦史の「難民調査官」シリーズを例に挙げ、『難民調査官』シリーズでは正論に凝り固まって異論を受けつけない人間や弱者に過度に感情移入する人間（活動家やジャーナリストなど）が批判的に描かれており、それは下村なりのバランス感覚なのだろう。他の作品を読む限り、そのバランス感覚がプラスに出る場合もあるのだが、少なくとも『難民調査官』シリーズにおけるそれが単なる『逆張り』としてしか作用しなかったことは、その後次々と明らかになっている実際の入管の不祥事が証明している」と評した。ここで私が「他の作品を読む限り、そのバランス感覚がプラスに出る場合もある」と述べた、「他の作品」のうちの一つが『同姓同名』である。

この作品では、七年前の事件の犯人である大山正紀の住所を突き止めたというツイートが拡散され、その父親がある企業の役員だったという情報が大衆の義憤と憎悪を煽《あお》り、『こういう父親は子育ては母親に丸投げだろ。若者に偉そうな説教を垂れるだけが生き甲斐で、家庭を顧みないクズ』『父親も吊るせ！』『また富裕層の犯罪か！』といったツイートが溢れ返る。また、父親が献血を呼びかけている社内広報用のポスターまで引っ張り出され、『みんなで献血を拒否しよう！　殺人犯の家族が訴えるポスターなんかに釣られる人間は愛美ちゃんを殺した犯人と同罪！　正しい判断ができるか試されています！』とツイートする人物まで出てくるのだが、実はこの献血拒否ツイートには実際のモデルがある。二〇一九年、丈《たけ》による漫画『宇崎ちゃんは遊びたい！』のキャラクターが日本赤十字社の献血推進ポスターに採用された時、弁護士の太田啓子《おおたけいこ》らがそれが「環境型セクハラ」にあたるとして批判を行い、それに対する反論もまた拡がるという炎上騒動があったが、この際、太田らの意見に与するあるフェミニズム系アカウントが「宇崎ちゃん取り止めないなら献血許否《ママ》しよう！／特に男性、ただしい脳による判断ができるかどうかが試されています。」(二〇一九年十月十七日、現在は削除）と献血ボイコットを呼びかけるツイートをし、批判が殺到したのだ。

流石《さすが》にこれには同じフェミニズム系アカウントからも窘《たしな》める声が出たものの、人命や身体の健康と主義の対立において後者を優先するフェミニストが他にも存在することは、その後もTwitterにおいて可視化されている。

もう一作、市川憂人《いちかわゆうと》の『神とさざなみの密室』（二〇一九年）も挙げておこう。左翼系市民団体のメンバー・三廻部凛《みくるべりん》と、和田要吾《わだようご》首相（作品発表当時の首相・安倍晋三をある程度モデルにしている）を支持する右翼系市民団体のメンバー・渕大輝《ふちたいき》が、ドアひとつでつながれた二つの密室に監禁され、両者のあいだには顔を焼かれた死体が横たわっていた……という物語だ。両者は互いを犯人ではないかと疑い、推理合戦と並行して政治的論争をも繰り広げる。

この小説において、両者の描き方はニュートラルなものとなっているが、それでも著者自身の政治的立場が左派に近いことは明白に窺《うかが》える。とはいえ、大輝に襲いかかられた凛が「あなたのような、女をモノ扱いする気持ち悪いオタクみたいな人、顔も見たくない。今すぐ出て行って！」（引用は新潮文庫版、以下同じ）と口走った件に関しては、あとで「ちりめん」と名乗る左派のネット論客から、ＤＭ《ダイレクトメール》で『出て行けはともかく「気持ち悪いオタク」はまずかったっスね』『オタクの人たちがみんな、気持ち悪かったり右寄りだったり差別主義者だったりするわけじゃありません。反和田政権デモやカウンター活動に参加するアニメ好きの人たちもいっぱいいるっス。／日本人の中に外見上の偏差値の高い人とそうでない人がいるのと同じで、二次元好きな人の中にも見た目のいい人間とそうでない人間がいるだけの話っス。平均すれば、オタクの人たちと日本人全体との間に、違いなんてこれっぽっちもありゃしないっスよ』と窘められる。外国人排斥を唱える右派の鏡像さながら、オタクをひとまとめに敵扱いして蔑視する左派の悪弊に対する批判だが、この傾向は現在更にエスカレートし、オタクはすべて右派だと言わんばかりの偏見と悪意に満ちた言説が左派やフェミニストによって流布されている。そこには、市川憂人がこの作品で示そうとしたフェアな姿勢のかけらもない。

こうした指摘をすると、すぐに「マジョリティとマイノリティのあいだには権力勾配が存在する」だの「権力側による弾圧だけが表現規制で、私たちのは正当な抗議」だのといった反論が返ってくるだろうが、それが表現規制を推進したいフェミニストや左派・リベラルにとって都合のいい言い訳でしかないことを示したのが、二〇二一年、松戸《まつど》市のご当地VTuberの戸定梨香《とじょうりんか》による松戸警察署・松戸東警察署への交通安全啓発活動の協力に対し、「女性・女児を性的対象とみなす固定観念に沿った描き方を、公的機関である警察が使うのは問題」と捉えた全国フェミニスト議員連盟が千葉県警・千葉県知事・松戸市長らに「公開質問状」を送付し、「当局の謝罪、ならびに動画の使用中止、削除を求めます」と抗議した騒動である。これを受けて警察は動画を削除し、戸定梨香の出演イヴェントが複数中止になった。

この件では、全国フェミニスト議員連盟への抗議の署名が七万筆を突破したにもかかわらず、議連の共同代表で松戸市議の増田《ますだ》かおるはこれを一切無視するなど、市民の声を聞くべき議員にあるまじき振る舞いが目立った（スケールの違いこそあれ、反対する五十万筆以上の国民の署名を無視してインボイス制度を押し通した岸田文雄《きしだふみお》政権と径庭《けいてい》のない驕《おご》った姿勢である）。また、増田は松戸警察署に圧力をかけたことを自身のTwitterアカウントで否定したけれども、議連の抗議文がなければ警察が動画削除に動くわけはないし、そもそも政治家として自分たちのしたことが正しいという信念があるのならば、堂々と「自分たちの抗議のおかげで動画を削除させることに成功した」と主張すればいいだけの話である。彼女たちが行為の責任を負おうとせずにすべてを警察に押しつけたのは、市議会議員という一般市民よりも明らかに強い立場を持つ自分たちの責任で表現規制を行ったのであれば、それはすなわち「権力による規制」になってしまい（もはや桐野夏生の言う「大衆的検閲」ですらない）、反権力による抗議活動は規制でも検閲でもないという普段からの主張と矛盾を来《きた》すからだろう。私はかねがね、表現規制派のフェミニストや左派が実際に政治的に力ある立場になった場合、権力を振るいながら反権力という建前だけは絶対に手離さない最悪の権力が誕生するだろう――と予想していたけれども、まさにその通りになったわけである。

　また、この件における増田議員の振る舞いからもわかるように、フェミニズムやポリティカル・コレクトネスを錦《にしき》の御旗《みはた》さながらに掲げる人間の言動が、それに値するほどご立派なものではない場合が多い――ということについても触れておかなければならない。つまり、ポリティカル・コレクトネス自体は正しくとも、それを掲げる人間が正しいとは限らない――という問題だ。その中でも最悪と言える、フェミニストの味方として振る舞っておきながら実態は性犯罪者だったケースとしては、ロックバンド「Hysteric Blue」の元メンバーで二〇〇四年に性犯罪で逮捕されたナオキこと二階堂直樹《にかいどうなおき》（出所後、Twitterでフェミニズム的発言を発信していた）が二〇二〇年に再び性犯罪で逮捕、虐待や薬物使用などの事情を抱える少年少女らを支援するNPO法人の設立者で牧師の森康彦《もりやすひこ》が覚醒剤取締法違反で二〇二二年に逮捕（《集英社オンライン》二〇二二年十二月九日の記事によれば、内縁関係にあるという女性が森に覚醒剤を打たれ性行為をさせられたと訴えたことから森の逮捕に至った）、日本共産党千葉県委員会元書記長の大西航《おおにしわたる》が盗撮や女子大生への脅迫容疑などでやはり二〇二三年に逮捕……といった例が挙げられる。フェミニストは何かにつけてオタクを性犯罪者予備軍扱いするけれども、実態はこの通りである。刑事事件にまでは発展せずとも、普段からポリティカル・コレクトネスを掲げて松江哲明《まつえてつあき》やキム・ギドクといった映画監督を手厳しく断罪するなどしておきながら、飲み会で盗撮などのセクハラ行為を働いた映画ライターのFのような例もある。

　こうした卑劣な人物は、ポリティカル・コレクトネス信奉者の中でも一握りの少数派ではあるだろう。しかし、普段はフェミニズムやポリティカル・コレクトネスに反する人物を厳しく非難する界隈《かいわい》が、そうした「お仲間」の行為には極力触れないようにする――となれば話は別である。フェミニズムやポリティカル・コレクトネスの理想に傷をつけないため、そうした出来事には目を瞑ってしまおうという打算が垣間見えるからだ。実際、森康彦や大西航が逮捕された際、私とTwitterで相互フォロー関係にあり、なおかつフェミニズム的傾向が強いアカウントを注意深く観察していたけれども、彼らの犯罪について、言及どころかリツイート（リポスト）をした例すらも皆無だった。更に、合作作家・安達瑶《あだちよう》の一人である安達瑶bは自身のTwitterアカウントで、森康彦の逮捕に関して「このタイミングで（12／8）警察が動いたのは国家の意志」「とりあえず牧師さんの被害者だとされる女性の背景を調べてほしい」（二〇二二年十二月十一日）とツイートしたが、フェミニストなら許さない筈の性犯罪被害者への紛れもない二次加害発言であるにもかかわらず、この発言に反撥・攻撃したのは右派や「アンフェ」と呼ばれるアンチ・フェミニストの側が主であり、フェミニスト側の多くは黙殺を決め込んだことからも、彼らが加害者・被害者の属性で問題の扱いに差をつけるという党派的思考に囚《とら》われていることは明らかだ。森や大西は、最近ある騒動の渦中にいるフェミニスト活動家の支持者でもあったため（因《ちな》みに、佐々木譲《ささきじょう》『警官の酒場』〈二〇二四年〉のあるエピソードはその騒動がモデルになっていると思われる）、その活動家に味方する側にとっては、森や大西の件は触れてほしくない材料だったことは容易に想像できる。とはいえ、活動家に不利になるから（敵を利することになるから）「お仲間」だった人物の性犯罪はなるべく見なかったことにしておこう——というのが彼らの思惑ならば、フェミニストの看板などさっさと下ろしてしまえばいいと思う。

　映画ライターのＦの件に至っては、普段はフェミニズム的言動を盛んに発信しておきながら、加害者であるＦの言い分を引用して被害者の心情を推測し、この件にTwitterで言及した私に「第三者が触れることが二次加害になる可能性があります」と抗議してきた人物までいた。普段なら加害者の言い分を引用するだけで二次加害だと騒ぎ立てるような人物が、ポリティカル・コレクトネス信奉者によるセクハラの時には平然と立場を逆転させ、加害者をかばい立てしようとしたのだ。

　更に私を失望させたのは、Ｆのセクハラを被害者に代わって告発した映画評論家および私と共通の知り合いであり、ある作家主催の飲み会の席でも何度も同席したことがある二人のミステリ業界人——某書評家と某大手出版社編集者（ともに男性）が、普段はTwitterでフェミニズムやポリティカル・コレクトネスを支持するツイートをしておきながら、この件では何のリアクションも示さなかったことである（この件について、この二人が一切のリツイートも「いいね！」もしていないことは当時きちんと確認している）。口先だけで綺麗事を言うのは簡単だが、身近に起こった出来事を完全無視しておいて何がポリティカル・コレクトネスだろうか。この二人の書評家・編集者としての仕事には敬意を払うが、こういう面に関しては私は彼らを、流行《はや》りに乗っただけの「ファッションポリコレ野郎」と見なすことに躊躇《ちゅうちょ》しない。

現在はこういう左派の偽善的ダブルスタンダードが悪目立ちする傾向があるため、ネット上などでは、かつては石原慎太郎《いしはらしんたろう》のような右派が表現規制を行ったが、今や左派やリベラルが検閲を推進している――といった意見も見られる。しかし、これは半分しか正しくない。その証拠を挙げるならば、東京新聞二〇二三年四月九日の記事によると、過激な性描写のある漫画などを「不健全図書」に指定し、十八歳未満への店頭販売を禁止する東京都青少年健全育成条例について漫画家らが「不健全という呼び名を変えてほしい」と陳情したところ、三月二十四日の本会議で不採択となったが、文教委員会の審議で「不健全図書という5文字に青少年への制限という意味は入っていない」「『青少年への販売等禁止図書』など、客観的な表現にしては」などという立場でこの陳情に賛成したのは共産党、立憲民主党、ミライ会議であり、一方、「成年向け図書を指定する条例ではない」「新名称を考える必要がある」「保護者の意見が反映されていない」などと反対したのは自民党、都民ファーストの会、公明党だった（東京都も変更には否定的）。こうした動きを見ても、左派に比して右派が「表現の自由」に理解があるとは言えず、両派とも相手側の主張と敢えて反対の逆張り意見を唱えているか、両派とも自分に都合のいい「表現の自由」しか尊重する気がない――というのが実状だろう。

日本初のインターネットとコンピュータゲームの利用時間を規制する条例として悪名高い「香川県ネット・ゲーム依存症対策条例」（二〇二〇年四月施行）では、二〇一六年に二つに分裂した県の自民党会派（自民党県政会と自民党議員会）がそれぞれ議案に賛成・反対に分かれるなど、保守か革新か、右か左かでは割り切れない複雑な事態も発生しているが、『元年春之祭《がんねんはるのまつり》』（二〇一六年）などの本格ミステリの書き手としても知られる陸秋槎《りくしゅうさ》のSF短篇集『ガーンズバック変換』（二〇二三年）の表題作は、この条例の施行後、香川県に住む未成年者たちがネットやスマートフォンやTVへの視覚的アクセスを禁止され、強固なフィルタ機能を内蔵した眼鏡（これを通して見た液晶画面はすべて真っ黒に映る）の装着を義務づけられている――という設定のディストピアSFである。だが条令施行からだいぶ経《た》っているため、香川県の未成年者たちは、県を出ない限りはそれを不便とも感じなくなっているのだ。日本より遥かに表現規制（この場合は上からの規制）が厳しい中国から日本に渡って小説の執筆を続けている陸が、本来なら寛容な社会であるべき日本のこうしたディストピア化に敏感にならざるを得ないのは当然だろう。

この章を執筆しているあいだ、「表現の自由」やポリティカル・コレクトネスの問題に関わるトピックが幾つか報道されたが、そのうち二つに言及したい。

二〇二三年七月二十四日、ミステリ作家の森村誠一《もりむらせいいち》が逝去した。彼は元ホテルマンという経歴を生かしたミステリ『高層の死角』（一九六九年）で第十五回江戸川乱歩賞を受賞してデビューし、『人間の証明』（一九七六年）をはじめとする作品群は映像化とのタイアップでベストセラーになり、角川文庫の最盛期の勢いを牽引した作家となった。当時の角川書店社長・角川春樹《かどかわはるき》は思想的には右翼的立場であり、反対に森村は旧日本軍第七三一部隊の実情を暴いたノンフィクション『悪魔の飽食』（一九八一年）で話題になるなど左翼的立場を貫いたが、両者の友情は思想の相違を超えて終生続いた。

《日刊ゲンダイDIGITAL》二〇二三年七月三十一日号で、評論家の佐高信《さたかまこと》は「森村誠一は『悪魔の飽食』への右翼の攻撃に一歩も退かなかった」と題した記事で森村の死を悼《いた》み、次のように記している。

> 『悪魔の飽食』は中の写真が一部違っていたことを理由に右翼から森村への批判が殺到した。「近日参上」と赤いインクで書いた手紙が森村の家に届いたり、玄関に赤いペンキをかけられたりした。
>
> 　この事件で森村が忘れられないのは、当時の角川書店社長、角川春樹の勇気である。残念ながら光文社は攻撃に屈して『悪魔の飽食』を絶版にした。それを角川が拾ったのである。社長の身の危険も考えて、社内では反対する空気が充満しているのに角川は言ったという。
>
> 「ここでうちがこれを出さなかったら、日本の表現の自由は後退する。ジャーナリズムの敗北である。一出版社の問題ではない」

現在、角川春樹のようにここまで言いきれる出版人がどれだけいるだろうか。勇気の問題ではない。前回述べたように、今や左派も右派も敵対勢力の「表現の自由」など一切認めず、自分たちに都合のいい「表現の自由」しか尊重する気がない――というのが実状となっている。それどころか、左派のあいだでは、性的表現の自由を主張するオタクを示す「表現の自由戦士」なる言葉が蔑称として使われている有様だ（本来、左派こそが表現の自由を護《まも》るべき立場であり、権力との闘争で性的表現の自由を勝ち取ってきたのではなかったか）。思想は違えどもそれを出版する自由は認め、それを妨害する勢力には断固立ち向かう――そのような時代が存在したことは、今後忘れられてゆくのかも知れない。森村誠一の死去は、そんな時代の終焉《しゅうえん》を象徴するようにも思える。

もう一つのトピックは、アメリカで二〇二三年七月二十一日に公開された『バービー』（グレタ・ガーウィグ監督、グレタ・ガーウィグ、ノア・バームバック脚本）と『オッペンハイマー』（クリストファー・ノーラン監督・脚本）という二本の映画にまつわる騒動だ。この話題作二本を一緒に鑑賞しようというきっかけで、アメリカ本国では Barbenheimer（バーベンハイマー）という造語がネットミームとして流行したが、一部のファンが原爆投下を連想させるキノコ雲をポップに描くなどしたファンアートを投稿したことが物議を醸《かも》したのである。それ自体は一部のファンの悪乗りだとしても、『バービー』の本国公式 Twitter アカウントがそれらに対して好意的な返信をしたのは一線を越えた行為だと見なされ、日本のユーザーから批判の声が相次いだ。日本国内の配給を担当するワーナー ブラザース ジャパン合同会社は七月三十一日、本国公式アカウントの反応に「このムーブメントに起因したファンのSNS投稿に対し行われた、映画『バービー』のアメリカ本社の公式アカウントの配慮に欠けた反応は、極めて遺憾なものと考えており、この事態を重く受け止め、アメリカ本社に然るべき対応を求めています」とコメントし、それに応じるかたちで本社は謝罪声明を出して関連投稿を削除、八月八日には来日した本社幹部が日本経済新聞の取材に応じて謝罪した。

奇《く》しくも、騒ぎが大きくなったのと同じ七月三十一日の朝日新聞朝刊の一面は、米国立スミソニアン航空宇宙博物館が、原爆投下後の広島と長崎を写した写真を新たに展示することを計画していると報じた。被爆者の写真や遺品の展示にまでは踏み込まない見通しだとされるが、従来は退役軍人団体などが、アメリカの世論に根強い「原爆投下の正当性」に疑念を抱かせかねないとして原爆展などに反対し、中止に追い込むケースがあったことなどを思えば、ひとつの進歩であるのは間違いない。二〇二三年五月に行われたG7広島サミットで、G7の首脳が初めて揃って原爆資料館・原爆慰霊碑などを訪問した件とともに、時代の変化を感じさせる話題ではある。バーベンハイマー騒動は、それらに真っ向から冷や水を浴びせるものだった。

マーベル・スタジオ製作の『エターナルズ』(クロエ・ジャオ監督、クロエ・ジャオ、パトリック・バーリー脚本、二〇二一年)では、不老不死の宇宙種族エターナルズの一人で人類の技術的進歩を密《ひそ》かに支援してきたファストス(ブライアン・タイリー・ヘンリー)が、広島への原爆投下を史上最大の過ちと見なして人類を見限る描写があった。しかしこれはかなり特殊な例で、『GODZILLA ゴジラ』(ギャレス・エドワーズ監督、フランク・ダラボンほか脚本、二〇一四年)をはじめとする一連のハリウッド産ゴジラ映画や、『ゴーストバスターズ』(ポール・フェイグ監督、ポール・フェイグ、ダン・エイクロイド、ケイティ・ディポルド脚本、二〇一六年)などのアメリカ映画では、核爆弾の使用を正当化する理由が与えられたり、核爆弾がせいぜい普通の爆弾より大きな爆弾程度の扱いだったりすることが多い――同時期の邦画『シン・ゴジラ』（庵野秀明《あんのひであき》総監督・脚本、樋口真嗣《ひぐちしんじ》監督、二〇一六年）で、日本人または日系人の登場人物が、立場や意見は違えども核の使用だけは認められないとする点を共有していたのと対蹠《たいせき》的に。今回のバーベンハイマー騒動は、そうした日米間の核に対する捉え方の差を露骨に浮き彫りにした。

八月二日に駐日アメリカ大使ラーム・エマニュエルが「バービーは全ての女性の代表であり、全ての女性がバービーそのものです。バービーは60年以上にわたり、女性は何にでもなれることを世界中で示してきました。私たちはそのことを現実でも、そして映画『バービー』の中でも見ています。素晴らしいストーリーと興行記録を塗り替える大ヒット作品を生み出してくれたグレタ・ガーウィグ監督に感謝です。グレタとバービーは、未来の女性、少女たちに勇気を与える応援団です」とツイートしたこと（騒動の真っ最中というタイミングでの無邪気な賛辞も、日本とも縁が深い歴史を持つとはいえアメリカ製の人形であるバービーを「全ての女性の代表であり、全ての女性がバービーそのもの」と世界中の女性の代表扱いした無意識の思い上がりも、何もかもが最悪と言える）に象徴されるアメリカ側の真摯《しんし》さを欠く姿勢に対しては、主に日本国内のネット世論で批判が続出し、アメリカ人にとってのポリティカル・コレクトネスに日本人への配慮などは含まれていないのではという疑いが取り沙汰された。『バービー』がポリティカル・コレクトネス推進派から強く支持されていた映画だったこともそれに拍車をかけた。そのため、この騒動をめぐっては「反ポリコレ」を標榜する右派勢力が勢いづく結果となったが、『バービー』という映画の内容自体や監督のグレタ・ガーウィグらの制作陣にこの件で責任があるわけではなく、むしろ巻き込まれた被害者だと言えるし、原爆投下に関わるセンシティヴな問題を、「反ポリコレ」に利用できて良かったと言わんばかりの一部右派の姿勢は異様と言わざるを得ない。だがポリティカル・コレクトネス擁護勢にも、例えば映画評論家の小野寺系《おのでらけい》が七月三十一日に「『バービー』公式がバーベンハイマーについてはしゃいでいるというのは、ポリコレの面から批判されるべきことではあるんだけど、『普段ポリコレは嫌いだけど今回だけは文句を言わせてもらう』という旨のリプライを目にして、自分が当事者のときにだけ利用するんか……と呆れてしまった」とツイートしたように、右派の身勝手さを指摘することに躍起になり、まさに現在ダブルスタンダードだという批判を突きつけられているのが自分たちの側だという事実から目を逸らさせようとするかのような姿勢が見られた。ポリティカル・コレクトネスに反対であれ賛成であれ、こうした極端かつ解像度の低い意見ばかりが目立ってしまうのがネットの問題点なのは相変わらずである。

　アメリカ人にとってのポリティカル・コレクトネスと日本人にとってのそれが、場合によっては相容《あいい》れないものであることをバーベンハイマー騒動は示したが（実際、橘玲《たちばなあきら》『世界はなぜ地獄になるのか』〈二〇二三年〉などで紹介されているように、北朝鮮からアメリカに亡命してコロンビア大学に入学した女性が祖国に似ていると感じてしまうほどに、アメリカにおけるポリティカル・コレクトネスの運用が異常な状況に至っていることは、アメリカをポリティカル・コレクトネス先進国だと無邪気に信じている日本人は知っておいたほうがいいだろう）、そのような場合以外でも、ポリティカル・コレクトネス同士が時に対立し、一方が他方を蹂躙《じゅうりん》することさえある。近年の日本でそれを示したのが、二〇一九年、群馬県草津町《くさつまち》の女性町議が町長からセクハラを受けたと告発した件である。この件はフェミニストを中心に一斉に拡散され、ネット上には草津町を罵倒する書き込みが溢れ、同町を「セカンドレイプの町」と決めつける非難もあった。

ところが二〇二二年、町長側の訴えを受けた前橋《まえばし》地検が、虚偽告訴と名誉毀損の罪で女性町議を在宅起訴したのだ。つまり、町議側の申し立ては不起訴となり、逆に町長側の主張が認められて刑事事件化したわけである（続報として、この件で町議の言い分を掲載した電子書籍を出版して名誉棄損に問われていたライターは、前橋地裁から懲役一年執行猶予三年の有罪判決を言い渡され、町議も二百七十五万円の支払いを命じられた）。これは、草津町や町長に対するフェミニストたちの非難は冤罪《えんざい》による集団リンチだったことを意味する。

フェミニストたちが女性町議の言い分を最初から鵜呑《うの》みにし、草津町のイメージを悪化させたのは、それが自分たちの主張に都合のいい（ように見えた）ケースだったからであり、典型的な「正義の暴走」現象と言えるが、冤罪と判明した後もフェミニストの多くは反省・謝罪するどころか、良くて黙殺、悪ければ開き直りを決め込んだ。最悪の例を挙げておけば、Twitter でフェミニストが流行させた「#草津温泉には行かない」のハッシュタグに便乗して「私もしばらくの間、この件を思い出さずに草津の名前を見れなくなるでしょう」（二〇二〇年十二月四日）とツイートした東京大学教授の隠岐《おき》さや香《か》（アカウント名はおきさやか）は、その後も「司法の場で適切な裁きがあることを信じ見守っています。冤罪があるならば晴れるといいですね。／同時に、立場としては弱いはずの方の尊厳が守られることを切に祈っております。／このツイートに謝罪の必要は感じていません。実際、皆さんも草津という単語でこのことを今も思い出しておられるようですし」（二〇二二年十一月十六日)、「同時に、それでも告発者に寄り添うという立場を貫いた方々には敬意を表明します。何故なら、日本の司法はまだ充分に性暴力に関して信頼の出来る場となっていないという現実があるからです」(二〇二三年十一月五日)等々、自身の非を認めるどころか、冤罪を上塗りし、加害者に寄り添うツイートを繰り返している。また、二〇二三年十一月、女性町議の告発が虚偽だったと判明した後にもかかわらず、町議を支援していた団体「一般社団法人Spring」が東京弁護士会から「人権賞」を授与された件では、SNSで授賞の撤回を求める声が上がって同会のアカウントが炎上し、同会所属の弁護士の一部からも人権賞の趣旨に反するのではという指摘がなされたが、同会側は撤回は検討していないと回答した(Springはこの件で草津町町長や町の関係者への謝罪・反省を表明したものの、人権賞をもらった後の十二月のことであり、騒ぎにならなければ無視していた可能性が極めて高い。東京弁護士会とSpring、ともに不誠実な姿勢としか言いようがない)。これらのような事例が実際に存在する以上、「正義の暴走などは存在しない」と主張するような人間には常に警戒を怠るべきではない。

だが、あまり指摘されないけれども、実はここにはもう一つの問題が存在している。草津町を非難した人々は、同町を男尊女卑の象徴、日本の旧弊な部分そのものとして指弾した。そこには、地方を後進的な地域として蔑視する都会人の傲慢《ごうまん》が潜んではいなかったか。その意味では、普段はポリティカル・コレクトネスに敏感な人々が、別の局面ではいくらでもポリティカル・コレクトネスに鈍感になれる典型例と言える。

フィクションの世界——特にホラーなどでは、田舎の因習や迷信などが恐怖の対象として描かれることが多く、最近は「因習村」といった言い回しで表現されている。この風潮に異を唱えているのが、『ぼぎわんが、来る』(二〇一五年)で第二十二回日本ホラー小説大賞を受賞してデビューした澤村伊智《さわむらいち》だ。その『ぼぎわんが、来る』を第一作とする「比嘉《ひが》姉妹」シリーズの現時点での最新長篇『ばくうどの悪夢』(二〇二二年)は、ある男のモノローグ(後に、ネットへの投稿だと判明する)から始まる。兵庫県の東川西市《ひがしかわにし》T台という田舎町で育ったその男は、学校では常にいじめられ、東京に出ても事態は少しも良くならなかったため、「せめて一度だけでも、復讐《ふくしゅう》させてくれ。たった一度でいい。/あいつらに。東川西市T台に。日本中のクソ田舎に」という怨念から、T台の病院の産科に侵入して大虐殺を繰り広げる。

この怨念は、地方で鬱屈《うっくつ》した日々を送り、都会に出ても一花咲かせられなかった男の、せめて田舎者を見下したいという異様なプライドに裏打ちされており、実際のT台はそこまで旧弊な地ではなかった。ところが、先に引用した彼の投稿を見て、地元に馴染めず苦しい思いをしてきた人々が自分の身に引きつけて、ネットに「僕もアニメ好きなだけで小中高と白眼視され、親にも教師にも犯罪者予備軍扱いされました。大学で東京に逃げてから地元には帰っていません。卒業アルバムは卒業式の日に破り捨てました。犯罪は許してはいけませんが、容疑者だけに非があるとは思えません」「やれフェミサイドだのまーたクソフェミどもが騒いでやがるが的外れにもほどがある。マスゴミは相変わらず犯人=悪、被害者=善の報道。ひょっとして津山《つやま》三十人殺しが基礎知識で問題の本質を理解できるの、子供の頃から物事を俯瞰《ふかん》して見る癖が付いてる我々オタクだけ?・」「私は閉鎖的な地元が嫌いで上京し、復讐のため愚かな田舎者が因習のせいで無様に死ぬ土俗ホラーを書いてきました。だから山口の限界集落放火殺人も淡路島《あわじしま》の五人殺害も東川西の妊婦殺しも、それ見たことかとしか思わない。どうぞ滅びてください。これは地方で虐げられた全ての弱者の総意です」などといった書き込みをするようになった。T台出身者たちも、「あそこは田舎だ。野蛮で閉鎖的で男尊女卑で、一生地元を出ない人間ばかりが住んでいる」といった意見を相次いで表明する。

ところが後に、ある事実が判明することで彼らは一斉に掌《てのひら》を返す——「私の小説は全てエンタメで事実より娯楽性を優先しております。また当アカウントも土俗ホラー作家のキャラを演じる目的で開設したものであり、過激な発言は全て一般大衆の需要に応《こた》えたまでです。あしからずご了承ください」「オタクはデマに踊らされない、オタクは空気に流されない。オウム真理教の危険性をいち早く見抜いたのはオタクだった。東川西市の事件でも世間は犯人に同情的だったがオタクは被害者家族に寄り添った。ガンダム、ジョジョ、エヴァ。名作傑作を浴びて物事を俯瞰《ふかん》して見る癖の付いたオタク本当に凄《すご》い」といった具合に。

澤村は朝日新聞社の情報サイト「好書好日」二〇二二年十一月十二日掲載のインタヴュー(インタヴュアー：朝宮運河《あさみやうんが》)で「東京対地方みたいな話題はネットでもよく議論になりますし、みんな関心があるんですよね」「悲壮な決意をもって上京してきて、地元への憎しみで凝り固まっている人もいますけど、あれもどうなのかなと。『君みたいなタイプは地方で苦労しただろ？　一緒に東京で闘おう』と共感を求められるんですけど、僕はそこまで思い詰めていないので(笑)。地元でいじめられたとかなら『大変でしたね。脱出できてよかったですね』と思いますし、地方特有の狭さや息苦しさはよく分かりますが、それにこだわり続けるのも、東京という夢に取り憑《つ》かれているような気がするんです」と本作の成立の背景を語っている。田舎＝因習という一面的イメージを相対化する視座から、地方を蔑視しておきながら都合が悪くなるところりと態度を変える大衆の軽《けい》佻《ちょう》浮《ふ》薄《はく》ぶりを、辛辣《しんらつ》かつリアルに抉《えぐ》った小説と言えよう。ただ一つ『ばくうどの悪夢』が現実と異なるのは、草津町を「野蛮で閉鎖的で男尊女卑」と寄ってたかって非難したのがオタクではなく、逆にオタクを敵視しがちなフェミニストであったという点である。

　この草津町の騒動に見られるようなポリティカル・コレクトネスの暴走に警戒感を抱き、あるいは適切な距離の置き方を模索しているミステリ作家もいる。森晶麿《もりあきまろ》『黒猫と語らう四人のイリュージョニスト』（二〇二三年）は、美学専攻の若き大学教授「黒猫」が推理するさまざまな謎を、エドガー・アラン・ポオの研究者である「付き人」が記述する「黒猫」シリーズの第九作であり、倒叙ミステリのスタイルで綴られた連作短篇集となっている。その第二話「少年の速さ」は、元俳優の平埜《ひらの》玲《れい》が主人公だ。人目を引く美少年だった彼は、十七歳にして巨匠・木《き》野《の》宗像《しゅうぞう》監督の映画『西にて死なむ』の主演に抜擢されたが、その後、次作にも出演させてもらえるという当初の予定は立ち消えとなり、あまつさえ監督から「美が消えた」と罵倒され、芸能界から姿を消すことになった。その後、玲は『西にて死なむ』の再上映の会場で、歳月を隔てて監督と再び相まみえるが、上映の最中、監督が突如卒倒するというハプニングが起きる。黒猫は、それが『西にて死なむ』の映像を巧みに使った玲の復讐だったことを見抜く。

　平埜玲と木野宗像の関係が、トーマス・マン原作の映画『ベニスに死す』（一九七一年）の監督ルキノ・ヴィスコンティと、主演俳優ビョルン・アンドレセンのそれを踏まえていることは誰の目にも明らかだろう。最近のドキュメンタリー映画『世界で一番美しい少年』（クリスティーナ・リンドストロム、クリスティアン・ペトリ監督、二〇二一年）では、美少年スターとして売り出されたビョルン・アンドレセンに対する関係者たちの搾取を、老境を迎えた彼自身が回想していた。黒猫と付き人は、『西にて死なむ』再上映の会場で次のような会話を交わす。

そのとき、黒猫が耳元でこう囁いた。

「近年、映画界では撮影の方法における非人道的な側面があれこれと取り上げられている。木野監督は古いタイプで、俳優を自分の作品の駒みたいに扱っている。昔は珍しくもなかった。映画とはそういうもんだという認識が全般にあったから。でも今後はああいう監督の存在自体、珍獣を見るような感じにはなってくるだろう」

「そうね。黒猫はそのへんの問題はどう考えるの？　最近の社会はいささか潔癖すぎる気がしなくもないけど、言われていることはいちいちもっともってことが多くて、私も何が正解なのかよくわからないことが多いんだよね」

「言われていることはそのとおりだと思うよ。映画界は変わらなければならない。ただ、〈芸術とは〉と主語を大きくして語られると眉をしかめてしまうね。業界の健全化と芸術としてどうかというのは、次元のちがう話だ。雇用の健全と芸術の話を混同する輩《やから》が多くて辟易《へきえき》するね。今までのゆがみを修正しようとするあまり、主語を大きくして妙な暴走が起こる。芸術でも政治でも科学でも、同じことが起こっているよ。そして、大衆の大半は主語を大きくされてもなるほどなぁって顔で頷いている。いつの世もそれは変わらない」

黒猫らしい冷ややかな考察だった。けれど、必ずしもそこに同調できない自分がいるのも確かだった。インモラルな方法で作られた芸術は、芸術の範疇《はんちゅう》に入れていいのかどうか。この点になると、途端に自分の足元が不確かになる。容易には答えを出せない問題なのに、いまは誰も彼もがこの問題に答えたがるため、〈模範解答〉が溢れているせいもあるのだろう。

「んん、黒猫の言うことはわかるよ。だけど、会場のざわつき方を見ていると、木野監督の発言が近いうち炎上しそうな気もするなぁ。ほら、さっきの、オープニングの追撮の話」

仮に炎上したとしても、それは仕方のないことだろう。いまはとりわけハラスメントの問題には敏感な世の中だから。俳優が言いたくないセリフを言わせようとした。たとえばそれが性的なものであれば、よけいに問題視される。

「そうだね。ただ、芸術はモラルで作られていない。ときには誤った判断でも、人の心にある種の衝撃がもたらされたら、それは芸術だろう。モラルに関してはモラルを審判する場で裁かれればいいが、それで作品のよしあしが変わるかというと難しいね」

美学者としての黒猫は、昨今のポリティカル・コレクトネスの暴走とは距離を置いている。折しも本稿を執筆している最中の二〇二三年八月七日、数多くの名画を残した映画監督ウィリアム・フリードキンの訃報が伝えられた。『エクソシスト』(ウィリアム・ピーター・ブラッティ原作・脚本、一九七三年）では拳銃やショットガンを撮影現場に持ち出して過剰な演技指導をしたり、演技経験のないダイアー神父役のウィリアム・オマリーの頬を平手打ちにし、ショックを受けた彼をそのまま撮影して迫真の演技に見せるなど、時に暴力的な演出も辞さなかった監督であり、彼こそは「撮影の方法における非人道的な側面」「インモラルな方法で作られた芸術は、芸術の範疇に入れていいのかどうか」という問題を考察する立場の者がまず向き合わなければならない存在である。今後、フリードキンのような撮影方法が許されないのは言うまでもないが、ならば彼の作品を評価してはいけないかと言われればどうだろう。いかに撮影方法に問題があっても、過去にその映画から受けた感動までも否定しきれるものだろうか。実際、現時点でネットでは前出の小野寺系のような一部のポリティカル・コレクトネス推進派を別にすれば、フリードキンの作品や業績を賛美する追悼の書き込みで溢れており、それは彼の作品群がそれだけ多くの観客の心を動かす力を持っていたからに他ならない。「モラルに関してはモラルを審判する場で裁かれればいいが、それで作品のよしあしが変わるかというと難しいね」と黒猫が述べている通り、クリエイターの人格と作品の評価は別と思わせてしまうあたりに、フリードキンの映画の素晴らしさと厄介さの両面がある。

黒猫が「業界の健全化と芸術としてどうかというのは、次元のちがう話だ。雇用の健全と芸術の話を混同する輩が多くて辟易するね」と語っているのは、昨今のポリティカル・コレクトネス推進派が、例えばかつてのハリウッドでは黒人やアジア系などのマイノリティが然るべき役を得られず、それは改善されなければならない——と主張することが多いからだろう。そうした主張が正論であることは事実だし、事態の改善がマイノリティ俳優の世界的ブレイクなどの良い結果を生んでいることも間違いない。ミステリ関連で言えば、ベンジャミン・ブラック（ジョン・バンヴィルの別名義）のハードボイルド小説『黒い瞳のブロンド』（二〇一四年）を映画化した『探偵マーロウ』（ニール・ジョーダン監督、ニール・ジョーダン、ウィリアム・モナハン脚本、二〇二二年）で、原作ではほんの端役に過ぎなかった黒人運転手セドリック（アドウェール・アキノエ＝アグバエ）を、映画後半における探偵フィリップ・マーロウ（リーアム・ニーソン）の相棒として活躍させた例などが挙げられよう。ろう者の両親の間に生まれた耳の聞こえる子供であるコーダの手話通訳士・荒《あら》井尚人《いなおと》を主人公とする丸山正樹《まるやままさき》のミステリ小説『デフ・ヴォイス』（二〇一一年。文庫化の際に『デフ・ヴォイス　法廷の手話通訳士』と改題）を原作とするドラマ『デフ・ヴォイス　法廷の手話通訳士』（ＮＨＫ総合、渡辺一貴《わたなべかずたか》演出、高橋美幸《たかはしみゆき》脚本、二〇二三年）では、実際にろう者の俳優がろう者の役を演じるなどの試みがなされており、また、このドラマの舞台裏を紹介する番組が放送されたり、全篇手話つき放送版が翌年に放送されるなどした。なお、ＮＨＫのドラマではこの『デフ・ヴォイス　法廷の手話通訳士』に先駆けて『謎解きドラマ　Ｌの招待状』（ＮＨＫ総合、荒《あら》井拓《いたく》演出、高井浩子《たかいひろこ》作、二〇二〇年）という試みがあったことを記しておく（ここでも劇中のろう者は当事者の俳優が演じており、声が聞こえない者と手話がわからない者とがディスコミュニケーションを超えて宝探しの謎解きという一つの目的に向かってゆく物語となっていた）。

　しかし、一部の過激なポリティカル・コレクトネス推進派が主張するように、例えば同性愛者の役は同性愛者の俳優が演じるべきだ——となれば「ちょっと待て」と首を傾《かし》げるひとが増える筈だ。そうなった場合、同性愛であることをカミングアウトしている俳優でなければそうした役を演じられなくなるという別の問題が出てくるからだ。性自認を公表すべきかどうかは各自のプライヴェートに関わる重大事であり、明かす道を選ぶにせよそうでない道を選ぶにせよ、ひとりひとりに事情があり考え方があることが尊重されなければならない。「その役を演じたければカミングアウトしろ」などというのは悪しきアウティングである。

雇用の問題を健全化すべきだというのは正論である。一方で、俳優とは当事者性を越境してどんな役でも演じられるべきものだという考え方も正しい。正論と正論は時として衝突するものであり、どちらか一方だけが正しいなどということはあり得ない。現実的には、互いに折り合える地点を模索してゆくしか道はないと思われるが、それを成就させるには極論を排除するしかないだろう。

そもそも、マジョリティとマイノリティの関係は常に固定的ではない。ある局面で相手に対してマジョリティである人間が、別の局面では逆転するケースはよくある話だ。また、マイノリティが別のマイノリティにとってはマジョリティ的権力を持つにもかかわらずそれを認めようとしないケースも珍しくない。先述のドキュメンタリー映画『世界で一番美しい少年』でも、ビョルン・アンドレセンの美貌を搾取した人々の中には彼の祖母を含む女性やゲイの男性もいた事実が語られており、マイノリティであることが免罪符にならないのは明らかだ。男性のルッキズムだけを有害扱いして女性のそれを免責しようとする上野千鶴子《うえのちづこ》（《週刊ポスト》二〇二二年一月一日・七日合併号掲載のインタヴューを参照）のような考え方では、ビョルン・アンドレセンや、ジャニー喜多川《きたがわ》による性犯罪を告発している男性被害者らは救えない。

このあたりを考える上で、映画『TAR／ター』（トッド・フィールド監督・脚本）は示唆的である。架空の音楽家をまるで実在するかのように描いたフェイク・ドキュメンタリーであり、一種のサイコ・サスペンスでもあるこの映画は、解釈が難しいディテールを数多く含んでいる。私も本作のすべてを読み解けたとは到底言えないけれども、初見時の感想をもとにしつつ、宇野維正《うのこれまさ》『ハリウッド映画の終焉』(二〇二三年)における解釈を参考にしながら紹介したい。

主人公のリディア・ター(ケイト・ブランシェット)は女性初のベルリン・フィルハーモニー管弦楽団の首席指揮者を務め、女性音楽家としては世界の頂点に立つと言っていい存在だ。彼女は同性愛者であり、シャロン(ニーナ・ホス)という配偶者と、養女のペトラと同居している。ところが中盤、ターは若い女性音楽家たちに立場の優遇と引き替えに肉体関係を迫るなどのハラスメントを行っており、その被害者の一人であるクリスタは自殺した——と告発される。それをきっかけとして、映画の後半でターはマスメディアや大衆から激しいバッシングを受け、精神のバランスを失って常軌を逸した行動に出てしまう。

ターのずば抜けた才能や深い見識、強靭《きょうじん》な精神はケイト・ブランシェットの圧倒的な演技によって表現されているが、やがて、彼女の問題点も次第に浮かび上がってくる。オーケストラの人事における、露骨なまでの公私混同ぶりはその代表例だ。また、幼いペトラがいじめられたと知ると学校を訪れていじめっ子を待ち受け、脅しをかけるシーンがあるが、そこでのターは、明らかに権力を振るって他者を威圧することに普段から慣れている人間として描かれている。ターは自分以前にクラシック音楽界で苦闘した女性の先達たちに敬意を払いつつ、ポリティカル・コレクトネスよりも芸術の価値を上に見ている人物であり、教鞭《きょうべん》を執るジュリアード音楽院では、バッハは白人の女性蔑視者なので受け入れられないと主張する黒人の学生を完膚なきまでに論破してみせる。そこから垣間見える彼女の姿は、女性でありながら男性的権力を内面化した人物である。また、クリスタが自殺したと秘書のフランチェスカ（ノエミ・メルラン）から知らされた時のターの態度は冷淡そのものであり、直ちにクリスタとやりとりしたメールをすべて削除するようフランチェスカに指図し、自分が関係者に送った、クリスタは精神的に不安定なので指揮者として推薦しないという内容のメールも削除する。こうした不人情さや狡猾さのせいで、ターは最終的にシャロンからもフランチェスカからも見放される。

しかし、この映画では、自殺したクリスタは画面上に直接は登場しない。つまり、ターとクリスタのあいだに本当は何があったのか、劇中では全く明らかにされていないのである。実際にはターが言う通り、彼女はクリスタの常軌を逸した言動に迷惑していたのかも知れないのだ。また、黒人の学生をターがやり込めるさまを撮影した動画が流出するくだりも、その切り取り方からはあからさまに彼女への悪意が感じられる。それらの点に気づくなら、「ポリティカル・コレクトネスを馬鹿にしていた芸術家がポリティカル・コレクトネスによって復讐される」という、一見ポリティカル・コレクトネスの側に立っているかのようなこの映画が、そうした単純なものではないことが浮かび上がる。バッハを非難する黒人の学生の言動にしてもいかにも薄っぺらく（ターに論破されると「クソな女だ」と言い捨てて出てゆくあたりがそれを示す）、彼とターのどちらに共感するかと言われれば、後者だという観客も多い筈だ。

もちろん、ターが完全無欠な人物だということでもない。彼女は傲慢かつ不誠実で、自身の立場を私利私欲に直結させる権力者としての面も持ち、それらは非難されるべきだろう。クリスタに関するメールを削除した彼女の姿は、人情より保身を優先するタイプであることを物語る。しかし、作中で彼女が味わった栄誉の剝奪は、本当にそれらに相応《ふさわ》しい罰だろうか。

『SHE SAID／シー・セッド　その名を暴け』（マリア・シュラーダー監督、レベッカ・レンキェヴィッチ脚本、二〇二二年）は、#MeToo運動が起こるきっかけのひとつとなった、映画プロデューサーのハーヴェイ・ワインスタインによる性暴力事件を、ニューヨーク・タイムズ紙の二人の女性記者が暴く過程を再現した映画だが、そこで描かれているように、ワインスタインの罪を立証するためには地道な調査が積み重ねられていた。敵はハリウッドの絶対的権力者ワインスタインであり、それ以上に彼と共犯関係にある社会のシステムそのものでもあったため、それを突き崩すには確実な証拠や証言が必要だったのだ。それと比べれば、『ＴＡＲ／ター』におけるキャンセル・カルチャーは（ター自身の立場から描かれているからでもあるが）いかにもお手軽に行われたようにしか見えず、ターを辞任に追いやる関係者たちも、彼女の主張と誠実に向き合ったというよりは、最初は様子見を決め込んでおきながら、いざ炎上が大きくなると掌返ししたような描かれ方がされている。

ターとはあまり見かけない姓だが、これはART（芸術）のアナグラムである。すべてを失ったターは終盤、ベトナムへと活動の拠点を移す。ここをどう解釈するかは難しいところだが、クラシックではなくゲーム音楽の指揮をとる彼女の姿（そこでは過去の経歴が問われることもなく、女性であることも同性愛者であることも重視されない）が示すのは、栄光も権威も剝奪され、逆に汚名とも無縁な異郷で再び音楽と向かい合ったターが、まさにかつて彼女自身が主張したように、人種やジェンダーやポリティカル・コレクトネス的な価値観とも切り離され、純粋な「芸術」の伝道者として評価されるようになったということだろうか。

こうして、昨今のポリティカル・コレクトネスと創作の関わりが持つ問題を論じてきたが、最後に、ポリティカル・コレクトネスを遵守しさえすれば優れた作品が生まれるのかについて述べたい。

この問題に関しては、ポリティカル・コレクトネスを推す立場の人々に、『マッドマックス　怒りのデス・ロード』（ジョージ・ミラー監督、ジョージ・ミラー、ブレンダン・マッカーシー、ニコ・ラサウリス脚本、二〇一五年）や『ズートピア』（リッチ・ムーア、バイロン・ハワード監督、ジャレド・ブッシュ共同監督、ジャレド・ブッシュ、フィル・ジョンストン脚本、二〇一六年）のことは称賛しても、ポリティカル・コレクトネスを取り入れても一九七四年のシドニー・ルメット監督版よりつまらなくなった『オリエント急行殺人事件』（ケネス・ブラナー監督、マイケル・グリーン脚本、二〇一七年）については誰も触れようとしないのは何故なのかを尋ねたい気に駆られるのだが、ここでは二〇二〇年以降の国産ミステリ小説や映像から、成功例と失敗例の両方を挙げてみたい。まず、似鳥鶏《にたどりけい》の『生まれつきの花　警視庁花人《かじん》犯罪対策班』（二〇二〇年）は、読んで少々困ってしまった作例である。これは、可聴域を超えた周波数の音声で会話できるなどの特殊能力を持ち、知力・体力・容姿なども常人以上の「花人」という存在が普通の人間と共存している世界を舞台とする特殊設定ミステリだ。「花人」はその優秀さ故に、常人に嫉妬され、ＳＮＳの普及によって「花人叩き」が流行する状態となっている。そんな中、それまで犯罪を犯したことがない筈の「花人」によると思われる殺人事件が起きたため、世論はたちまち「花人」へのヘイトで塗りつぶされてゆく。

二〇二〇年という執筆時期を考え合わせるなら、本作の「花人」迫害が、安倍晋三首相のもとで右傾化してゆく世相と、それに乗じて在日コリアンなどの存在に「在日特権」などのヘイトを浴びせかけた右派勢力の言動を引き写していることは容易に窺える。しかし、本格ミステリとしては、そのような著者が「花人」を犯人とする真相を用意しているわけがない――ということも簡単に推察できてしまう。つまり、帯の惹句《じゃっく》にある「すべてが、覆る」という構図が意外でも何でもなく、どんでん返しの役目を果たしていないのだ。本作の創作動機として著者の義憤があったことは疑い得ないのだが、それをどんでん返しのある本格ミステリとしての骨格に埋め込もうとした時、どこかで設計に狂いが生じてしまったとしか思えないのである。

二つめに紹介したいのは、二〇二三年にNHK総合で放映された全四回の連続ドラマ『探偵ロマンス』（安達《あだち》もじり、大嶋慧介《おおしまけいすけ》演出、坪田文《つぼたふみ》脚本）である。大正八年、後の江戸川乱歩《えどがわらんぽ》である探偵作家志望の青年・平井太郎《ひらいたろう》（濱田岳《はまだがく》）と引退した私立探偵・白井三郎《しらいさぶろう》（草刈正雄《くさかりまさお》）がコンビを組み、怪人や謎の美女らが入り乱れる中、帝都東京を揺るがす大陰謀に立ち向かうレトロな探偵活劇だが、特に話題を呼んだのは浅草《あさくさ》「オペラ館」の舞台に立つ女装の美少年・お百《ひゃく》（世古口凌《せこぐちりょう》）の存在だ。お百は今で言うトランスジェンダーとして描かれており、「僕のことを表す言葉はどこにもない。でも、僕は生きてる」という彼の苦悩に、太郎は「お百さんはお百さんです……きっといつか時代は変わる」と答えるしかなかったが、お百は「その時代はいつ来るの？」と問い返すのだ。ところが、このエピソードがあった第三話の放映日――二〇二三年二月四日は、よりによって、首相秘書官の荒井勝喜《あらいまさよし》が、性的マイノリティについて「見るのも嫌だ。隣に住んでいるのもちょっと嫌だ」「同性婚を認めたら国を捨てる人が出てくる」などと放言したことが報じられて首相秘書官を更迭《こうてつ》された、まさにその日だったのだ（一連の発言自体は三日夜）。もちろんこれは偶然の一致だが、大正時代という過去を舞台にした『探偵ロマンス』は、もしかすると制作者たちの狙い以上に、私たちが生きるこの時代の問題点を射抜く結果となったのだ。ただし『探偵ロマンス』というドラマ全体が成功を収めたかは別の問題であり、その意味では部分的な効果にとどまる。

最後に紹介するのは、アニメ映画『クレヨンしんちゃん　謎メキ！花の天カス学園』（髙橋渉《たかはしわたる》監督、うえのきみこ脚本、二〇二一年）である。『クレヨンしんちゃん』のナンセンスな世界でロジカルな本格ミステリを成立させるという前代未聞の試みだが、ＡＩに監視されている全寮制のエリート校に、生徒の尻を噛む「吸ケツ鬼」が出没する――という怪事件を、アニメでなければ絶対に成立しないダイイング・メッセージ（厳密には死んではいないが）を織り込みつつ、フーダニット・ハウダニット・ホワイダニットの三要素すべてで高い水準に到達した傑作に仕上がっている。同時に本作は、謎解きのあとのマラソン大会のくだりによって、青春の多面性を称賛することであらゆる人間の生き方を肯定した感動作にもなっており、多様性というテーマをフィクションの世界に盛り込むなら、今後はこれくらいの水準を目指さなければ駄目なのではと思わされる。本格ミステリというジャンルが、児童向けアニメのかたちを取ることでかくも見事な達成を示したことには驚嘆するしかない。

三つの例をざっと見てみただけとはいえ、ポリティカル・コレクトネスのミステリでの使い方にはさまざまな手法があり、また扱いによって失敗もすれば成功もするということはおわかりいただけたのではないか。ポリティカル・コレクトネスは、一部左派やフェミニストだけが都合良く大衆的検閲の武器として振るえる無謬《むびゅう》の聖典でも、一部右派が唱えるような排斥すべき害悪でもなく、ましてや時流に乗りたい人々にとって便利な世渡りの道具ではさらさらなく、用量や使い方次第で毒にも薬にもなる。また、ポリティカル・コレクトネスに反するフィクションの面白さというものも確実に存在する以上、そうしたものを公序良俗の建前によってパージして表現の幅を狭める風潮に安易に乗ることの危険性に、左派やリベラルはもっと自覚的でなければならない。問題は、もはやポリティカル・コレクトネスの存在を無視できないことは確かである以上、創作者ひとりひとりがそれとどう向き合うかだろう。

第七章

亡霊に呪縛された国

島田荘司『星籠の海』、ドラマ『エルピス―希望、あるいは災い―』、西村京太郎『二つ《ダブル》の首相暗殺計画』、芦辺拓『鶴屋南北の殺人』、ドラマ『大江戸捜査網2015〜隠密同心、悪を斬る!』、ドラマ『相棒』シーズン15第十三話「声なき者〜籠城」第十四話「声なき者〜突入」、ドラマ『相棒20』第十一話「二人」、太田愛『天上の葦』、赤川次郎『東京零年』の内容に触れた部分があります。

これまでの六つの章を最初から読み返してみると、安倍晋三《あべしんぞう》元首相の名前がどの章にも登場していることに気づいた。第一章では、長期安定政権という極めて有利な条件があったにもかかわらずコロナ禍に対し後手後手の対策しか取れず、事態を投げ出すように退陣した首相として。第二章では、結果的にコロナ禍の混乱の中で開催されることになった東京五輪を招致し、そのために福島原発について「アンダーコントロール（状況は統御されている）」と無責任に断言した人物として。第三章では、安倍の「こんなひとたちに負けるわけにはいかない」といった発言や、彼自身の国葬の是非が国民を敵味方に分断してきたことについて。第四章では、森友《もりとも》・加計《かけ》学園問題や山口敬之《やまぐちのりゆき》による性犯罪といった諸問題において忖度《そんたく》の力学が働いた背景として。第五章では、「一部の政党や政治家が生活保護への敵意を煽《あお》ってきた」という野党議員の指摘に対し、それは自民党ではないと強弁した人物として。第六章では、自主回収された樋口毅宏《ひぐちたけひろ》の小説『中野正彦の昭和九十二年』の主人公が命を狙った対象として――。そして連載途中（第二章の執筆途中）の二〇二二年七月八日、『中野正彦の昭和九十二年』の内容をなぞるかのように、安倍は奈良県大和西大寺《やまとさいだいじ》駅付近で参院選の応援演説中に銃撃を受け、命を奪われた。

まことに衝撃的な事件と言うべきだろう。首相経験者が暗殺されたのは、戦後日本では初めてのことだったし、銃器が厳しく規制されている日本では、要人への狙撃事件は（一九九五年の警察庁長官狙撃事件、二〇〇七年の長崎市長射殺事件などの例はあるにせよ）滅多に起きるものではなかった。狙撃犯の山上徹也《やまがみてつや》はその場で逮捕されたが、彼の口から犯行動機が明かされることにより、国民は第二の衝撃を受けることになる。

山上の母親は、韓国人の文鮮明《ムンソンミョン》を教祖とする統一教会（世界基督教統一神霊協会、現在は世界平和統一家庭連合。本稿では統一教会の略称を用いる）の信者であり、彼女の多額の献金によって一家は破産し、山上はそのため貧困の中で育ち、大学進学も断念せざるを得なかった。統一教会を怨《うら》んだ山上は、最初は統一教会の現総裁・韓鶴子《ハンハクチャ》やその一族を狙おうとしたが、安倍晋三が二〇二一年、統一教会のフロント団体である天宙平和連合（ＵＰＦ）が韓国の清平《チョンピョン》で開催したイヴェントにヴィデオメッセージで祝辞を送り、韓鶴子を礼賛したことを知って、殺意の対象を安倍に切り替えたという。安倍への殺意が理不尽な八つ当たりであったか、彼なりに理屈の通ったものであったかは、統一教会と日本の政界の関係を振り返って検討する必要がある。

一九五四年に韓国で文鮮明が設立した統一教会は、一九五八年には宣教師の密入国というかたちで日本に入ってきている。韓国では、一九六一年に朴正熙《パクチョンヒ》が軍事クーデターによって実権を握り、一九六三年に韓国大統領となったが、折しも一九六〇年には日本の安保闘争と岸信介《きしのぶすけ》内閣の退陣、一九六二年にはキューバ危機、一九六五年にはベトナム戦争勃発……と共産主義が関係する国際的な動きが目立っていた。そのような中、統一教会は反共の旗印を掲げていた朴正熙と手を結ぶ。こうして韓国政府を後ろ楯とした統一教会は、岸信介をはじめとする日本の政界の反共勢力にも食い込もうとする。一九六四年には日本統一教会が宗教法人として認証され、その本部は、岸信介邸があった渋谷区南平台《なんぺいだい》に移転してきた。そして一九六七年には、本栖湖《もとすこ》で文鮮明ら統一教会幹部と笹《ささ》川良一《かわりょういち》ら日本の右翼が会合し、これを経て翌年には統一教会の実質的な政治工作部門である国際勝共連合が結成される。

一九八〇年代には高額な壺を売りつけるなどの「霊感商法」(既に一九七〇年代から始まっていた) が盛んに報道されるようになり、一九九〇年代初頭には有名芸能人・スポーツ選手らが参加した合同結婚式がスキャンダラスに報じられたが、それでも教団と日本の政治家との蜜月は続いた (例えば一九九二年には、アメリカで実刑判決を受けているため日本の入国管理法では本来入国できない筈《はず》の文鮮明が来日しているが、自民党の実力者だった金丸信《かねまるしん》が便宜を図って強引に実現させたとされる)。しかし、冷戦が終わりを告げると、統一教会は表向きは相変わらず反共の看板を掲げつつ、かつて敵視していた北朝鮮に接近する。また日本の保守派にとっても、統一教会とつきあうメリットがこの時期から薄れてゆく。では何故、第二次安倍政権において両者の関係は復活したのか。

岸信介の孫である安倍晋三は、当初は統一教会と距離を置いていたとされる。しかし第一次安倍政権が短命に終わり、更《さら》に民主党政権の成立 (二〇〇九年) により自民党が下野《げや》を余儀なくされると、政権奪回のため、組織力のある統一教会と密接な協力関係を結ぶ方針へと切り替えた。また、自民党の下野と同じ頃、統一教会側にも危機が迫っていた。二〇〇九年、統一教会のフロント企業「新世《しんせい》」が警視庁公安部に摘発され、南東京教区本部事務所・渋谷教会・豪徳寺《ごうとくじ》教会にも強制捜査の手が入ったのだ（その年のうちに統一教会関係者に有罪判決が下った）。統一教会問題を長年取材している鈴木《すずき》エイトの『自民党の統一教会汚染　追跡３００日』（二〇二二年）によると、この時、公安部は本丸と言うべき教団本部への家宅捜索も視野に入れていたが、教団幹部が複数の警察官僚出身の有力な国会議員に庇護《ひご》を求めたため実現しなかったという。

ともに危機感を抱いていた安倍自民党と統一教会が協力関係となったのは一見自然な流れのようではあるが、そもそも統一教会は、世界にはアダム国家とエバ国家があり、後者である日本は前者である韓国に尽くさなければならないという教義を掲げている。更に、日本の信者からの過酷な集金や違法な商売によって得た大金を、アメリカや韓国の統一教会に送金していたことも知られる。本来なら、愛国者を気取る安倍やその支持者たちにとっては手を結べる筈がない相手である。しかし、長期政権を狙う安倍にとって、マンパワーが見込める統一教会は使い勝手のいい存在であり、「毒饅頭《どくまんじゆう》」であることは承知の上で手を伸ばしたのだろう（普通に考えれば愛国者というより売国奴と呼ぶに相応《ふさわ》しい判断だが）。統一教会にとっても、冷戦の終焉《しゆうえん》によって反共という理念は優先されるべきものではなくなり、代わりに、家族構造における家父長制の重視や、ＬＧＢＴ問題や同性婚合法化へのバックラッシュといった反動的道徳において、安倍ら自民党保守派とは価値観を共有する余地があった。かくして両者の持ちつ持たれつの関係はどんどん深まっていったが、ついには二〇二一年、安倍はＵＰＦのイヴェントに堂々とヴィデオメッセージを送るほどになった（同年、安倍の姿勢が統一教会の活動にお墨付きを与えていることを憂慮した全国霊感商法対策弁護士連絡会が安倍に公開抗議文を送付するも、安倍の国会事務所は受け取りを拒否した）。このような安倍の姿勢が、統一教会に対する山上徹也の憎悪に油を注ぎ、本来なら脇道であった筈の安倍本人への殺意のトリガーとなったことは想像に難くない。こうして歴史を振り返るなら、もちろん暗殺という行為そのものは認められないし、「怨念」が「殺意」に発展するまでに不可解な飛躍が存在するのも確かにせよ、山上が抱いた「怨念」自体は理不尽とは言えない。

なお、事件の背景として統一教会の存在が浮上した際、自民党が教団との関係を躍起になって否定したり、安倍支持の右派が安倍と教団の結びつきを過小評価しようとしたことは予想通りだった が（例えば、ノンフィクション作家の門田《かどた》隆将《りゅうしょう》は Twitter〈現・X〉で安倍晋三は統一教会の天敵だったと繰り返し主張している）、左派は左派で、この事件は政治的テロではないという空疎な主張に走る傾向が見られた。個人の家庭事情に起因する動機ならば、その背景に岸信介から安倍晋三へと続く一族や日本の保守政党と統一教会との結託という政治的事情があっても、それを無視して矮小《わいしょう》化してもいいのだろうか。党派性の強い人々が自分たちに都合の悪い事実を無視または過小評価したがり、時には歴史修正まで行うという傾向は、右も左も関係なく、何が起こっても変わらないということは常に念頭に置いておきたい。

この暗殺事件と、ここまで記してきたその背景を踏まえた上で、一旦、ミステリにおけるカルト宗教の描かれ方を振り返ることにしよう。

日本において、終末論を掲げたカルト教団の代表と言えるのは、統一教会とオウム真理教だろう。ただし、前者は判明している限りでは直接的な殺人は行わなかったのに対し、後者は邪魔者と見なした弁護士一家や脱会しようとした信者を殺害するなどした末、自暴自棄とも言うべき毒ガステロを起こして自滅していった。政界との癒着で日本社会に勢力を拡大した前者に対し、後者は旧上九《かみく》一色《いしき》村に建設したサティアンと呼ばれる教団施設が象徴するように、社会に背を向けた自閉的な印象を漂わせていた。同じく終末論を教義に掲げつつも、統一教会の最終目的が極端な韓国中心主義に基づく理想社会の建設であり、そのため日本を含む各国の上層部に食い込もうとしたのに対し、オウム真理教は外部社会との敵対的闘争へと急速に傾斜していったという違いが指摘し得るだろう。

ミステリの世界には、宗教団体をモチーフにした作品が少なくない。有名かつ古い例としては、アーサー・コナン・ドイル『緋色の研究』（一八八七年）のモルモン教（実在の教団を登場させた例）にまで遡《さかのぼ》るだろうか。海外ミステリでは他にも、ジョナサン・ラティマー『第五の墓』（一九四一年）、マーガレット・ミラー『まるで天使のような』（一九六二年）、エラリー・クイーン『第八の日』（一九六四年）などが思い浮かぶ。日本でも戦前から小栗虫太郎《おぐりむしたろう》などの作例があり、戦後にも天城一《あまぎはじめ》「高天原《たかまがはら》の犯罪」（一九四八年）、高木彬光《たかぎあきみつ》『呪縛の家』（一九五四年）、土屋隆夫《つちやたかお》『天狗の面』（一九五八年）、西東登《さいとうのぼる》『蟻の木の下で』（一九六四年）、夏樹静子《なつきしずこ》「天人教殺人事件」（一九八〇年）といった作品が知られる。特に一九八七年から始まった「新本格」以降の本格ミステリには、法月綸太郎《のりづきりんたろう》『誰彼《たそがれ》』（一九八九年）、綾辻行人《あやつじゆきと》『殺人方程式　切断された死体の問題』（一九八九年）、井上夢人《いのうえゆめひと》『ダレカガナカニイル…』（一九九二年）、貫井徳郎《ぬくいとくろう》『慟哭《どうこく》』（一九九三年）、京極夏彦《きょうごくなつひこ》『魍魎《もうりょう》の匣《はこ》』（一九九五年）、麻耶雄嵩《まやゆたか》『鴉《からす》』（一九九七年）、笠井潔《かさいきよし》『天使は探偵　スキー探偵大鳥安寿』（二〇〇一年）、我孫子武丸《あびこたけまる》『弥勒《みろく》の掌《て》』（二〇〇五年）、有栖川有栖《ありすがわありす》『女王国の城』（二〇〇七年）、井上真偽《いのうえまぎ》『その可能性はすでに考えた』（二〇一五年）、犬飼《いぬかい》ねこそぎ『密室は御手の中』（二〇二一年）、白井智之《しらいともゆき》『名探偵のいけにえ　人民教会殺人事件』（二〇二二年）等々、風変わりな宗教団体がしばしば登場した。それらは必ずしもテロを起こすわけではないし、また邪教として描かれているとも限らないにせよ、世間から隔絶したその孤立性において、どちらかといえばオウム真理教型に分類し得るものが多い（例外もあるが）。クローズドサークル的な舞台設定や異形のロジックを構築する上では、閉鎖的な教団のほうが都合がいいというのもその理由として考えられる。本格ミステリ以外にも、五十嵐貴久《いがらしたかひさ》『交渉人　遠野麻衣子・最後の事件』（二〇〇七年。文庫化の際に『交渉人・爆弾魔』と改題、二〇二三年の再文庫化で『交渉人・遠野麻衣子　爆弾魔』と再改題・大幅改稿）のような作例があり、この作品の場合は地下鉄爆弾テロを起こした教団が登場したり、教祖が拘置所で精神のバランスを崩したりするなど、明らかにオウム真理教を読者にイメージさせようとしている。

一方、統一教会を批判的に扱った小説としては、大藪春彦《おおやぶはるひこ》『処刑軍団』（一九七八年）、胡桃沢耕史《くるみざわこうし》『救世主第4号』（一九八一年。別題『翔んでる捜査官　麻薬組織ヲ壊滅セヨ!!』）あたりが知られている。『処刑軍団』には世界幸福協会、正式には世界キリスト教幸福追求協会なる韓国の宗教団体が登場し、教祖の天聖君《チョンソンクン》は外貨獲得のため日本に進出、元首相の沖山《おきやま》や現首相の福本《ふくもと》、商業利権右翼のボス・葉山善造《はやまぜんぞう》らと結託して国際統合連合なる反共団体を結成する。天聖君は言うまでもなく文鮮明、沖山は岸信介、福本は福田赳夫《ふくだたけお》（岸ともども統一教会との縁が深かった）、葉山は笹川良一、国際統合連合は国際勝共連合がモデルである。作中では「闇の検事」を名乗る男たちが、政財界・宗教界・裏社会にまたがって利権を貪《むさぼ》る悪党たちを襲撃し、葉山や沖山を残虐な方法で処刑する（大藪は岸信介をよほど嫌悪していたらしく、他の作品にも岸らしき人物をしばしば登場させて惨殺している）。『救世主第4号』では、主人公である内閣調査室の麻薬捜査官が最近アメリカで流通しているヘロインの出所を探るうちに、韓国に本部を持ち、教祖の問神命《もんしんのみこと》なる人物が釈迦《しゃか》・キリスト・マホメットに続く「第四番目の救世主《メシヤ》」を称している教団の存在に突き当たる。この教団もまた、信者に壺や朝鮮人参を押し売りさせ、信者同士の合同結婚式を挙げるなど、統一教会を明らかにモデルにしている（なお『救世主第4号』発表後、胡桃沢は自宅を放火された）。一九八〇年代を背景に宗教勧誘活動の世界を扱った小森健太朗《こもりけんたろう》『駒場の七つの迷宮』（二〇〇〇年）に登場する教団は実在のものではないが、作中で言及される「一部の右翼との結びつきが強いとされる〈救済・栄光教団〉」（引用は文春文庫版）は統一教会のことだろう。黒川博行《くろかわひろゆき》『悪逆』（二〇二三年）には二つの教団が登場するが、いずれも霊感商法などによる荒稼ぎといい、与党「民自党」との癒着といい、統一教会型の教団に分類できそうだ。また、安倍晋三暗殺事件絡みで注目を集めている宗教二世の問題を扱ったミステリとしては、逸木裕《いつきゆう》『祝祭の子』（二〇二一年）、石田衣良《いしだいら》『神の呪われた子　池袋ウエストゲートパークXIX』（二〇二三年）などがある。鯨統一郎《くじらとういちろう》『カルトからの大脱出』（二〇二二年）は、タイトル通り、カルト教団からの脱会を描いた珍しい例と言える。

だが、ミステリというジャンルで統一教会を扱った作例としては、島田荘司《しまだそうじ》『星籠《せいろ》の海』（二〇一三年）が最も知られているのではないだろうか。瀬戸内海の小島の入江に身元不明の死体が次々と流れ着くという事件が起き、相談を受けた名探偵の御手洗潔《みたらいきよし》は現地に赴く。潮流を計算したところ、それらの死体は広島県福山《ふくやま》市から流れてきたらしい。福山に上陸した御手洗は、早速、日東第一教会という教団の合同結婚式を目撃する。この合同結婚式といい、教団トップ（尊師）の真喜《まき》多《た》ことネルソン・パクが韓国出身という設定といい、日東第一教会のモデルはどう読んでも統一教会である。なお、この小説は二〇一六年、『探偵ミタライの事件簿　星籠の海』（和泉《いずみ》聖治《せいじ》監督、中《なか》西健二《にしけんじ》、長谷川《はせがわ》康夫《やすお》脚本）というタイトルで映画化されたけれども、当然ながら統一教会を想起させる要素は完全に削《そ》ぎ落とされた。

作中では幕末の黒船来航に際して、老中首座で福山藩主の阿部《あべ》正弘《まさひろ》が「星籠」という秘密兵器を用意したことになっている。御手洗は日東第一教会の日本進出に危機感を抱いており、幕末に比すべき国難としてこの教団の脅威を捉えていることがわかる。だが作中では、御手洗は「そういうレヴェルじゃない、事態はもっと深刻です。まずマスコミです。それから銀行、政界を調べてください。信者がいるはずです。彼らは工作員なんです（中略）現代の侵略は、常にこういうプロセスを踏みます。相手には、政権交代がないんです。韓国人の反日気運さえが策動なんです。北系の工作員が南の教育中枢に入り込んで、怨嗟《えんさ》教育を徹底する。すると揺るぎのない反日、反米感情が国民に醸成され、韓国は孤立する。これは韓日、韓米の分断作戦です。すると米軍離韓後、統一がたやすくなる。まだ誰も気づいていない。しかし国防のトップは、事態を見抜いています」（引用は講談社文庫版、以下同じ）と警察官たちに訴えかけ、「インターポールとの協力も必要になる」とまで進言しながら、日韓犯罪人引渡し条約があることを無視して、ネルソン・パクが韓国に逃げ込んだらおしまいであるかのように述べるなど、作中にはナショナリズム的発想の色濃さが随所に見られる。また、日東第一教会の後ろ楯は「某国のコンフューシャス教会が母体」と説明されるが、コンフューシャスとは孔子《こうし》のことだから、恐らく某国とは中国を示している筈だ。つまり北朝鮮と中国（および、利用される韓国）による日本侵略の危機を訴えているわけだが、現実には侵略どころか、首相を含む日本の中枢そのものが遥か昔から積極的に韓国系カルト教団と結託していたのであり、統一教会の危機をミステリのかたちで取り上げた先見性自体は評価できるにせよ、今読むとピントがズレた印象を否《いな》めない小説である。

宗教の問題はここで置いて、ここからは安倍晋三という政治家個人に焦点を絞ることにしよう。安倍というと、ナショナリズムに訴えかける勇ましい発言が目立ったせいもあって、主に左派から右傾化への懸念が強く語られてきたけれども、実際に第二次安倍政権を振り返ってみると、そうしたファナティックなイデオロギーよりも有害だったのは、むしろ発展途上国の独裁者さながらに身内や取り巻きを優遇する姿勢だった（それが可視化されたのが森友・加計学園問題や「桜を見る会」問題である）。イデオロギーに基づく過激なファシズムではなく、生ぬるい利害関係の網の中で関係者たちの人間性がひたすら頽落《たいらく》してゆく、それが安倍政権の本質だったのではないか。

野党議員の立場を二度味わった安倍には、苦境の時期に自分を支えてくれた人間への恩義に篤《あつ》い面があった――と記せば長所とも思えるけれども、そのせいで本来なら要職に相応《ふさわ》しくない人物を軽率に取り立てたのだから、人間としての美点に見える部分は政治家としての欠点と表裏一体の関係にあった。その代表例が、二〇一二年の自民党総裁選で安倍の推薦人に名を連ねた河井克行《かわいかつゆき》を、首相補佐官や党総裁外交特別補佐などの要職に起用し、ついには法相に任命した件だ。周知の通り、河井克行と妻の河井案里《あんり》は選挙における不正を問われ、夫婦ともに逮捕され有罪判決を受けた。「法の番人」である法相に絶対任命してはならない人物だったのは明らかだ。

更に、この件や「桜を見る会」の明細に関する疑惑などで首相の周辺にまで捜査のメスが入るのを防ぐべく、東京高検検事長（当時）の黒川弘務《くろかわひろむ》を検察トップである検事総長に据えて「官邸の守護神」にしようとしたとも報道された。黒川の異例の定年延長の裏には官邸の意向があったとされているが、そのため法曹界や世間から轟然《ごうぜん》たる非難を浴びることになる。結局、二〇二〇年に新聞記者らと賭け麻雀をしていたと報道された黒川は検事長を辞職した。

こうした「お友達」重視の姿勢は、ＮＨＫの会長・経営委員の人事にも見受けられる。二〇一四年、ＮＨＫ会長に選出された籾井勝人《もみいかつと》は安倍寄りの人物であり、「政府が右と言っているものを、我々が左と言うわけにはいかない」という就任時の記者会見での発言からも窺《うかが》えるように、ＮＨＫの政府からの中立性という原則を疑わせる言動が多かった。また、経営委員にも、右派の作家・百田尚樹《ひゃくたなおき》、保守系論客の長谷川三千子《はせがわみちこ》、安倍の家庭教師を務めたことがあった日本たばこ産業（ＪＴ）顧問・本田勝彦《ほんだかつひこ》らが新たに加わった。

こうして、政治・法曹・マスメディアなど各界に自分の言うことを代弁してくれる取り巻きを揃え、苦言を呈する人物を遠ざけた結果、第二次安倍政権下の日本は公文書の改竄《かいざん》から性犯罪の揉み消しまでが横行する人治国家に成り果てた。それが安倍の言う「美しい国」の実態である。では、安倍晋三の死去によって、日本は何かが変わっただろうか。そうだとも言えるし、そうでないとも言えるだろう。

二〇二二年九月二十七日、賛否両論の中で安倍の国葬が行われたが、この日、東京地検特捜部は東京五輪組織委員会元理事の高橋治之《たかはしはるゆき》を受託収賄容疑で三度目の逮捕、贈賄側である「大広《だいこう》」の幹部も逮捕した。「大丈夫です。絶対に高橋さんは捕まらないようにします。高橋さんを必ず守ります」（西崎伸彦《にしざきのぶひこ》「高橋治之・治則『バブル兄弟』の虚栄」、《文藝春秋》二〇二二年十月号）と約束した安倍の国葬の日と、この逮捕劇が重なったのが偶然か故意かは不明ながら、そもそも安倍が存命だった場合、東京五輪関係者が逮捕される事態はまず考えられなかっただろう。また、NHK政治部記者・解説委員として安倍政権に密着しすぎた姿勢が批判されてきた岩田明子《いわたあきこ》がNHKを退局（同年七月）、安倍に近いジャーナリストの山口敬之が伊藤詩織《いとうしおり》に性的暴行を加えた事件で山口への逮捕状執行を見送ったとされる中村格《なかむらいたる》が安倍狙撃事件に引責して警察庁長官を辞任（同年八月）、竹中平蔵《たけなかへいぞう》がパソナグループ取締役会長を退任（同年八月）といった、安倍人脈に連なる人物が第一線から相次いで姿を消すという現象も見られた。安倍歿後《ぼつご》の更に大きな変化は、何といっても二〇二三年、統一教会への解散命令が日本政府から裁判所に請求されたことだろう（解散命令が確定した場合でも宗教上の行為は禁止されないものの、教団は宗教法人格を喪失し、固定資産税の非課税などの優遇措置が受けられなくなる）。そして、安倍派・二階《にかい》派を中心とする自民党の政治資金規正法違反事件では、複数の安倍派幹部が東京地検特捜部から任意の事情聴取を受け、事務所も強制捜査の対象となり、安倍派で裏金化した資金の総額が膨大なものであることが明らかとなった。その結果として二〇二四年、自民党では安倍派を含む派閥の解散が進行中である。

しかし一方で、「安倍晋三的なるもの」は日本社会、特に政界に根強く残った。安倍政権における、民主主義的な手続きや熟議よりスピーディーな「決断」によって賛否両論分かれる問題を押し切ったり、政権の意向に沿わない人物を遠ざけたりする傾向は、その後の政権でも変わっていない。菅義偉《すがよしひで》政権は、日本学術会議が推薦した新会員候補者のうち六人の任命を拒否するという前例のない決定を行い、コロナ禍が第五波を迎え東京都に緊急事態宣言が発出されている中で東京五輪を強行した（十七日間の大会期間中、新型コロナウイルスの国内の新規感染者は十七万人を超え、医療を圧迫した）。「聞く力」を掲げた筈の岸田文雄《きしだふみお》政権では、大幅な防衛増税、原発の再稼働、マイナンバーカードの推進、インボイス制度の導入……といった諸問題が、反対や懸念の声を押し切り、さしたる議論もないまま決定された。中には迅速さが求められる問題もあるだろう。しかし、一度決めたことは反対の声が世間の多数派を占めても黙殺して遂行するという強権的な姿勢は、大きな弊害を生んでいるにもかかわらず、まるで安倍政権を見習うかのように相変わらず続いている。

また、世襲貴族さながら、政治を代々継承すべき家業と捉えているかのような安倍家の姿勢には批判が強いが、岸田文雄の長男で、政治経験が殆《ほとん》どないにもかかわらず首相秘書官に任命された岸田翔太郎《しょうたろう》が、首相公邸での不適切な振る舞いを報道されて事実上更迭《こうてつ》されるなど、政治家の世襲を当然と考えるような発想から生じた不祥事も後を絶たない。更に、右派的な主張を安倍に気に入られて自民党に引き抜かれ、異例の比例名簿上位扱いで当選を重ねた杉田水脈《すぎたみお》議員は、アイヌ民族への侮辱的な投稿が原因で、二〇二三年に国会議員としては初めて札幌法務局から人権侵犯の事実があったと認定されたにもかかわらず、自民党はその直後、そうした声を意図的に嘲笑《あざわら》うかのように、わざわざ彼女を党環境部会長代理に起用した（岸田首相にこの人事を進言したのは安倍派幹部の萩生田光一《はぎうだこういち》だと報じられている）。二〇二三年五月のＧ７広島サミットに向けて岸田政権が成立させようとしていたＬＧＢＴ理解増進法に対しては、安倍派を中心とする自民党保守派から反撥《はんぱつ》が相次ぎ、採決時には衆参両院の本会議で退席者が出た。朝日新聞二〇二三年七月九日の一面記事「銃撃から1年『安倍氏だったら…』」によると、ＬＧＢＴ理解増進法に反対する安倍派議員の一人は「（政治の）師である安倍先生に申し訳ない」とうなだれたという。先述の政治資金規正法違反事件では、東京地検は安倍派からは三人の国会議員や各自の秘書、派閥の会計責任者を起訴や逮捕に持ち込んだものの、派閥の実務を仕切る事務総長経験者や中枢幹部については立件を見送って捜査を終結したが（民間企業なら一発でアウトになる筈の悪質な行為が長年続けられたことも、民間相手なら時には冤罪《えんざい》や証拠改竄も辞さない検察が、キックバックされた裏金の金額が三千万円に達しているか否かという基準で中枢幹部たちを立件見送りと判断したことも異様としか言いようがない）、この件でも、安倍派の西村康稔《にしむらやすとし》前経済産業相が自身のTwitterアカウントで「いずれにせよ、このような結果になってしまったことについて、安倍総理に対し、大変申し訳なく思っております」（二〇二四年一月二十日）とツイート（ポスト）するなど、政治家たちには国民よりもまず亡き派閥リーダーの安倍晋三に謝罪するという姿勢が見られた。未《いま》だに彼らが安倍を精神的支柱としている証拠だろう。本人はこの世を去っても、安倍晋三の亡霊は今も永田町《ながたちょう》を呪縛し続けているとも言えるのだ。安倍本人が生前、祖父である岸信介の亡霊の呪縛から逃れられなかったのと同じように。

では、この憲政史上最も長く首相の座にあり、よくも悪くも大きな存在感があったことは確実なこの人物を、ミステリはどのように描いてきたのだろうか。

近年のミステリにある程度目を通してきた感想としては、実はミステリの、というかフィクションの世界において、安倍晋三というのはそれほど存在感のあるキャラクターとして常に描かれてきたわけではない——Amazon Prime Video で二〇二二年に配信された『仮面ライダー BLACK SUN』（白石和彌《しらいしかずや》監督、髙橋泉《たかはしいずみ》脚本）でルー大柴《おおしば》が演じた堂波真一《どうなみしんいち》首相のように、戯画的なまでに悪役化されたケースは別として。少なくとも、元首相にして現自民党副総裁であり、安倍の盟友ともライヴァルとも目されてきた麻生太郎《あそうたろう》のアクの強さには一歩を譲る。

小松左京《こまつさきょう》のベストセラー小説『日本沈没』（一九七三年）を現代に翻案した連続ドラマ『日本沈没―希望のひと―』（TBS系、平野俊一《ひらのしゅんいち》、土井裕泰《どいのぶひろ》、宮崎陽平《みやざきようへい》演出、橋本裕志《はしもとひろし》脚本、二〇二一年）には、副総理兼財務大臣として里城弦《さとしろげん》（石橋蓮司《いしばしれんじ》）という政治家が登場する。首相を凌《しの》ぐ隠然たる権力を持ち、経済が停滞するからという理由で、日本沈没の危機を国民に知らせようとする主人公の動きを妨害するこのキャラクターは、トレードマークである帽子を見ればモデルは麻生太郎だと一発でわかる。このドラマでのなりきりぶりが好評だったからか、石橋蓮司は同じTBS系の連続ドラマ『ラストマン―全盲の捜査官―』（土井裕泰、平野俊一、石井康晴《いしいやすはる》、伊東祥宏《いとうよしひろ》演出、黒《くろ》岩勉《いわつとむ》脚本、二〇二三年）でも、麻生を彷彿《ほうふつ》させるスタイルの政界のドン・弓塚敏也《ゆみづかとしや》を演じていた。また、先述の『仮面ライダー BLACK SUN』では、寺田農《てらだみのり》が与党幹事長をいかにも麻生っぽく演じていた。

しかし、ミステリドラマにおける「麻生太郎的なキャラクター」という意味では、最も注目すべきは連続ドラマ『エルピス—希望、あるいは災い—』（フジテレビ系、大根仁《おおねひとし》、下田彦太《しもだひこた》、二宮孝平《にのみやこうへい》、北野隆《きたのたかし》演出、渡辺《わたなべ》あや脚本、二〇二二年）だろう。十二年前に起きた「八頭尾山《はっとうびさん》連続殺人事件」の犯人とされる死刑囚が実は冤罪《えんざい》なのではないか——という疑惑を掘り下げはじめた大洋《たいよう》テレビのアナウンサー・浅川恵那《あさかわえな》（長澤《ながさわ》まさみ）と新米ディレクターの岸本拓朗《きしもとたくろう》（眞栄田郷敦《まえだごうどん》）に、局上層部や警察などから次々と妨害が降りかかる。彼らの上司であるチーフプロデューサーの村井《むらい》喬一《きょういち》（岡部《おかべ》たかし）は、かつて権力と闘って左遷された経歴を持っており、当初は浅川や岸本の動きを冷ややかに見ていたが、やがて彼らの姿からかつての自分を思い出し、二人を後援するようになる。しかし、週刊誌を味方につけた村井の作戦も、妨害の黒幕が次々と先手を打ったことで不発に終わる。

　十二年前から現在まで起こっていた一連の殺人事件で、警察の捜査やマスメディアの報道に圧力をかけていた黒幕は、元警察庁長官で副総理の大門雄二《だいもんゆうじ》（山路和弘《やまじかずひろ》）だった。真犯人が、彼の後援会と関係のある人物だったからだ。のみならず、大門はかつて、自派閥議員が起こしたレイプ事件を揉み消しており、そのため被害者女性は自殺していた。

　作中の八頭尾山連続殺人事件は架空の事件ではあるが、番組のエンドクレジットでは清水潔《しみずきよし》のノンフィクション『殺人犯はそこにいる　隠蔽された北関東連続幼女誘拐殺人事件』（二〇一三年）などの参考文献が紹介されており、モデルは北関東連続幼女誘拐殺人事件の一つで、逮捕された被疑者が後に冤罪だと判明した足利《あしかが》事件であると推測できるようになっている。だが、実は被疑者が死刑判決を受けつつも冤罪を主張しているという点では、作中の事件は一九九二年に福岡県で二人の女児が殺害された飯塚《いいづか》事件（久間《くま》三千年《みちとし》死刑囚への死刑執行は二〇〇八年に行われた）をも想起させる。そして、大門副総理のモデルが麻生太郎だと考えた場合、飯塚事件モデル説は更に大きな説得力を帯びて浮上することになるのだ（なお、飯塚事件をモデルにしたミステリ小説には、深谷《ふかや》忠記《ただき》『執行』〈二〇二一年〉がある）。

「リアルサウンド映画部」の二〇二二年十二月十二日の記事「『エルピス』と現実の震えるような符号《（ママ）》　岡部たかし演じる村井の言葉が再び甦る」（筆者はライターの横川良明《よこがわよしあき》）では、大門と麻生に関する符合が次のように記されている。

> 有力な政治家の出身地で起きた、冤罪疑惑のある事件と言えば、思い起こされるのが飯塚事件だ。本作では参考資料として足利事件に関する著作がいくつも挙げられているが、1992年に発生した飯塚事件は、その足利事件と並び「西の飯塚、東の足利」と称されている。女児2人の殺害容疑をかけられた久間三千年元死刑囚は、精度の低いDNA鑑定が決め手となり、逮捕。一貫して無罪を主張し続けてきたが、2006年10月8日、死刑が確定した。
> この飯塚事件が発生したのは、福岡県飯塚市。現副総裁・麻生太郎の地元である。その特徴的なハットや歪んだ口元、選挙ポスターなどから、大門が麻生太郎をモデルとしていることは想像に難くない。そして仮に大門のモデルが麻生太郎だとしたら、『エルピス』で描かれている八頭尾山連続殺人事件は、飯塚事件がモチーフの一つになっていると考えられる。

その符合に気づいた瞬間、第1話から繰り返して観てきたある映像に、今までとはまったく違う意味が浮かんでくる。その映像とは、エンディングで流れるケーキの箱だ。そこに貼られているシールの賞味期限は2022年10月24日。これまでこの日付は本作の初回放送日を表していると見られてきた。

だが、飯塚事件が下敷きになっているとしたら話は別だ。久間元死刑囚の死刑執行命令書にサインがなされたのは、2008年の10月24日。そして、その当時の内閣総理大臣は麻生太郎なのである。麻生内閣が成立したのが同年9月24日。それからわずか1カ月後のことだった。

ただし、『エルピス—希望、あるいは災い—』というドラマで意識されている実在の政治家は彼だけではない。レイプ揉み消しの件は、麻生というより、むしろ山口敬之の一件における安倍晋三の役割を想起させる。また、第二話では、自分が伝えてきた報道の中に真実はどのくらいあったのかを自省する浅川恵那の回想シーンで、安倍首相（当時）の五輪招致時の「アンダーコントロール」発言の映像を使ったことが話題を呼んだ（映像が使われたのは本放送のみであり、配信やソフトでは権利関係かどうか不明だが静止画となっている）。こうした演出からも、現代日本の暗部に鋭く切り込むと期待された『エルピス—希望、あるいは災い—』だが、ラストはややカタルシスを欠くものとなった。浅川は、自分たちの知った真実（大門による自派閥議員のレイプ事件の揉み消し）を番組内で公表しようとするものの、浅川の元恋人の大洋テレビ報道局記者で、途中からは大門とツーカーの間柄のフリージャーナリストに転身した斎藤正一《さいとうしょういち》（鈴木亮平《すずきりょうへい》）がスタジオに現れ、大門の代理の立場として浅川を制止しようとする。

大門が逮捕されれば政界に激震が走り、内閣総辞職どころか政権交代もあり得る。世界情勢が緊迫している中、そんな事態に陥《おちい》れば日本の国際的信用が失われ、株も暴落する。一キャスターの君にはその責任を取れないだろう……と浅川を説得しようとする斎藤。それに対し、「病人は自分の病名を知らなければ正しい治療なんかできない。病名を知らせるというカードを切った責任は、私個人が負いきれないものかも知れません。では、知らせないというカードを切っているひとは、その責任を負う覚悟を持って切っているのでしょうか？ 私にはそうは思えない。そしてそれが最善のカードだとも思えません」と反論する浅川。結局、浅川は警察が八頭尾山連続殺人事件の真犯人を逮捕するのを大門に妨害させないという交換条件を出し、斎藤はそれを呑《の》む。浅川や岸本にとって、当初の目的である冤罪の証明は果たせたものの、そのために、大門の他の悪事については沈黙を余儀なくされる——という苦い結末である。巨悪が逮捕されずに終わるのは、現実の日本そのままとも言えるリアルさだし、当初の目的を果たすためにはどこかで落としどころを見出《みいだ》さなければならないという考え方も間違ってはいないのかも知れない。しかし、そんな現実の日本のブラックホールさながらのおぞましい重力に、このドラマが抗《あらが》いきれなかったように見えるのも事実であり、結末のつけ方を肯定するにせよ否定するにせよ、視聴者の胸中には持っていき場のない澱《おり》のようなものが残った筈だ。

では、そのようにキャラの立った存在としてフィクションの世界で暴れ回った麻生太郎に対し、安倍晋三はどう描かれてきたか。

純文学の方面ならば、田中慎弥《たなかしんや》『宰相A』（二〇一五年）の首相A、島田雅彦《しまだまさひこ》『虚人の星』（二〇一五年）の松平定男《まつだいらさだお》首相などの例があるが、ミステリ小説において明らかに安倍がモデルとわかる人物が登場する代表例は、第六章でも紹介した市川憂人《いちかわゆうと》『神とさざなみの密室』（二〇一九年）である。二〇一九年六月が背景となっているこの小説で、実際の安倍首相の代わりに登場するのは和田要吾《わだようご》という首相だ。子供がいない安倍に対し和田には妻子がいることになっていたり、スキンヘッドにしているため野党支持者から「生臭坊主」と呼ばれているなど、首相の個人的属性は変えてあるけれども、作中の和田の政治的行為や主張は安倍のそれをほぼ重ねており、「和田政権はまた、そうした政策を推し進めるためなら、私たちを欺《あざむ》くことさえ厭《いと》いません。特定のお友達に肩入れした罪をごまかすため、あるいは経済政策の失敗をごまかすため、官僚に忖度《そんたく》させて公文書を捏造《ねつぞう》して、統計さえ偽装して……行政のモラルを徹底的に破壊してしまいました」（引用は新潮文庫版、以下同じ）と主人公の一人である左派市民団体「コスモス」のメンバー・三廻部《みくるべ》凛《りん》の口を借りて指弾されている。プロローグの「コスモス」によるデモのシーンに登場する「ワダ政治を許さない」というプラカードの文句も、安倍政権が左派によってしばしば「アベ政権」とカタカナ表記されるのを踏まえているのだろう。

ＡＦＰＵ（引用者註：「在日特権」を主張する右派市民団体）に限らず、在日外国人や性的少数者――いわゆるＬＧＢＴの人々――への偏見や差別感情をあらわにする人々は、国会議員や著名人の中にさえ、少なからず存在する。あからさまに差別的な主張を唱える書籍が、出版不況の中、売れ筋のひとつになっているという話も聞く。国会議員の「LGBTに生産性はない」という問題発言を、「何が悪いのか」と擁護する文章を掲載したのは何という雑誌だったか。

しかし、和田政権下では、与党議員が差別的発言を行ったところで、議員辞職するどころか離党処分を受けることさえない。

このくだりは、雑誌《新潮45》二〇一八年八月号が杉田水脈の「『LGBT』支援の度が過ぎる」と題した文章を掲載して炎上し、それを擁護する特集を十月号で組んだものの、その号で休刊となった件を示している（『神とさざなみの密室』の版元は他ならぬ新潮社であり、市川の気概が窺える）。作中、左派と右派の団体に属する二人の主人公はともに密室殺人事件に巻き込まれて危機に陥り、政治的に対立しつつも最終的には協力して真相に到達するのだが、現実には左派と右派の分断とそれぞれの急進化はその後ますます進むこととなった。

第二章でも紹介した五十嵐貴久『コヨーテの翼』（二〇一八年）は、中東のカルト教団が東京五輪開会式の場で日本の首相の暗殺を企てるという内容だった。作中の阿南《あなん》首相は安倍首相がモデルだろうが、名前を除いて、実際の安倍の属性を想起させる描写は見当たらない。首相暗殺が描かれるといえば伊坂幸太郎《いさかこうたろう》『ゴールデンスランバー』（二〇〇七年）が有名だが、この小説の金田貞義《かねださだよし》首相は若くして首相になった人気の高い政治家と紹介されるものの、序盤で爆殺されるだけの極めて影が薄い存在である。中山七里《なかやましちり》『能面検事の奮迅』（二〇二一年）は森友学園問題をモデルにしたと思しき近畿財務局職員の収賄疑惑から幕を開ける物語であり、作中の首相は真垣《まがき》、財務相兼副総理は黒鉄巌夫《くろがねいわお》という名前になっている。一九三八年の満洲《まんしゅう》を舞台とする伊吹亜門《いぶきあもん》『幻月と探偵』（二〇二一年）では、安倍の祖父である岸信介（当時は国務院産業部次長）が事件の依頼人となる。満洲の阿片《アヘン》利権を握ろうとする人物として彼を描くことで、安倍一族の権勢と富の背後にある闇に光を当ててみせる。

秦建日子《はたたけひこ》『And so this is Xmas』（二〇一六年。文庫化の際に『サイレント・トーキョー And so this is Xmas』と改題）では、クリスマスを間近に控えた東京・恵比寿《えびす》で爆発事件が起き、犯人は首相との生放送番組での対談を要求し、受け入れられなければ次の事件を起こすと宣告する。しかし、磯山《いそやま》首相は「日本国は、テロには屈しません。日本国は、テロリストといかなる交渉もいたしません。日本国は、テロリストの非道な犯罪に対して、断固、不退転の決意で戦うのみです」（引用は河出文庫版、以下同じ）と宣言。翌日、渋谷スクランブル交差点において最悪の事態が発生する。犯行の引き金となったのは、磯山の「日本も、戦争のできる国になるべきだ」という軽率な発言だった。

この小説は、『サイレント・トーキョー』というタイトルで映画化され（波多野貴文《はたのたかふみ》監督、山浦《やまうら》雅大《まさひろ》脚本）、二〇二〇年十二月に公開された。だが、作中の磯山首相（鶴見辰吾《つるみしんご》）がどう見ても安倍晋三をモデルにしているのに、その安倍はこの映画が公開されるより前の同年九月に首相を辞任していた。作中のクリスマスで賑わう東京の風景が、コロナ禍で覆《おお》われた現実世界とは完全にかけ離れて見えたことも含め、いろいろとタイミングの悪さが目につく不運な映画化という印象が残った。

　そんな中、ミステリで安倍晋三を描いた小説家として最も注目すべきは西村京太郎《にしむらきょうたろう》である。膨大な西村作品のすべてに目を通せているわけではないことをお断りしておくが、私が読んだ限りでは、今世紀の作品では『十津川警部「標的《ザ・ターゲット》」』（二〇〇二年。タイトルのルビは文庫化の際に追加）、『高知・龍馬　殺人街道』（二〇〇五年）、『死のスケジュール　天城峠』（二〇〇九年）が首相暗殺計画を扱っており、最晩年の『十津川警部　特急リバティ会津111号のアリバイ』（二〇二一年）では、首相の側近として新型コロナウイルス対策の旗振り役を務めていた財務省のキャリア官僚が新幹線の車内で殺害される。このうち、『十津川警部「標的《ザ・ターゲット》」』に登場する、国民からの高い支持率を誇る河原英太郎《かわはらえいたろう》首相のモデルは、当時の首相・小泉純一郎《こいずみじゅんいちろう》と推測される。第一次安倍政権当時に執筆され、日本人拉致問題をめぐる北朝鮮との交渉を背景としている『死のスケジュール　天城峠』に登場する安達《あだち》首相は、「もし、北朝鮮が、拉致された人たちを返すと約束したら、前の小泉《こいずみ》さんと同じように、首相自身が、ピョンヤンに飛ぶつもりなのかもしれないな」（引用は角川文庫版）という十津川省三《とつがわしょうぞう》警部の発言からも窺える通り、安倍首相をモデルにしていることは間違いない。ただし、これらの作品における首相は、あくまでも事件の遠景に見え隠れする記号的存在であり、作中である程度好意的に描かれている河原首相を除けば、それほど強い個性が与えられているわけではない。

　ところがここに、唯一の例外とも言うべき小説が存在している。第二次安倍政権下の二〇一七年に刊行された『二つ《ダブル》の首相暗殺計画』だ。海路徳之《かいじのりゆき》首相が入院している病院の看護師が、心中と思われる状況で遺体となって発見される。看護師の曽祖父は、戦時中に東條英機《とうじょうひでき》首相暗殺計画に関わっていた（なお、東條英機暗殺計画は二〇〇九年刊の『悲運の皇子《みこ》と若き天才の死』で既にモチーフとなっているのだが、『二つ《ダブル》の首相暗殺計画』の中で十津川警部がその事件を思い出す様子はない）。一方、入院中の海路に代わって、憲法改正を目指すタカ派の副総理兼外務大臣・後藤典久《ごとうのりひさ》が実権を握るようになる。やがて海路は辞任し、いよいよ後藤が首相の座に就く。看護師変死事件の背後には政界の闇が渦巻いているのだろうか。

後藤典久は山口県出身で、祖父の喜三郎《きさぶろう》も首相という設定である。十津川警部は部下の亀井《かめい》刑事に対し、後藤の人物像を「政治家としては、まだ五十代で、若い部類に入るが、そんな彼が、派閥を率いているのは、三代続いているエリートの後継者だからだ。祖父の後藤喜三郎は、戦中に軍部に協力した大物政治家で、戦後は戦犯として巣鴨《すがも》刑務所に入っている。後に、特赦を受けて、政界に復帰し、現在の保守党創立者の一人だと、言われているんだ。父の後藤徹平《てっぺい》は、財務大臣や外務大臣を歴任し、総理大臣の椅子を目前にして、肺ガンで亡くなっている。従って、後藤典久にとっては、総理大臣になることは、三代を通した夢なのだ」（引用は実業之日本社文庫版、以下同じ）と説明している。喜三郎・徹平・典久の後藤家三代が、それぞれ岸信介・安倍晋太郎《しんたろう》・安倍晋三をモデルとしていることは、誰の目にも明らかだ。

だが、より重要なのは、十津川の旧知の記者・田島《たじま》の「そう考えると、今までの愚鈍《ぐどん》な政治家たちとは違って、恐ろしい政治家だよ。彼が、権力者になれば、日本は、どんどん、右傾化していくだろうね」という見解や、十津川の「一部の有識者が、危惧《きぐ》しているのは、後藤副総理の三代にわたって引き継がれた政治信条だというのだ。明治から太平洋戦争の終わりまで続いた、富国強兵政策や、世界に畏怖《いふ》される軍事大国を再び創り出そうという、時代錯誤の妄想《もうそう》に取りつかれていて、その実現のために、総理になろうと考えている、その恐ろしさだというのだよ」といった発言に見られるように、著者自身の後藤＝安倍への警戒心が露《あらわ》になっている点だ。このあたりは著者の他の作品とは異色と言える。一九三〇年生まれで戦時中を知る西村にとって、安倍の言動は戦争への一線を越える可能性がある危ういものと映ったのだろう。

クライマックスでは、この後藤を暗殺しようとする犯人側と、十津川ら警察側との攻防が繰り広げられる。だが、本作が衝撃的なのは、暗殺が阻止され、犯人が死亡したその後だ。十津川と交友があった犯人は、彼に「必ずこの責任を取れ。信じている」という遺書を託す。そしてこの作品は次のように締めくくられる（犯人の名前は××と伏字にした）。


それが、××の遺書だが、その意味がわかるのは、十津川だけだろう。

××の自殺は、敗北を意味しない。「暗殺の責任」が、××から、十津川に、バトンタッチされたのだ。

これから、十津川は、そのバトンタッチされた責任を背負って、生きていかなければならない。

後藤首相を、暗殺しなかったために、独裁が生まれ、権力が集中して、日本と、日本国民が、危険な状況になった時は、死んだ××に代わって、首相暗殺を実行すると誓ったのである。

××の自殺によって、この誓いは、十津川の心の中で、より強固なものになったのだ。

その時は、もちろん、警視庁には、辞表を出すことになるが、そのための辞表は、すでに、書いてある。


驚くべき結末である。警察官である十津川が、旧友の遺志を継ぎ、いざという時は後藤を暗殺する覚悟を固めたというのだから。作中、十津川は戦時中という非常時における東條英機暗殺計画については理解を示すも、平時における首相暗殺計画は（他に取るべき手段があるという理由から）否定する。だが、その首相によって戦争が起こされようとする時は、もはや平時ではないのだから非常手段も選択肢に入る——というロジックなのだ。もちろん作者と登場人物の思想はイコールではないにせよ、西村自身の安倍政権への懸念と不安が滲《にじ》み出た結末であることは間違いない。西村は安倍晋三の末路を見届けることなく、二〇二二年三月にこの世を去った。しかし、その後に起きたことを知るならば、まるで西村の死後、現実がこの小説に結末をつけたかのような摩訶不思議な感覚に襲われてしまう。

安倍晋三を直接描かずとも、安倍が首相を務めていた時代の空気を描くことによって彼の姿を浮かび上がらせるという手法もある。第六章で紹介した似鳥鶏《にたどりけい》『生まれつきの花　警視庁花人《かじん》犯罪対策班』（二〇二〇年）は、安倍首相を支持し在日コリアンにヘイトを浴びせかける右派勢力を特殊設定ミステリのスタイルで批判した作品だが、本格ミステリとして成功していないことは第六章で言及した通りだ。では成功した例はというと、芦辺拓《あしべたく》『鶴屋南北の殺人』（二〇二〇年）が挙げられる。ロンドンで発見された四世鶴屋南北《つるやなんぼく》の幻の戯曲『銘高忠臣現妖鏡《なもたかきちゅうしんうつしえ》』を取り返してほしいという謎めいた依頼を受けた弁護士の森江春策《もりえしゅんさく》は、交渉のため、その戯曲が上演されようとしている京都に赴くが、劇場で変死事件に遭遇する。

この作品で、森江は江戸と現代、舞台と現実が交錯する複雑な謎に挑むことになるが、ここで注目したいのは戯曲の謎だ。作中の『銘高忠臣現妖鏡』と、そこに組み込まれる二番目狂言として南北の弟子・花笠文京《はながさぶんきょう》（実在の人物）が執筆した『六大洲遍路復仇《むつおおしまめぐりてあだうち》』は、元禄赤穂事件《げんろくあこう》をモデルにした『仮名手本忠臣蔵《かなでほんちゅうしんぐら》』（二代目竹田出雲《たけだいずも》、三好松洛《みよししょうらく》、並木千柳《なみきせんりゅう》の合作。一七四八年）の登場人物を借用しながらも、原典とも史実の元禄赤穂事件とも似ても似つかない、あまりにも不可解な展開となっているのだ。しかしそれは、南北や文京が生きた時代に実際に起こったある政権交代劇の背後で策謀を繰り広げた黒幕を指弾する内容だった。

もともと『仮名手本忠臣蔵』自体が、南北朝時代に仮託して元禄赤穂事件が起きた時代の世相を批判した内容であるとも解釈可能なことは、丸谷才一《まるやさいいち》『忠臣蔵とは何か』（一九八四年）などで指摘されている。『鶴屋南北の殺人』では、その『仮名手本忠臣蔵』を踏まえて南北らが更に自分たちの時代の政治を批判したという解釈になっており、時代を超えた二重の政治批判という凝った趣向を編み上げているのだが、本作では実はその構想自体に、芦辺自身による現代の世相批判の構図が騙し絵のように潜んでいる。つまり、竹田出雲らの元禄政治批判、鶴屋南北らの天明《てんめい》～寛政《かんせい》政治批判、そして芦辺拓の平成～令和政治批判が、三重の入れ子構造となっているわけである。

作中では、田沼意次《たぬまおきつぐ》を追い落として彼の政策を全否定し、反動的な政治を行った松平定信《まつだいらさだのぶ》が悪役となっているが、田沼政権が民主党政権、松平定信が安倍晋三の暗示であることは（作中で安倍の名前がどこにも出てこないにもかかわらず）読めば伝わるようになっている。「意次蹴落としの陰謀は、彼が天災や飢饉に対応すべく必死に奔走している間に着々と練られていた。大地震やそれにともなう人々の困窮すら、政権奪取を狙う者たちにとっては踊りだしたいほどの好機だったのだ」というくだりがあるが、史実通りならば天明の大飢饉の原因は浅間山《あさまやま》の噴火という説が知られており、地震が原因とはあまり聞かない。ここはうっかり筆が滑ったのではなく、東日本大震災の際に民主党政権に協力して国難に立ち向かうどころかその足を引っぱり、政権奪取にまんまと成功した安倍晋三率いる自民党の悪辣《あくらつ》ぶりをそのまま引き写したと見るべきだろう。定信とその腰巾着たちが政権を握った後に田沼一派を口汚く罵っている描写も、「悪夢の民主党政権」というわかりやすいワードを用いた印象操作によって、たかだか三年間の民主党政権に責任をすべて押しつけ（もちろん民主党政権にもいろいろと失政があったのは事実だが）、遥かに長く政権を握っていたのに国力低下をどうすることも出来なかった自分たちの責任を免れようとした安倍とその取り巻きたちの姿を彷彿させる。

因《ちな》みに、民主党政権＝田沼政権、安倍晋三＝松平定信という見立てはこの小説に限った着想ではなく、先述の島田雅彦『虚人の星』に登場した首相の名が松平定男なのはやはり同様の見立てに基づくものだろうし、二〇一五年にテレビ東京系で放映された時代劇『大江戸捜査網２０１５〜隠密同心、悪を斬る！』（猪原達三《いのはらたつぞう》監督、山本《やまもと》むつみ脚本）では、腐敗政治家と思われていた田沼意次

（瑳川哲朗《さがわてつろう》）が善政を行った人物、隠密同心の上司である松平定信（加藤雅也《かとうまさや》）が実は権力欲に憑《つ》かれた悪人として描かれていた（最後、定信は史実を無視して隠密同心により成敗される）。劇中、定信が祖父である徳川吉宗《とくがわよしむね》の政《まつりごと》にこだわっているあたりも、祖父の岸信介への愛着が深かった安倍晋三がモデルであることを匂わせている。また、背景となる時代はやや下るが、京極夏彦の時代小説『了巷説百物語《おわりのこうせつひゃくものがたり》』（二〇二四年）では、水野忠邦《みずのただくに》による天保《てんぽう》の改革の時代が、平成から令和にかけての現代日本の政治・経済の乱れと相似形であるかのように描かれている――といった試みもあり、歴史小説・時代小説で現代を諷刺《ふうし》する手法にはまだまだ可能性がありそうに思える。

「安倍が首相を務めていた時代の空気を描くことによって彼の姿を浮かび上がらせる」という手法の第一人者が、脚本家・小説家の太田愛《おおたあい》である。

太田は、テレビ朝日系のドラマ『相棒』ではトリッキーな本格ミステリ色の濃いエピソードと、社会派テイストのエピソードの両方を手掛けているが、後者の代表はシーズン15（二〇一六～二〇一七年）の「声なき者～籠城」「声なき者～突入」（橋本一《はしもとはじめ》監督）の前後篇だろう。警視庁特命係の杉下右京《すぎしたうきょう》（水谷豊《みずたにゆたか》）と冠城亘《かぶらぎわたる》（反町隆史《そりまちたかし》）が遭遇した立てこもり事件の背後から、妻や子供に暴力を振るう悪しき父親の存在が浮かび上がる話だ。このエピソードでは、国家の繁栄を支えるのは健全な家庭であるというお題目のもと、家父長主義的思想を持つ政治家や警察官僚などの権力者たちによって結成された「健全な家庭を守る会」なる団体が言及される。後述の『天上の葦』の角川文庫版解説で、町山智浩《まちやまともひろ》はこの団体のモデルを「日本会議」であると指摘している（日本会議の政治家組織「日本会議国会議員懇談会」には生前の安倍晋三や麻生太郎も名を連ねている）。その指摘は正鵠《せいこく》を射ていると思われるけれども、戦前の家族制度の復活を目指して自民党政権を支えた団体としては、日本会議以外にも統一教会や、神社本庁のロビー活動団体「神道政治連盟」(神政連)、右派の教育学者・高橋史朗《たかはししろう》が提唱する親学《おやがく》の普及を目的とした「親学推進協会」(二〇一二年に解散)などが存在している。

島薗進《しまぞのすすむ》編『政治と宗教——統一教会問題と危機に直面する公共空間』(二〇二三年)の第二章「統一教会と政府・自民党の癒着」(執筆者は中野昌宏《なかのまさひろ》)には次のような記述がある。

統一教会と政府与党の望む各政策の本質的な共通点は、「個人の人権制限を是とする」考え方である。戦後民主主義のなかで生まれ育った我々の考える「家庭」とは、親であれ子であれ個々人の意思と人格が尊重された上での共同生活の単位ということになろう。が、彼らの思い描く「家庭」とはそうではなく、明治民法のイエ制度におけるように「戸主」の権限が最上位に置かれ、子の結婚相手を親が自由に決めるような、各人の人格が全ては認められないような、支配される単位集団のことである。その証拠に、統一教会内では、個々人がそれぞれの考え、思いをもつことは「サタンが入ってくる」こととされる。同様に自民党においては、個々人がそれぞれの考えを持ち・述べることは「行き過ぎた個人主義」と見なされる。たとえば妊娠・出産に関して、女性が権利を主張することは、自民党にとっては「わがまま」なのである。

ここで統一教会について記されていることは、前記の他団体についても当てはまる。例えば神政連の活動を支持する「神道政治連盟国会議員懇談会」では、二〇二二年、性的マイノリティへの差別的な内容を記載した冊子が配布されて問題となった。従って、この「健全な家庭を守る会」のモデルも、日本会議に限定せず、安倍自民党を支持した守旧派政治・宗教団体のすべてをイメージしたものと考えたほうがいいのかも知れない。

また、『相棒20』(二〇二一～二〇二二年)の元日スペシャル「二人」(権野元《ごんのはじめ》監督)では、非正規雇用の賃金格差・待遇格差の問題や、年少者にまで浸透した自己責任論がモチーフになっている。この回のラストでは、与党の大物政治家と杉下右京のあいだで次のようなやりとりが交わされる――「この国の経済を動かすには、低賃金で働く労働者が不可欠なんだ」「国の経済。僕には、あなたと、あなたのお友達の経済にしか思えませんがね」「国力を高め、国を豊かにするために必要なものを確保する、それが為政者の仕事だ」「なるほど。あなたにとって、低賃金で働く労働者は国民ではなくモノというわけですか。確かに彼らは、あなた方のように何かあればすぐ病院の特別室に入れるわけではない。しかし、そんな人々にも、大事な家族や生活がある。どんな人にも、守りたいと願う、それぞれの幸せがあるんですよ」「それこそ、自分でどうにかしたらいいんじゃないのか」「そうでしょうか。十二歳の少年が、何もかも受け入れて諦めて、この世は自己責任だと言う。困った時に、助けを求めることすら恥ずかしいと思い込まされている。それが、豊かな国と言えるでしょうか、公正な社会と言えるでしょうか!」。権力に抑圧される弱者の声をドラマに織り込むことを得意とする、太田愛の真骨頂と言えるやりとりである。

しかし、この「二人」というエピソードは放映に際して問題も生じた。放映当日（二〇二二年一月一日）、太田はブログ「脚本家／小説家・太田愛のブログ」で、「右京さんと亘さんが、鉄道会社の子会社であるデイリーハピネス本社で、プラカードを掲げた人々に取り囲まれるというシーンは脚本では存在しませんでした。／あの場面は、デイリーハピネス本社の男性平社員二名が、駅売店の店員さんたちが裁判に訴えた経緯を、思いを込めて語るシーンでした。（中略）同一労働をする被雇用者の間に不合理なほどの待遇の格差があってはならないという法律が出来ても、会社に勤めながら声を上げるのは大変に勇気がいることです。また、一日中働いてくたくたな上に裁判となると、さらに大きな時間と労力を割かれます。ですが、自分たちと次の世代の非正規雇用者のために、なんとか、か細いながらも声をあげようとしている人々がおり、それを支えようとしている人々がいます。そのような現実を数々のルポルタージュを読み、当事者の方々のお話を伺いながら執筆しましたので、訴訟を起こした当事者である非正規の店舗のおばさんたちが、あのようにいきり立ったヒステリックな人々として描かれるとは思ってもいませんでした。同時に、今、苦しい立場で闘っておられる方々を傷つけたのではないかと思うと、とても申し訳なく思います。どのような場においても、社会の中で声を上げていく人々に冷笑や揶揄《やゆ》の目が向けられないようにと願います」と思いを綴《つづ》っている。リアルタイムの放送で観た際、確かにこのシーンは何だか浮いているように感じられたが（少なくとも太田愛らしくないとは思った）、脚本と演出のあいだの乖離《かいり》はよくあることとはいえ、太田にとって放っておける問題ではなかった。二〇〇九年のシーズン8以降、毎シーズン必ず脚本家として参加していた太田が、この「二人」を最後に今のところ『相棒』で執筆していないのも、そのあたりが関係しているのかも知れない。

一方、太田は小説家としては、現代を反映した社会派ミステリを手掛けている。『犯罪者　クリミナル』(二〇一二年。文庫化の際に『犯罪者』と改題)、『幻夏』(二〇一三年)、『天上の葦』(二〇一七年)、『未明の砦』(二〇二三年)といった作品が挙げられるが(また、二〇二〇年刊の『彼らは世界にはなればなれに立っている』は異世界ファンタジーながらも作中世界は現代日本の寓意《ぐうい》となっている)、ここでは『天上の葦』を取り上げることとする。

白昼の渋谷スクランブル交差点で、正光秀雄《まさみつひでお》という老人が天を指さすようにして絶命し、興信所所長の鑓水七雄《やりみずななお》と調査員の繁藤修司《しげとうしゅうじ》のもとにある政治家から、正光が何を指さしたのか突きとめろという奇妙な依頼が舞い込む。時を同じくして、公安警察官の山波《やまなみ》が姿を消し、停職中の刑事・相《そう》馬《ま》亮介《りょうすけ》がその捜索を極秘裏に命じられる。公安や、その更に裏にいる黒幕的存在が暗躍する中、二つの出来事を貫く謎を探る三人は、手掛かりを秘めた瀬戸内海のある小島に辿りつく。

後半、あるジャーナリストに冤罪を着せようという陰謀が浮かび上がるが、その目的は一罰百戒、つまり、権力に逆らえばそのジャーナリストのようになるという報道全体への脅しだった。かつて、大本営海軍報道部の軍人として報道を検閲する立場にあり、そのため多くの国民が死んだことを後悔する正光は生前、上司の理不尽な命令に疑問を抱く山波に、「ひとつの国が危険な方向に舵《かじ》を切る時、その兆しが最も端的に表れるのが報道です。報道が口を噤み始めた時はもう危ないのです。次第に市井の人々の間にも、考えたこと、感じたことを口にできない重苦しい空気が広がり始める。非国民、国賊などという言葉が普通に暮らす人々の間に幅を利かせ始めるのは、そういう時です。／恐怖は、巨大な力に抗するための連帯を断ち切ります。そしてどんな時代の報道の中にも進んで権力にすり寄る者たちがいる。自らの下劣さを処世術や政治力と思い違いをした人々です。批判の声は、権力の名を借りた暴力によって次々とねじ伏せられていく（中略）いいですか、常に小さな火から始まるのです。そして闘えるのは、火が小さなうちだけなのです。やがて点として置かれた火が繋がり、風が起こり、風がさらに火を煽《あお》り、大火となればもはやなす術《すべ》はない。もう誰にも、どうすることもできないのです」（引用は角川文庫版、以下同じ）と説く。また、正光と同じ時代を生きた別の登場人物は、「……新聞は、戦争が始まった時点でもう死んでおったのです。私は、その骸《むくろ》の上で旗を振っておった」と悔恨の言葉を洩《も》らす。

太田は《ダ・ヴィンチ》二〇一七年四月号掲載のインタヴュー（取材・文：樺山美夏《かばやまみか》）で、執筆当時の危機感について次のように述べている。

「このところ急に世の中の空気が変わってきましたよね。特にメディアの世界では、政権政党から公平中立報道の要望書が出されたり、選挙前の政党に関する街頭インタビューがなくなったり。昔から普通にテレビで見ていた政治に対する市民の自由な発言が、ぱったりと見られなくなった。総務大臣がテレビ局に対して、電波停止を命じる可能性があると言及したこともありましたし、ベテランキャスターが発言内容を理由に次々と降板されました。

こういう状況は戦後ずっとなかったことで、確実に何か異変が起きている。国民にとって重要なことが正しく伝わらなくなるのは、非常に恐ろしいことです。私たちは情報で社会を認識するわけですが、その情報が操作されていたら、間違った地図を渡されて登山しているようなもの。たどり着いたところが断崖絶壁で後戻りができず、もう飛び降りるしか正しい道はないと言われたらみんなで飛び降りてしまうかもしれない。これは今書かないと手遅れになるかもしれないと思いました」

では、報道が口を噤《つぐ》み、小さな火が大火となってしまった後にはどのような世が来るのか。それを描いたのが赤川次郎《あかがわじろう》の第五十回吉川英治《よしかわえいじ》文学賞受賞作『東京零年』（二〇一五年）である。作中の日本は、国民は常に監視され（特に、一度でも警察に目をつけられたことのある人間の顔は監視カメラで自動的にチェックされる）、マスコミは政府に都合のいい警察や検察の発表をそのまま流している統制社会だ。作中でそんな権力の暗部を象徴する人物は、元検察官の生田目重治《なまためしげはる》である。絶大な権力を持つ彼は反体制運動への弾圧を強める一方、反戦デモをも密かにコントロールし、巧みに権力に取り込んでゆく。だが、そのような生田目ですらも、一旦道を踏み外せば蜥蜴《とかげ》の尻尾として切り捨てられてしまうのだ。

作中、「現役の検事を辞めて、政府の仕事をするようになると、生田目には徐々に色々な団体の役員や顧問の肩書が付き、その報酬はたちまち検事時代の何倍にもなった」（引用は集英社文庫版）という記述があるのだが、検事総長でも東京高検検事長でもない一介の元検察官がそこまで権力を握れるだろうか……といった疑問が湧くなど、『東京零年』の作中世界の設定には些《いささ》か粗さも感じられる。だが、現実の日本で、共謀罪が成立したのは二〇一七年のことであり、本作はその先にある未来を予言することで警告を発したと言える。赤川は従来の作風のイメージに反して社会問題に極めて深い関心を持つ作家であり、しばしば新聞に政治的な投稿を行っているが、『東京零年』との関連で言えば、二〇一七年六月十五日、朝日新聞に投稿した「『共謀罪』再び日本孤立の道か」において、「法案に賛成の議員は、自分が後の世代に災いをもたらそうとしていることを自覚しているのか。目先の目的のため憲法を投げ捨てて恥じない安倍政治は、日本を再び世界から孤立させるだろう。／安倍さん、あなたが『改憲』を口にするのは１００年早い」と痛烈に批判したことは注目に値する。

この章を執筆中の二〇二三年十月四日、前々日に行われたジャニーズ事務所幹部の二度目の記者会見で、指名ＮＧ記者リストなるものが会見を仕切ったコンサルティング会社によって用意されていたことがＮＨＫの報道で明らかになった。しかし、ここで浮かんでくるのは、その種のＮＧリストは果たしてジャニーズ事務所だけの問題なのか、他の記者会見ではどうだったのか——という疑問である。ＮＧリストの存在をＮＨＫが暴いたのは、それまでと違ってジャニーズ事務所の影響力がフォローしようもないくらい傾き、持ちつ持たれつの関係が完全に崩壊したからだろう。ならば、同じような関係が、政権与党などの権力とマスメディアのあいだにもあったのではないか——という疑問が湧くのは当然の話である。マスメディアが本気で報道に専念すれば権力を牽制《けんせい》できることは今回の件で明らかなのに（もちろん、深水《ふかみ》黎一郎《れいいちろう》『第四の暴力』〈二〇一九年〉が皮肉っているように、マスメディア自体が権力であることは忘れられてはならない）、取り敢えずジャニーズ事務所の件では反省の姿勢を見せておき、その他の件では権力との癒着をダラダラと続けるようでは、今後もこの国のマスメディアに期待など出来そうもない。太田愛や赤川次郎による警鐘は、果たして彼らに届くのだろうか。

死せる元首相の亡霊による呪縛。そこからの解放の道筋は、未だ見えない。

あとがき

思えば、この本の着想はコロナ禍と東京五輪の真っ最中に生まれたのだった。
二〇二一年八月、私は人生初の手術のため入院中だった。ウイルス感染を防ぐため、病室のある階から出ることを禁じられ、外界で始まった東京五輪とも、コロナ禍の第五波とも隔絶された状態で。

そんな時くらいゆっくり休息を取ればいいのにと自分でも思わぬでもないが、食事を摂れるようになってから退院までの数日間、私の脳内では、退院後に着手したい新しい仕事の企画書の案がぐるぐる廻り続けていた。本書のもとになった案もそうやって生まれたものだが、当初は、コロナ禍および東京五輪とミステリとの関係に絞った本を構想していた。ただ、企画書を持ち込んだ幾つかの版元では、それだけでは本に出来ないと言われ、結局、光文社の堀内健史《ほりうちたけし》・鈴木一人《すずきかずと》の両氏との最初の打ち合わせで、コロナ禍と東京五輪に限定せず、今の世相のさまざまな問題とミステリの関係について論じてはどうか——という話になった。かくして《ジャーロ》誌上で連載が始まったが、最初の時点では他のテーマについては暗中模索状態だった。やがて、自分が普段からもやもやと考えていることを言語化すればいいと気づいてからは、比較的スムーズに第三章以降のテーマも決まっていった。

　連載中、二〇二三年一月に母が逝去して喪主としての務めやさまざまな手続きに追われ（一度だけ休載したのはそれが理由である）、また同年四月末にとうとう新型コロナに罹患するなど（幸い軽症で済んだ）、舞台裏はいろいろバタバタしていたけれども、なんとか完結に辿りつけたのは堀内氏と鈴木氏、そして連載中の直接の担当と単行本化の作業を引き受けていただいた永島大《ながしまだい》氏のおかげである。

　コロナ禍が直接の原因ではないものの、執筆期間には肉親や友人、同業の先輩など、幾人もの人々が先立ってゆくのを見送った。中でも、ミステリ批評のみならず幅広い領域で活躍した松坂健《まつざかけん》氏には本書を読んでほしかったという無念の思いがある。いつか私があちらの世に旅立った時には、氏の感想を聞くことができるだろうか。

　それにしても、連載が完結し、こうして書籍化に至っても、新型コロナが完全に駆逐されていないのは想定外だった。他にも天災や政治の腐敗、海外の戦禍など、心塞ぐような出来事も多い。しかし、このあとがきを記しながら私は、よしながふみの歴史ＳＦ漫画を原作とする連続ドラマ『大奥』シーズン１（大原拓《おおはらたく》、川野秀昭《かわのひであき》、田島彰洋《たじまあきひろ》演出、森下佳子《もりしたよしこ》脚本、ＮＨＫ総合、二〇二三年）を思い返していた。江戸時代の日本の男性の人数が激減する原因となった疫病「赤面疱瘡《あかづらほうそう》」との戦いに全力で立ち向かった八代将軍・徳川吉宗《とくがわよしむね》（冨永愛《とみながあい》）が、臨終直前に遥か未来の日本を幻視して「この国は滅びぬ」と満足げに言い遺《のこ》すシーンだ。吉宗が見た渋谷スクランブル交差点には群衆が行き交っているが、誰もマスクをしていない。これは、コロナ禍到来前の光景なのか、それとも、現在の私たちにとっても未来にあたる、コロナ禍が完全に去った時期の光景なのか。いろいろと悲観的になってしまうことが多い世相ながら、私も未来に一縷《いちる》の希望を託して「この国は滅びぬ」と呟《つぶや》いてみようか。

二〇二四年五月　　千街晶之

主要参考文献（フィクションは除く）

第一章

・パオロ・ジョルダーノ『コロナの時代の僕ら』飯田亮介訳　二〇二〇年　早川書房
・森達也・編著『定点観測　新型コロナウイルスと私たちの社会　2020年前半』二〇二〇年　論創社
・桜庭一樹『東京ディストピア日記』二〇二一年　河出書房新社
・千街晶之『現代の小説2021　短篇ベストコレクション』（日本文藝家協会・編）解説　二〇二一年　小学館文庫
・髙村薫『作家は時代の神経である　コロナ禍のクロニクル2020→2021』二〇二一年　毎日新聞出版
・竹本健治「読者に眩暈を感じてもらいたい」（インタヴュアー：千街晶之）『闇に用いる力学』特装版付録小冊子掲載　二〇二一年　光文社
・森達也・編著『定点観測　新型コロナウイルスと私たちの社会　2020年後半』二〇二一年　論創社
・森達也・編著『定点観測　新型コロナウイルスと私たちの社会　2021年前半』二〇二一年　論創社
・若林踏・編『新世代ミステリ作家探訪』二〇二一年　光文社
・森達也・編著『定点観測　新型コロナウイルスと私たちの社会　2021年後半』二〇二二年　論創社
・森達也・編著『定点観測　新型コロナウイルスと私たちの社会　2022年前半』二〇二二年　論創社
・飯島渉「中国、ウィズコロナへの転換　ゼロコロナとは何だったか」《世界》二〇二三年二月号　岩波書店
・円堂都司昭『ポスト・ディストピア論　逃げ場なき現実を超える想像力』二〇二三年　青土社
・森達也・編著『定点観測　新型コロナウイルスと私たちの社会　2022年後半』二〇二三年　論創社

第二章

・小川勝『オリンピックと商業主義』二〇一二年　集英社新書
・千街晶之『原作と映像の交叉光線《クロスライト》　ミステリ映像の現在形』二〇一四年　東京創元社
・寺尾紗穂『原発労働者』二〇一五年　講談社現代新書
・藤井太洋「なぜSF作家・藤井太洋はエンジニアをやめて小説家に転身したのか？」《週刊現代》二〇一六年十二月十日号　講談社
・ジュールズ・ボイコフ『オリンピック秘史　120年の覇権と利権』中島由華訳　二〇一八年　早川書房
・月村了衛「エンターテインメント小説の旗手は、なぜ昭和史の闇を描き続けるのか」（取材・文：千街晶之）《現代ビジネス》二〇一九年五月十六日　講談社
・後藤逸郎『オリンピック・マネー　誰も知らない東京五輪の裏側』二〇二〇年　文春新書
・仲俣暁生『ワン・モア・ヌーク』（藤井太洋著）解説　二〇二〇年　新潮文庫
・「野木亜紀子インタヴュー」（インタヴュアー：小田慶子）《WEBザテレビジョン》二〇二〇年十一月七日　KADOKAWA
・石坂友司『コロナとオリンピック　日本社会に残る課題』二〇二一年　人文書院

・ジュールズ・ボイコフ『オリンピック 反対する側の論理 東京・パリ・ロスをつなぐ世界の反対運動』井谷聡子・鵜飼哲・小笠原博毅監訳、井上絵美子・小林桐美・和田智子訳 二〇二一年 作品社
・柳下毅一郎『悪の五輪』（月村了衛著）解説 二〇二一年 講談社文庫
・雨宮処凛「貧困の現場から見えてきたもの」森達也・編著『定点観測 新型コロナウイルスと私たちの社会 2021年後半』所収 二〇二二年 論創社
・千街晶之『ミステリ映像の最前線 原作と映像の交叉光線《クロスライト》』二〇二三年 書肆侃侃房

第三章

・平野雄吾『ルポ 入管 絶望の外国人収容施設』二〇二〇年 ちくま新書
・中西嘉宏『ロヒンギャ危機 「民族浄化」の真相』二〇二一年 中公新書
・眞野明美『ウィシュマさんを知っていますか？ 名古屋入管収容場から届いた手紙』二〇二一年 風媒社
・NHKミャンマープロジェクト『NHKスペシャル取材班、「デジタルハンター」になる』二〇二二年 講談社現代新書
・佐々涼子『ボーダー 移民と難民』二〇二二年 集英社インターナショナル
・中西嘉宏『ミャンマー現代史』二〇二二年 岩波新書
・第百六十六回直木賞選評《オール讀物》二〇二二年三・四月合併号 文藝春秋
・「ポスト・ブック・レビュー 著者に訊け！ 佐々木譲」（構成：橋本紀子）《週刊ポスト》二〇二二年一月一日・七日合併号 小学館
・玄武岩・藤野洋平・下郷沙季・編著『ミャンマーの民主化を求めて 立ち上がる在日ミャンマー人と日本の市民社会』二〇二三年 寿郎社

第四章

・朴裕河『帝国の慰安婦 植民地支配と記憶の闘い』二〇一四年 朝日新聞出版
・望月衣塑子『新聞記者』二〇一七年 角川新書
・相澤冬樹『安倍官邸 vs.NHK 森友事件をスクープした私が辞めた理由』二〇一八年 文藝春秋
・四方田犬彦『われらが〈無意識〉なる韓国』二〇二〇年 作品社
・赤木雅子・相澤冬樹『私は真実が知りたい 夫が遺書で告発「森友」改ざんはなぜ？』二〇二〇年 文藝春秋
・「キョンキョン 米倉涼子『新聞記者』で望月記者の酷い裏切り」《週刊文春》二〇二〇年十月一日号 文藝春秋
・望月衣塑子『報道現場』二〇二一年 角川新書
・四方田犬彦『世界の凋落を見つめて クロニクル2011－2020』二〇二一年 集英社新書
・「森友遺族が悲嘆するドラマ『新聞記者』の悪質改ざん」《週刊文春》二〇二二年二月三日号 文藝春秋
・「赤木雅子さんが小泉今日子さんに語った『いま、私が思うこと』。」《週刊文春WOMAN》二〇二二年秋号 文藝春秋

第五章

・松浦理英子『ＯＵＴ』（桐野夏生著）解説 二〇〇二年 講談社文庫
・「学術の基本問題に関する特別委員会（第6回）配付資料 学術研究への財政支援の拡充」文部科学省ホームページ 二〇〇九年
・阿部彩『弱者の居場所がない社会 貧困・格差と社会的包摂』二〇一一年 講談社現代新書
・阿部彩・鈴木大介『貧困を救えない国 日本』二〇一八年 PHP新書
・橋本健二『アンダークラス 新たな下層階

級の出現』二〇一八年　ちくま新書
・橋本健二『中流崩壊』二〇二〇年　朝日新書
・藤田和恵『ボクらは『貧困強制社会』を生きている　不寛容の時代』二〇二一年　くんぷる
・小林美希『年収443万円　安すぎる国の絶望的な生活』二〇二二年　講談社現代新書
・斉藤博昭「幡ヶ谷バス停での殺人の衝撃…。事件翌日に現場に立ち、自分ができることは『映画』だと誓った」二〇二二年九月二十四日　YAHOO!ニュースJAPAN
・樋田敦子『コロナと女性の貧困2020－2022　サバイブする彼女たちの声を聞いた』二〇二二年　大和書房
・「『科学研究のカネ』を巡る、行政VS国立大学の攻防」《東洋経済オンライン》二〇二二年三月十七日　東洋経済新報社

第六章

・霜月蒼『アガサ・クリスティー完全攻略』二〇一四年　講談社
・白田秀彰『性表現規制の文化史』二〇一七年　亜紀書房
・紙屋高雪『不快な表現をやめさせたい!?　こわれゆく「思想の自由市場」』二〇二〇年　かもがわ出版
・「CHRONOLOGY　時系列で振り返る、あいちトリエンナーレ2019」（構成：今野綾花）《美術手帖》二〇二〇年四月号　美術出版社
・武田砂鉄×能町みね子「逃げ足オリンピックは終わらない」《文學界》二〇二一年九月号　文藝春秋
・千葉雅也・二村ヒトシ・柴田英里『欲望会議　性とポリコレの哲学』二〇二一年　角川ソフィア文庫
・藤原辰史ほか『「自由」の危機　息苦しさの正体』二〇二一年　集英社新書
・会田誠『性と芸術』二〇二二年　幻冬舎
・日下三蔵『帰去来殺人事件』（山田風太郎著）解説　二〇二二年　河出文庫
・仲俣暁生×藤田直哉「第1回　震災後文学を日本文学に位置づける」《ららほら2》二〇二二年　双子のライオン堂出版部
・石戸諭「〈正論〉に消された物語――小説『中野正彦の昭和九十二年』回収問題考」《新潮》二〇二三年三月号　新潮社
・桐野夏生「大衆的検閲について」《世界》二〇二三年二月号　岩波書店
・清義明「ネトウヨを主人公に据えた〝ヘイト本〟は、なぜ自主回収されたのか　実在の人物名も登場するディストピア小説『中野正彦の昭和九十二年』出版中止騒動」《論座》二〇二二年十二月二十七日　朝日新聞社
・「上野千鶴子さん、質問です。美しい人に『美人』と言ってはダメなんですか?」《週刊ポスト》二〇二二年一月一日・七日合併号　小学館
・《情況》二〇二二年四月号（特集：キャンセルカルチャー）情況出版
・「澤村伊智インタヴュー」（インタヴュアー：朝宮運河）「好書好日」二〇二三年十一月十二日　朝日新聞社
・宇野維正『ハリウッド映画の終焉』二〇二三年　集英社新書
・佐高信「森村誠一は『悪魔の飽食』への右翼の攻撃に一歩も退かなかった」《日刊ゲンダイDIGITAL》二〇二三年七月三十一日号　講談社
・カロリーヌ・フレスト『「傷つきました」戦争　超過敏世代のデスロード』堀茂樹訳　二〇二三年　中央公論新社
・橘玲『世界はなぜ地獄になるのか』二〇二三年　小学館新書

第七章

・丸谷才一『忠臣蔵とは何か』一九八八年

講談社文芸文庫
・赤川次郎「『共謀罪』再び日本孤立の道か」《朝日新聞》二〇一七年六月十五日　朝日新聞社
・「太田愛インタヴュー」（取材・文：樺山美夏）《ダ・ヴィンチ》二〇一七年四月号　KADOKAWA
・円堂都司昭『ディストピア・フィクション論　悪夢の現実と対峙する想像力』二〇一九年　作品社
・町山智浩『天上の葦』（太田愛著）解説　二〇一九年　角川文庫
・望月衣塑子＆特別取材班『「安倍晋三」大研究』二〇一九年　ベストセラーズ
・村山治『安倍・菅政権vs.検察庁　暗闘のクロニクル』二〇二〇年　文藝春秋
・太田愛「脚本家／小説家・太田愛のブログ」二〇二二年一月一日
・鈴木エイト『自民党の統一教会汚染　追跡3000日』二〇二二年　小学館
・蔓葉信博「謎のリアリティ　ミステリ×モバイル×サバイバル・第48回　ミステリとカルト宗教」《ジャーロ》84号　二〇二二年　光文社
・西﨑伸彦「高橋治之・治則『バブル兄弟』の虚栄」《文藝春秋》二〇二二年十月号　文藝春秋
・福田充『政治と暴力　安倍晋三銃撃事件とテロリズム』二〇二二年　PHP研究所
・横川良明「『エルピス』と現実の震えるような符号　岡部たかし演じる村井の言葉が再び甦る」《リアルサウンド映画部》二〇二二年十二月十二日　blueprint
・安倍晋三・橋本五郎（聞き手）・尾山宏（聞き手・構成）・北村滋（監修）『安倍晋三回顧録』二〇二三年　中央公論新社
・後藤謙次『ドキュメント平成政治史4　安倍「一強」の完成』二〇二三年　岩波書店
・五野井郁夫・池田香代子『山上徹也と日本の「失われた30年」』二〇二三年　集英社インターナショナル
・鈴木エイト『自民党の統一教会汚染2　山上徹也からの伝言』二〇二三年　小学館
・鈴木エイト『「山上徹也」とは何者だったのか』二〇二三年　講談社＋α新書
・適菜収『安倍晋三の正体』二〇二三年　祥伝社新書
・中野昌宏「統一教会と政府・自民党の癒着」島薗進・編『政治と宗教　統一教会問題と危機に直面する公共空間』所収　二〇二三年　岩波新書
・橋爪大三郎『日本のカルトと自民党　政教分離を問い直す』二〇二三年　集英社新書
・渡辺国男『安倍晋三元首相銃撃事件の深層　統一協会と野合・癒着の闇を照らす』二〇二三年　日本機関紙出版センター
・《週刊ダイヤモンド》二〇二三年十月七日・十四日合併号（特集：巨大宗教「連鎖没落」）ダイヤモンド社

その他、新聞記事・ネットニュース記事・Twitter（現・X）などを参考にしました。

て

と

な

に

ぬ

の

は

ひ

人物索引

す

せ

そ

た

ち

つ

て

と

な

作品索引

（※印は短編作品および評論タイトル　*は映像・舞台・楽曲・ゲーム作品）

千街晶之（せんがい・あきゆき）
1970年、北海道生まれ。1995年、「終わらない伝言ゲーム——ゴシック・ミステリの系譜」で第2回創元推理評論賞を受賞。2004年、『水面の星座　水底の宝石　ミステリの変容をふりかえる』で第4回本格ミステリ大賞および第57回日本推理作家協会賞を受賞。著書に『幻視者のリアル　幻想ミステリの世界観』『原作と映像の交叉光線《クロスライト》　ミステリ映像の現在形』『ミステリ映像の最前線　原作と映像の交叉光線《クロスライト》』などがある。

初出

第一章　ミステリに描かれたコロナ禍　「ジャーロ」八十号（二〇二二年一月）～八十二号（二〇二二年五月）
第二章　外れ籤としての東京五輪　「ジャーロ」八十三号（二〇二二年七月）～八十四号（二〇二二年九月）
第三章　閉鎖国家と分断国家　「ジャーロ」八十五号（二〇二二年十一月）
第四章　作品の内と外で　「ジャーロ」八十六号（二〇二三年一月）
第五章　「失われた三十年」への道　「ジャーロ」八十八号（二〇二三年五月）
第六章　正しくない人々の「正しさ」　「ジャーロ」八十九号（二〇二三年七月）～九十号（二〇二三年九月）
第七章　亡霊に呪縛された国　「ジャーロ」九十一号（二〇二三年十一月）

ミステリから見た「二〇二〇年」

2024年7月30日　初版1刷発行

著者　千街晶之《せんがいあきゆき》
発行者　三宅貴久
発行所　株式会社 光文社
〒112-8011 東京都文京区音羽1-16-6
電話　編集部 03-5395-8254
書籍販売部 03-5395-8116
制作部 03-5395-8125
URL 光文社 https://www.kobunsha.com/
組版　萩原印刷
印刷所　堀内印刷
製本所　ナショナル製本

ISBN978-4-334-10382-8

2020
from the perspective
of Mystery